U0372421

CHONGJIAN
JIAGUO

海外汉语文学新论

张松建　著

图书在版编目(CIP)数据

重见家国：海外汉语文学新论／张松建著．—北京：北京大学出版社，2019.10

ISBN 978-7-301-30552-2

Ⅰ.①重…　Ⅱ.①张…　Ⅲ.①华文文学—文学研究—世界　Ⅳ.①I106

中国版本图书馆 CIP 数据核字(2019)第 108658 号

书　　名	重见家国：海外汉语文学新论 CHONGJIAN JIAGUO:HAIWAI HANYU WENXUE XINLUN
著作责任者	张松建　著
责任编辑	张雅秋
标准书号	ISBN 978-7-301-30552-2
出版发行	北京大学出版社
地　　址	北京市海淀区成府路 205 号　100871
网　　址	http://www.pup.cn　　新浪微博：@北京大学出版社
电子信箱	pkuwsz@126.com
电　　话	邮购部 010-62752015　发行部 010-62750672　编辑部 010-62767065
印 刷 者	三河市博文印刷有限公司
经 销 者	新华书店
	650mm×980mm　16 开本　16.75 印张　218 千字
	2019 年 10 月第 1 版　2019 年 10 月第 1 次印刷
定　　价	58.00 元

目　录

序言：华语语系研究的新收获

王德威[①]

华语语系研究（Sinophone Studies）近年在海外引起广大回响，中国学界对这一课题的注意也方兴未艾。华语语系文学强调以全球华人最大公约数的语言——主要为汉语，包括各种官话和南腔北调的方言乡音——的言说、书写为研究界面，重新看待现当代文学流动、对话或抗争的现象。远离中州正韵的迷思，华语文学观察不同地域、族群、团体，甚至阶级、信仰、性别的发声位置，从而理解众声喧"华"的意义。

华语语系文学研究有不同理论脉络，也可以和中国文学研究相辅相成。一方面华语的世界观强调全球的、多声复调的格局，使中国文学必须重新思考内与外的创作场域定位；另一方面"中国"作为历史经验、政治实体，以及文化创造的存在，也是"华语世界"交流或交锋的重要对象。是在这样的意义上，张松建教授的新作《重见家国：海外汉语文学新论》提供了一个极好的范例。

《重见家国：海外汉语文学新论》以8篇专论构成，讨论中国大陆以外华语文学从20世纪中期到当代的发展。张教授的个案主要集中在新加坡、马来西亚、印度尼西亚等地区或国家。这一广大区域聚集着数以千万计的华人，自古和中国关系密切，时至今日，更因"一带一路"计划、南海风云而引人注目。但以往对这一区域人文现象的理解多半囿于大陆境外、南方之南的偏见上，遑论文学成就。但张教授的专著刻画了一幅细腻而丰富的图景。他爬梳个案、借鉴理论，以精致

① 王德威，哈佛大学东亚语言与文明系 Edward C. Henderson 讲座教授。

的研究提醒我们,海外华语文学别有天地,也企图为中国文学与华语文学两种论述提出连接之道。这本著作的意义可自以下三点说明。

首先,《重见家国:海外汉语文学新论》对文学地理的认知,大幅改变了一般文学史的时空脉络。本书处理的作家们活动的时间从1940年代到当代,范围则从新加坡到马来半岛、印度尼西亚甚至延伸至北美。传统的世界或华文文学的论述只在中国大陆和海外做出静态的疆界区隔,何能道尽其中的流动脉络?比方说,鲁白野来自马来亚的霹雳州(今马来西亚的霹雳州),曾羁旅印度尼西亚,后转往新加坡。王润华原籍也是马来亚霹雳州,曾于中国台湾政治大学、美国威斯康星大学求学,后任教于新加坡南洋大学、新加坡国立大学、中国台湾元智大学,现于马来西亚任教、定居。这些作家的生命行旅如此繁复,很难以一时一地的环境或事件说明个人的经验和风格。但他们坚持以汉语创作,一种想象的文学共同体于焉形成。他们叙述个人经验,从垦殖迁移到国裔认同,从日常生活到成长经历,无不生动感人。而另一方面,他们对中国——作为宗族根源,政治实体,文化传统——的态度也因时因地而异。张松建提出了许多耐人寻味的例子。如英培安回归日常、探勘肉身欲望的依归,希尼尔、梁文福叹息华族文化之海外传承的每况愈下,谢裕民、鲁白野则思考在地认同的必然与偶然。

藉此,张松建点出了海外华人历史记忆与国家认同的多重选项。这一主题看似老生常谈,但张松建的专著却有过人之处。张先后就学于河南大学、浙江大学,在新加坡取得博士学位后归国。因缘际会下,他于2013年返回新加坡任教。中国是他生长于斯的家乡,南洋是他最终选择定居的所在。作者这一跨国迁徙经验和他笔下的个案其实有相似之处,因此论文所及有了感同身受的向度。他调整姿态,不以原乡立场看待书中作家的抉择,与此同时,又多了新移民或外来者的客观取向。他发挥理论所长,以中西理论——历史哲学、后殖民研究、移民研究、人文地理学等——验证作家的经验和作品,并藉此修订理论的适用性。

其次,《重见家国:海外汉语文学新论》对华语作家的地缘政治做出敏锐观察,并叩问政治如何经由文学形成对话:移民、遗民、殖民、夷民成为作家萦绕不去的主题。早在中古时期,中国东南沿海居民已经来往于南海。迁徙者的动机多是出于经济原因,但从战争到世变,仍然是那个世代流离的因素之一。乱世乘桴浮于海,从明郑到清末都有实例。这些移民去国离乡,以孤臣孽子的姿态托庇海外,因袭了遗民身份。除此,19世纪以来,殖民帝国主义肆虐南洋和中国台港,像荷兰、日本之于台湾,英国之于香港,荷兰之于印度尼西亚,英国、日本之于新加坡、马来西亚等。华裔子民和土著一样,又成为被殖民对象。但不论移民、遗民、殖民,他们身在异邦,年久日深,都逐渐成为夷民。

张松建研究的新加坡作家谢裕民,对此种身份的变换有不能已于言者的感触。谢的中篇小说《安汶假期》描述一对新加坡父子远赴印度尼西亚安汶寻根,一方面发掘明末朱姓遗民从中国漂流南洋的离散故事,一方面见证荷兰、英国、日本殖民东南亚的血泪历史。而随着时间流逝,当移民、遗民、殖民与土著来往婚媾,终成为混血夷民时,所谓的故国旧事已经不能闻问。面对这样的忧惧,梁文福和希尼尔等人在纸上敷衍他们对华族文化的一往情深,英培安、王润华、吕育陶等人则号召在地风土才是华裔落地生根的所在。

张松建提醒我们还有另一种身份认同,那就是公民。公民是现代国家建立个人权利和义务、塑造身份认同的重要因素。但诚如作家在他们的作品中所揭示的那样,从移民、遗民、殖民、夷民转化为公民的过程谈何容易。谢裕民作品中的主人公虽是新加坡公民,但回顾父辈所来之路,仍不禁惶惑自己何去何从。鲁白野在1940年代末向往左翼革命,但与华裔作家如王啸平、黑婴、韩萌等人回归中国的志向不同,他选择了马来亚联邦作为效忠对象。然而在一个多元族群的新兴国度里,身为华裔公民并非易事。鲁白野英年早逝,没有看到马来巫人政权对华裔的打压,这样不利的身份正是吕育陶等后之来者强调华族文化、争取自我认同的动机。而英培安与新加坡当局时而紧张、时而妥协的关系又是另一种例子。高唱"反离散"的学者只看到了多元文化的美景,忽略了公民身份之可贵,正在于拥有不服从、再离散的权力。

再次,《重见家国:海外汉语文学新论》对海外作家及其创作的思考,不仅超越了传统中原/海外的简单分野,对当代批评政治正确的倾向也有所辨驳。近年部分学者沿用后殖民理论讨论海外华语文学文化,除了挞伐西方帝国主义无所不在外,也质疑清朝以来中国的"内陆殖民性",以及中国海外移民在移居地充满掠夺性的"定居殖民"行为。这类论述信而有征,但在处理百年中国与海外华语社群的关系时,毕竟犯了以偏概全的毛病。"殖民"或"后殖民"理论不能解释海外华人对乡土、国族、文化、语言的复杂情绪。如张松建所讨论的十个案例所示,不论感时忧国还是游走跨界,作家个人的经验都非常丰富,他们笔下的华语世界也必然引人思辩。

相对于"后殖民"论述,我曾经提出"后遗民"论述,意在对传统遗民观做出批判,但也反思其间千丝万缕的关联。我所谓的"后",不仅可暗示一个世代的完了,也可暗示一个世代的完而不了,甚至为了未来而"先行后设"的过去/历史。而"遗",可以指的是遗"失","残"遗,也可以指的是遗"留"——赠予与保存。失去、残存、留传三者之间形成的绵密脉络,为我们在海外面对中国性或是华语所谓的正统性和遗产继承权的问题,带来了新的选择。

张松建的讨论除了触及"后殖民"和"后遗民"的向度外,更涉及"后移民"的可能。在全球化快速移动的时代里,"移民"的起点和终点也必须重新定义。即以当下国际经验所见,移民是否真能融入理想的"民族大熔炉",仍然是争论的焦点。移民是否"认同"在地文化是一回事,是否"被认同"又是一回事。"后移民"的思考一样企图跨越"离散"论,但强调移民动机和动线的多样性,不再局限于"落地生根"或"叶落归根"。传统的"根"与"径"(roots and routes)的公式必须重新审视。移民的再移民、多重身份认同、候鸟式的迁徙,都成为社会、人类学者终必面对的课题。

我曾提出,在分梳“根”的政治的同时,应该设想“势”的诗学。如果“根”指涉一个位置的极限,一种边界的生成,“势”则指涉空间以外,时间的消长与推移。前者总是提醒我们一个立场或方位,后者则提醒我们一种能动性(agency),一种情动力(affect)。这一能动性又是与立场的设定或方位的布置息息相关,因此不乏空间政治的意图。更重要的,“势”总已暗示一种情怀与姿态,因此饶有美学涵义:或进或退,或张或弛,无不通向实效发生之前或之间的力道,乃至不断涌现的变化。

张松建的研究提醒我们,正因关注“华”的能动性,华语语系文学也必须思考作为对话面的“夷”。这与目前海外华文文学研究的方向有所不同。华夷互动的传统其来有自,更因现代经验而产生新意。中央与边缘、我族与他者、正统与异端不再是固有的僵化定义,而有了互为主从、杂糅并立的可能。他所讨论的几位作家,不论是希尼尔关注中文汉字的洋化异化,还是谢裕民对混血化、土著化的焦虑,都从“华”的对立面作出了动人的对话。

在“后夷民”的语境里,“潜夷”和“默华”回应中国的立场和能量是值得思考的——这正是我所谓的“华夷风”(Sinophone)研究的开始。“风”是气流振动(风向、风势),是声音、音乐、修辞(《诗经·国风》),是现象(风潮、风物,风景),是教化、文明(风教、风俗、风土),是节操、气性(风范、风格)。“风以动万物也。”华语语系的“风”来回摆荡在中原与海外、原乡与异域之间,启动华夷风景。

《重见家国:海外汉语文学新论》是张松建教授立足新加坡的第一本重要著作。他的史料考证、文本细读、理论辩难都令人深有所获。更重要的是,张教授对华语世界文学所展露的“温情与敬意”,使他的专论有别于一般。我与张教授交往超过15年,见证了他问学每一阶段的变化,也相信以他的勤奋和敏锐,必能继续致力于华语文学研究,做出更精彩的贡献。

第一章　重塑南洋风景

——王润华的雨林诗学

引言　长河无尽流

作为活跃在东南亚文坛的资深诗人，王润华（1941—　）[①]的写作生涯长达半个多世纪。1962年，他结束了在马来亚的中小学教育，游学于中国台湾地区；四载后，负笈美国，受业于汉学名家卢飞白与周策纵；完成学业后，他在1972年来到新加坡，在那里进行了29年的讲习、笔耕与心传。2002年7月，王润华退而不休，又重返中国台湾地区，继续商量旧学，培养新知，日月逾迈，壮心不已。在纵贯东亚、东南亚和北美的学思历程中，王润华诗歌的主题、技巧和风格不断生长与变化：从现代主义到离散书写，从本土意识与后殖民批评，到生态环保与人文山水诗，日新又新、与时俱变，不断突破自我，迈向艺术新高度。饶是如此，王氏对他的故乡南洋念兹在兹，不离须臾："我的诗歌写作是一条长河，流过四十多年的岁月，这条河流过热带雨林、英殖民地的橡胶园，绕过挖掘锡矿的金山沟和铁船的周边，反殖民地战争的枪声也落在河中。"[②]王润华饱受东西方文化的熏陶，高才硕学，著述宏富。在文学世界中，他为热带雨林建构了一种新颖独特的地缘—空间诗学，他对南洋历史与文化认同的批评性思考，历经时光的淘洗而不可磨灭，这也印证了英国诗人T. S. 艾略特的断

① 关于王润华的传记资料，参看马仑：《新马华文作家群像》（新加坡：风云出版社，1984年）；新加坡国家图书馆编：《新华作家传略》（新加坡：国家图书馆，1994年）；骆明主编：《新加坡华文作家传略》（新加坡：八方文化创作室，2005年）。

② 王润华：《王润华诗精选集》（台北：新地文化艺术有限公司，2010年），序言。

言：一个人写诗，一定要表现文化的素质；如果只是表现个人才气，结果一定很有限。因为，个人才气决不能与整个文化相比。

一 南洋风物与文化认同

1973年，王润华来到新加坡，他在后来的文章中追忆了当时那种刻骨铭心的感受：

> 第一晚上在云南园，那些蛙鸣与蚊子把小时候的南洋回忆，就像蚊帐把整个人罩住。当时的南大（按：指"南洋大学"——引者注）校园原是橡胶园，名叫云南园，更唤起我的本土记忆，所以这是驱使我重返热带雨林的灵感与启发，一直到今天，还在雨林中思考构想。①

不仅如此，他还吃惊地发现，新加坡和马来西亚——这个原先叫做"南洋"的地方——如今变得既亲切又陌生起来，儿时经常见到的河流和湖泊，大片的原始深林，现在都消失不见，毒蛇猛兽被驱赶到马来半岛最险峻的主干山脉上。由于工业化和城市化进程，新加坡的橡胶园消失殆尽，即使南洋大学的所在地云南园，也见不到橡胶树的影子。心情黯然之下，王润华写下了一系列作品，这就是《橡胶树》中的诗篇②。此前，他先后有《患病的太阳》《高潮》《内外集》三部诗集问世，但出版地都在台北。眼下这本《橡胶树》在新加坡印行，真正属于"新加坡文学"。更重要的是，《患病的太阳》以彻头彻尾的现代主义为依归，《高潮》勉力为故国文化招魂，在这两部诗集当中，"南洋"都处在一种缺席或失语的状态。《内外集》的一部分作于美国，另一部分完成于新加坡，大宗篇幅是对文化中国的历史想象，只有到了组诗"裕廊外传"，

---

① 王润华：《王润华诗精选集》，序言。

② 王润华：《橡胶树》（新加坡：泛亚文化事业公司，1980年）自序。

才隐约浮现了地地道道的南洋风情。相形之下,诗集《橡胶树》的题材和主题就大大地不同了,既不是对文化中国的缅怀,也不是对现代主义的追求,而是真正从区域视野与本土意识出发,去发现南洋,重述国史。这正如王润华的自白:“这第四本诗集里的诗就不同了。每一首诗,就像一株黏人草或一棵雨树,在热带的阳光与风雨中萌芽,茁壮,而且深深地植根于南洋的泥土中。”①读者一旦打开这部诗集,就觉得有浓烈的热带气息扑面而来。这里有“黏人草”“茅草”“地毯草”“猪笼草”等野草,有“相思树”“含羞草”“雨树”“合欢树”“大麻黄”“橡胶树”等树木,有“榴莲”“山竹”“红毛丹”“波罗蜜”“人心果”“木瓜”“杨桃”等水果,有“鸵鸟”“火鸟”“山雀”“兀鹰”“猫头鹰”等鸟类,还有“喷筒”“锡矿”“皮影戏”等习俗,以及“圣淘沙战堡”“贵宾园”“乌节路”“伊丽莎白人行道”“入云塔”等风景。诗人史英指出,《橡胶树》与作者的前三本诗集相比,“诗风又变,由隐晦走向明朗,所描绘的对象以南洋特有的风土人情、景物为主,写了不少贴近写实之诗”,“诗人后期的创作视角,多投射于现实,跟早期的诗歌侧重表现内心世界截然不同”。② 这的确是敏锐的观察。诗人犹如一位可敬的博物学家,经过他的生花妙笔的点染,这些花草、树木、水果、鸟兽、习俗带着形象、声音和气味,从热带丛林走出,以丰富的神情、目光和姿态,向读者娓娓讲述南洋大地的声色光影和历史沧桑。《橡胶树》被流川誉为“我国第一部纯乡土诗集,具有浓厚的地方色彩,吾人读了,倍觉亲切,易受感动”③,这个评语,允称至论。

在这些斑斓多姿的热带风光中,首先进入我们视野的是《榴莲》。

---

① 王润华:《橡胶树》自序。

② 史英:《新华诗歌简史》(新加坡:赤道风出版社,2001年),第116、118页。

③ 流川:《把花生米挖起来——谈〈五月诗社文丛〉》,收入《南子评论集》(新加坡:五月诗社,2003年),第129页。流川对照《橡胶树》与《患病的太阳》、《高潮》与《内外集》,发现了王氏诗风的巨大变化:“王润华的诗,原本有个最大的特点,那就是:神话、隐喻、意象常常血肉般贯串在一起,故语义甚具多义性,隶属一种多层歧义的投射——是其他现代诗人很少表现过的创作手法。改变诗风后,王润华在宽敞的诗国度里,发现新天地,挖掘新颖的写作题材,采用现代诗一贯的表现技巧,终于以《橡胶树》来印证他在诗创作上的倒海精神。”

王润华从“形状”“气味”“上市”“个性”“纹路”五个角度,对榴莲进行浓墨重彩的描绘。第二节写道:

> 我是果园世袭的贵族
> 小时候,不能玩捉迷藏
> 加冕称帝之后
> 更不能微服潜行,随处在民间游戏
> 不管我藏在香蕉丛里
> 或躲在旅店的密室中
> 我的子民
> 都能从空气中探测到我的行踪
> 因为我的威望和恩泽
> 如阳光一般,普照着大千世界①

榴莲的英文名是Durian,在东南亚国家有“水果之王”的美名,它的身世在民间中与郑和下西洋有关。榴莲的形状为浑圆或椭圆形,果皮长满尖刺,让人望而生畏,果肉呈黄白色,散发出浓郁的气味。当地人喜欢在榴莲成熟季节,在大街上购买几颗,蹲而食之,大快朵颐,而外地人则觉得气味恶臭,掩鼻而过。这首诗以第一人称视角叙说榴莲的性格与身世,洋溢着巧思和童趣,对榴莲的热爱溢满纸上。榴莲外形丑怪,气味独特,却是南洋人民的主要水果和衣食父母,犹如普照大地的阳光,受到无上恩戴。在王润华笔下,南洋水果都带上了灵气。成熟的波罗蜜,“有满肚子结实的经国济世的学问”。被榴莲皇册封为皇后的山竹,“戴着沉重的冠冕/庄严地坐在梅花座上”。红毛丹浓妆艳抹地出现在绿叶之中,迎风展示“娇丽的风姿”。含羞草藏身于旷野草丛中,“患上了极严重的敏感症”。合欢树是新马东岸的土著,“带着感伤和脆弱的血统”。猪笼草在风中寂寞对饮,“偶尔将酒溅落/小草绿

① 王润华:《橡胶树》,第24页。

色的脸上”。在对自然充满赤子之心的描摹中,有时出现危险信号与对茫茫未来的隐忧,例如《木瓜》:

未待惊醒过来
一个长长的木瓜
已被巴冷刀
切成两条独木舟
载满了密密麻麻的黑蚂蚁
在急流中翻来覆去
我担心覆舟之后
会溺毙许许多多
烦恼的蚂蚁①

木瓜遭遇了猝然不及的暴力,急流中的独木舟有倾覆之虞,蚂蚁(木瓜籽的比喻)面临灭顶之灾,自然不再是乐园,而变成了一个布满危险和死亡的渊薮。这首诗以游戏笔墨表现“近乎无事的悲剧”,骨子里是华人离散身世的象征。在这些诗中,“绿色的词语”穿梭在人物、神话和历史中,到处是纯净得几乎透明的热带阳光、雨水和空气,读者阅读至此,总会联想到19世纪英国诗人克莱尔(John Clare,1793—1864):

> 也许克莱尔是从他和自然的共生关系中获得一种深刻的能力:对各种形象的精神回响的熟悉和反省。要去描绘花的感情,动物的感情,溪流和采石场的感情,甚至是星星的感情,它们的源头只可能来自他本人。或者,也许自然中的冲突,比如风暴和洪水,让他理解了他内心的风暴和洪水,他从内心的动荡中收集属于压抑、灾难和忧郁的词汇,然后他把它们诉诸对自然的描写,而

① 王润华:《橡胶树》,第38页。

自然之物的每声叹息仿佛都能透过他的皮肤进入他的体内。①

在热带雨林的一草一木上浸润着幻想、挚爱和深情,在观察和描绘风景中表现可贵的诚意、细致和耐心,王润华不就是重生在赤道边缘的克莱尔吗?不仅如此,在自然书写(Nateure Writing)、生态批评(Eco-criticism)、绿色研究(The Green Studies)、环境伦理(Environmental Ethics)的研究如火如荼的当下,王润华展示的文本与自然的潜对话,也超越了人类中心主义、物质主义、进化论等狭隘危险的意识形态,把生命伦理推广到广阔的非人类世界。②

东南亚的土地面积约457万平方公里,人口约5.6亿,由11个国家组成,包括新加坡、马来西亚、菲律宾、印尼、文莱、东帝汶等6个海洋国家或海岛国家,以及越南、柬埔寨、老挝、缅甸、泰国等5个陆地国家或半岛国家。“南洋”是明清时期中国对东南亚一带的称呼,带有明显的“中国中心主义”色彩。福建人、潮州人、广东人、客家人、海南人很早就背井离乡,到遥远而陌生的南洋辛苦谋生,谱写了一曲无尽的“南洋悲歌”。“下南洋”与“闯关东”“走西口”是近代中国最著名的三大移民潮。南洋是西方殖民统治最严重的地方,是华侨华人在海外的最大聚居地,是孙中山领导的辛亥革命的策源地,还是世界反法西斯战争的一个根据地。马来亚华人(简称“马华”)自小遭遇来自文化、政治、历史的纵横交错的目光。王润华祖籍广东从化,祖父辈就已移民马来亚。1941年8月,他出生于霹雳州的地摩小镇,从小学到高中在本地就读,蕉风椰雨是他栖身的自然环境,族群记忆(ethnic memory)在他的血脉中奔流。是故,他笔下的风景有时是离散华人的身世象征,带有沉重的苦涩和沧桑感:

---

① 海伦·文德勒著,王敖译:《绿色的词语:约翰·克莱尔》,载《新诗评论》第3辑(北京:北京大学出版社,2006年),第257页。

② 关于生态批评,参看格伦·A. 洛夫著,胡志红等译:《实用生态批评:文学、生物学及环境》(北京:北京大学出版社,2010年),第13—40页。

没穿衣裳的橡胶树
每一棵都是瘦骨嶙峋
而且身上刀痕累累
我知道它正在盼望
雨水回来热带丛林
替它换上绿色的新衣裳
替它戴上淡黄色的小花①

这首《橡胶树》写的是南洋最普通的植物,实际上表现了新马华人的离散身世。根据历史学家的研究,从14世纪马来王朝在马六甲海峡建立以后,中国人就开始了永久地移民马来半岛。1874年,英国在马来半岛设立殖民行署。1895年,由于林文庆、陈齐贤在新加坡植物园试种橡胶树苗获得成功,消息传开,英国资本家于是大力开拓橡胶园,发展橡胶工业。由此,从中国南来的移民急遽增加,1941年新马两地的华人总数是230万,约占全部人口(550万)的42%。② 诗中的橡胶树,瘦骨嶙峋,遍体鳞伤,痛苦无告地期盼雨季来临,这个带有强烈视觉冲击力的形象,让人马上联想到橡胶种植园中的华工的苦难史。就这样,"风景"被转化为马来亚的种族与阶级的地理,控诉华人资本家和英国殖民者的累累罪恶。在另一个场合,王润华谈到橡胶树作为文学原型的象征意义,为此提供了一个更恰当的注脚:"橡胶树不但把华人移民及其他民族在马来半岛的生活经验呈现得淋漓尽致,而且还同时把复杂的西方资本主义者与大英帝国通过海外移民,海盗式抢劫、奴隶贩卖的罪行叙述出来,也呈现了殖民地官员与商人在马来半岛进行压迫、劳动和资本输出所做的残忍勾当。"③王润华的短诗《菠萝》开

① 王润华:《橡胶树》,第72页。

② 王润华:《华文后殖民文学——本土多元文化的思考》(台北:文史哲出版社,2010年),第99页。

③ 王润华:《鱼尾狮与橡胶树——新加坡后殖民文学解读》,见《华文后殖民文学》,第111页。

篇就是菠萝对自己显赫地位的告白:“我”在婴孩时就被上帝加冕,自认为天才和果中之王,但从第二节开始,这种洋洋自得的语气骤然消失,画面上涂上了凄凉的暗影:

可是,根据园艺家的记忆
我祖父是南美洲被推翻的暴君
葡萄牙水手把他放逐到南洋群岛
晚年流落异乡
每当有人称我王梨
每当在水边散步
偶然低头看见戴着皇冠的倒影
我的心里便充满辛酸的回忆①

王梨被罢黜王位、流落异乡的身世类似于海外华人的历史命运。中华的子民,具有五千年历史和文化的尊贵身世,一变而为落难者,跋山涉水,在遥远陌生的土地上,筚路蓝缕,苦苦谋生,回想前世今生,心里充满辛酸的回忆。那么,如果海外华人不再有“叶落归根”的期盼而是归化为居住国的公民,情形又会怎样呢?请看《雨树》的结尾:“我们虽然归化成树,换了国籍/不再是草木,不再回归南美洲/不过,我们还保存祖宗的传统风俗/傍晚,当大钟楼敲了五响/我们便如乡下的亲人一样/将门户通通关上。”“雨树”与“含羞草”“相思树”“合欢树”属于同一科属,原籍南美洲,后来移民南洋,如今落地生根,更换了国籍。不过,传统风俗还是保留下来,在日入而息的时刻,它们紧闭家宅的门户。这首诗以“雨树”的生活习性,象征海外华人的生活状态。有时候,这种平静安闲的心理状态被“时空错置”的感觉打破了:“我来自礼拜四岛/现在已归化成南洋公民/我能忍受饥渴的痛苦/却禁不住为满地黑色的相思种子/而哭泣/拾红豆的人/你为什么不来拾取?”唐代

① 王润华:《橡胶树》,第32页。

诗人王维的《杂诗》有云："红豆生南国，春来发几枝。愿君多采撷，此物最相思。"在中国文化传统中，"红豆"作为信物被有心人收集、赠送和保存，象征纯洁的爱情和浓烈的乡情。在这首诗里，"相思树"移民海外，归化成南洋公民，它忍受自然环境的侵袭，却因为无人赏识而暗自流泪。红豆满地，无人拾取，慢慢变黑、腐烂，这是对华族文化衰落和族群记忆式微的隐喻。

王润华诗歌的本土性的生成不仅表现于对南洋风物的刻画（如前所述）和对新马历史的叙说，也包括对本土词汇的运用。诗集使用许多具有南洋本土色彩的词汇，例如，"罗厘车""甘榜""巴冷刀""祖屋""驳火""胡姬花""亚答屋""使到""纱笼""金山沟""琉琅""斑兰"等，这些词汇有方言土语，有英文和马来文的音译，都是后殖民语境的"语言重置"策略，摆脱了中国普通话和书面语的权威性，表达了南洋本土的经验和感情。当然，"本土性生成"之最重要的标志不是风物、历史和语言的呈现，而是本土意识的表达。在南来作家的笔下，南洋经常被异国情调化和他者化了。由于这些作家的政治认同和文化取向都指向中国，他们习惯于从大中华主义的文化优越感出发，"严夷、夏之辨"，描绘陌生、神秘、蛮荒、充满情欲的南洋形象，与衣冠神州、礼乐中华相对应。因此在这里，中心与边缘、霸权与弱势的二元对立极为明显。[①] 在诗集《橡胶树》里，虽有海外华人的身世表述，但是虚妄的中原心态不复存在，对神州正朔的崇敬感也消除了，诗人不再有"每依北斗望京华"的遗民心态以及回归中心的渴望，而是安于南洋家园的边缘处境，落地生根。王德威曾发明"后遗民"的说法，他指出："如果遗民意识总已暗示时空的消失错置，正统的替换嬗递，后遗民则变本加厉，宁愿更错置那已错置的时空，更追思那从来未必端正的正统。"[②]无疑，王润华诗流露的就是"后遗民意识"，它不再缅怀故

---

① 参看林万菁：《中国作家在新加坡及其影响，1927—1948》（新加坡：万里书局，1994年）；王润华：《越界跨国文学解读》（台北：万卷楼图书公司，2004年）。

② 王德威：《后遗民写作》（台北：麦田出版社，2007年），第6页。

国乔木、东京梦华,而是在叙述族裔身份和离散记忆的同时,更加注重本土化的一面。譬如,在"高大的树木都纷纷移民"的形势下,"猪笼草"被迫改变生活习性,顽强坚守在贫瘠的沙土上(《猪笼草》)。"地毯草"茎秆纤细,坚韧有节,它骄傲地说:"草本家族之中/我最爱这片土地",当季风来临、暴雨倾盆之际,"我们紧紧抱住岛上的每一粒沙子/我们手携手的巩固着地基和堤岸/忍耐、镇静、脚踏实地"(《地毯草》),这是南洋华人守望相助、不离不弃的态度。"黏人草"时常在路旁等待,如果有人走过,就会用细小的手掌"紧紧扣住他们的衣服或鞋子/这样他们便会把我们/带到遥远的地方/让好奇的种子四处播放"(《黏人草》),这里没有挥洒周邦彦《六丑 蔷薇谢后作》的"似牵衣待话,别情无极"的离愁别绪,而是对离散生活充满天真的好奇心,安于天命的安排。《榴莲》表达对南洋故土的礼赞,其中出现"本土意识":

> 异乡人,你知道吗?
> 只要你恩爱地吻我一次
> 你一定会奉我为君
> 而且抛弃家园
> 长久定居在我的国土
> 拒绝我的恩泽
> 必然做不成淘金的梦
> 必然嗅到世纪末的腐臭①

榴莲是南洋本土文化的象征,被当地人尊为热带水果之王,他们相信,只有喜欢吃榴莲的人,才能在南洋永久居住。据说殖民者与过客不能忍受榴莲的气味,这意味着他们不能拥抱本土文化和地方知识,不会忠诚于南洋。王润华研究了1946—1965年的《新马华文文学大系》以及后来的新马两国华文诗集,他得出的一个结论是:"新马诗人努力修

---

① 王润华:《橡胶树》,第26页。

正从中国移植过来的中文与文本,因为它已承载住中国的文化经验,必须经过调整与修正,破除其现范性与正确性,才能表达与承载新马殖民地新的先后经验与思想感情。”①

二 历史记忆与本土意识

在《橡胶树》自序中,诗人不满足于书写南洋的工程刚起步,他对读者立下了热诚恳切的誓言:

> 热带雨林是野草树木的天堂,水果的王国,神话的渊薮。在我心里,这一块南洋的乡土,就只剩下这一些景物吗?我常年在域外奔走,心里的乡土几乎都遗落了,现在我正在天天把这土地扩大,让更多属于这土地的生长起来。请耐心的等一下吧,一旦我填土的工程完成,将会有更多南洋的景物生长起来。②

经过十多年的工作和等待,机会终于来到了。1996 年 10 月至 1997 年 5 月,王润华在爱荷华大学和加州大学圣巴巴拉分校,专心完成了数十首诗,幻想南洋,发现风景,后以《热带雨林与殖民地》之名结集出版。他在序言中说,创作这些诗是其数十年来的心愿,抚今追昔,因为以往没有书写马来亚殖民史而充满歉意,今天终于实现了部分心愿,兴奋之情可以想见:“这么多年来,没有作家尝试去写,而我终于写了,我总算替我的生命找到一些纪念的底片,虽然都是一些阴暗模糊的影子,也使我心里感到踏实一些,尤其每当回忆在马来亚的日子时。”③流寓异邦的生命经验,方兴未艾的后殖民理论,跨国主义和全球化境遇,启动了沉睡在王润华记忆深处的热带雨林,催生了这部沉重的抒

---

① 王润华:《走出殖民地的新马后殖民文学》,收入王润华:《华文后殖民文学》,第 142 页。

② 王润华:《橡胶树》自序。

③ 王润华:《热带雨林与殖民地》(新加坡:作家协会,1999 年)自序。

情诗:“这本诗集是我记忆中的墓园,埋葬着我的热带雨林与英国殖民地、马来亚土地上的一切事物。”《热带雨林与殖民地》叙说南洋风物习俗,譬如,“无花果”“红树林”“野芋”“野菌”“椰树”“打架鱼”等等,因此与《橡胶树》存在密切的互文关系。不过,在前者中,讲述山河破碎的故事,清算英国殖民者和日本侵略军的罪行,再现殖民当局与马共鏖战丛林的惊心动魄的传奇,构成压倒一切的内容,换言之,历史的“风景化”是大宗主题。美国人类学家达比(Wendy Joy Darby)指出,风景的再现并非与政治没有关联,而是深度植根于权力与知识的关系之中:

> 从这一角度来考察,风景提供了一个切入文化问题的途径:文化价值、文化延续、文化的价值范畴和非价值范畴,以及文化身份形成神话的建构。风景引起诸多思考:在个体被文化包容的同时,个体行动如何帮助形成文化;个人如何将自我视为某种特定文化的一部分,尤其在由农业革命或工业革命、帝国扩张、战争或战争后果这类社会或民族创伤引起的动荡时期。[1]

研究后殖民文学的张德明指出:“风景与其说是一种自然的存在,不如说是一种文化建构的过程和产物。特定文化中的人们如何发现风景、再现风景,并且书写风景,不仅与该文化中的人们先天接受的自然景观,该民族天赋的审美能力和想象力有关,更涉及其基本的文化价值观及文化身份意识。”[2]王润华诗中的南洋风景,就是多元文化和本土意识建构的产物,它的发现、再现和书写,既是作者本人的经验、知识和想象的折射,也源于海外华人族群的离散身世,更与帝国中心对殖民地边缘的征服、压迫和掠夺的历史记忆密切相关。可以说,描绘萨

---

① 温迪·J. 达比著,张箭飞、赵红英译:《风景与认同:英国民族与阶级地理》(南京:译林出版社,2011年),第9页。

② 张德明:《流散族群的身份建构:当代加勒比英语文学研究》(杭州:浙江大学出版社,2007年),第114页。

义德(Edward W. Said,1935—2003)所说的“重叠的领土,交织的历史”正是《热带雨林与殖民地》的中心关怀,它的显著成就,亦在于此。

1819 年 1 月 28 日,英国军官莱佛士(Stamford Raffles,1781—1826)在新加坡河口登陆,宣布把新加坡开辟为自由港,“在最基本的层次上,帝国主义者意味着对不属于你的、遥远的、被别人居住了和占有了的土地的谋划、占领和控制。由于各种原因,它吸引一些人而时常引起另一些人不可名状的苦难。”[①]按照萨义德的定义,莱佛士就是一个不折不扣的帝国主义分子。1874 年,英国殖民当局从斯里兰卡往新马成功移载了 22 棵橡胶树,随后大力发展橡胶工业,掠夺当地自然资源,促进了帝国中心的经济发展,为全球殖民扩张提供了物质基础,进入了霍布斯鲍姆所说的“帝国时代”(The Age of Empire,1875—1914)。在东南亚地区,广泛生长着一种名叫“斑兰”(马来文“Pandan”的音译)的香草,叶子有特殊香味,在当地人的饮食中常可发现它的踪影。这种谦卑无名的绿色植物,就是马来半岛之苦难史的见证者:

> 自从英国殖民者
> 焚烧森林
> 种植从巴西移植的橡胶树
> 斑兰叶惨死在巴冷刀后
> 流下绿色的香魂
> 神秘的迷惑着
> 南洋各民族的欲望与幻想[②]

新马沦为英国殖民地一百多年后,“太平洋战争”爆发了。1941 年 12

---

① 爱德华·W. 萨义德著,李琨译:《文化与帝国主义》,(北京:生活·读书·新知三联书店,2003 年),第 6 页。

② 王润华:《绿色的诱惑——斑兰叶写真记》,见王润华:《热带雨林与殖民地》,第 57 页。

月8日,日本侵略军在大马北部登陆,英国守军不堪一击,不久投降。日军迅速推进,逼近怡保,家人抱着襁褓中的王润华,仓皇逃入山林。1942年2月15日,山下奉文指挥南方军第25军,很快攻陷了新加坡,俘获13万名英军、印度与澳洲联军将士,自此,整个马来半岛悉数落入侵略者之手。《过沟菜》即以上述历史为背景。过沟菜是生长在沼泽地带和水沟边的一种羊齿类植物,又名"蕨菜",新叶卷曲如问号,是鲜嫩可口的菜蔬,它目睹英国殖民地时代和日据新加坡时期发生的许多找不到答案的悲剧:"是遗传还是仇恨/今天新加坡植物园里的蕨菜/还是用像问号的手掌/捕捉阳光与月亮/逼它见证许多屠杀的秘密。"这首诗折射出那个充斥白色恐怖的历史一页,虽然诗人当时还没有完整准确的记忆,但劫后余生的人民讲述的苦难生活,以及不时见到的断壁残垣,给年轻的王润华留下了深刻印象,以至于数十年后,历经丧乱的诗人在美国伏案写诗的时候,一想到过沟菜,蛰伏的记忆就奔涌而出。1945年,日军投降后,英国重新把马来亚置于殖民统治之下,又向昔日的盟友"马共"(马来亚共产党)挥起屠刀。《橡实》写闷热寂静的下午,放学回家的"我"穿过橡胶树林,橡实劈劈啪啪落下,苦苦哀求带它回家,因为害怕闻到英军与马共激战的硝烟。《蝙蝠与花朵》讲述1950年代,殖民当局颁布紧急法令,蝙蝠受到惊吓,改变了生态链条:"怦怦碰碰的回音/几乎打伤了翅膀/它痛苦得飞去遥远的岛屿避乱/听说榴莲与香蕉从此以后/每年只开美丽的花朵……/或者只在有风的夜晚才怀孕。"

根据美国学者的研究,资本主义国家和帝国主义国家在向全球扩张的过程中,不但掠夺殖民地的经济,瓦解他们的政治结构和文化遗产,而且给当地造成严重的生态灾难,这就是"生态帝国主义"(ecological imperialism)。[①] 诗集《橡胶树》中已出现批判英国殖民统治和生态

① Alfred W. Crosby, *Ecological Imperialism: The Biological Expansion of Europe, 900-1900*(Cambridge, U. K.: Cambridge University Press, 2004).

帝国主义的作品，例如《荒芜的矿场记》《皮影戏》等。殖民者在马来半岛开采锡矿，进行残酷的经济剥削，给居民带了贫困、痛苦和无望的生活，也严重破坏了当地的生态环境。王润华出生的霹雳州，曾是锡矿最丰富的出产地，在1970年代以前，遍布英国资本家经营的“铁船”，把锡矿挖掘出来，运回英国，这转嫁了宗主国在现代化进程中付出的成本，巩固了它在世界经济体系中的霸主地位。《铁船写真集》写道，在年幼的“我”眼中，一群银色的“怪兽”在平原上低头翻动泥土，寻找地心的“锡米”作为它们的粮食，尖利的牙齿把土地咬出了巨大的洞穴。这一恐怖的画面让儿童感到惊讶和困惑，稍微长大后，他才遽然发现了童话的底细：

在中学地理课本上
我终于找到这些英国来的野兽
在殖民者的驱赶下
践踏着马来半岛
饥饿地吞吃着热带雨林
橡胶园、椰林、香蕉和稻田
有时把南北公路也咬断
小镇、火车站整个吞噬肚里
吐出的
一个个巨大的沙丘和湖泊①

此类诗作把批判矛头指向了种族压迫和阶级压迫，因为生态灾难的制造者不仅有英国殖民者还有华人资本家。他们开采矿山后留下沙石地，制造出不可逆转的恶劣的自然环境，加上热带暴雨常年冲刷沙地，导致矿物肥料的流失。“猪笼草”为了生存下来，被迫改变自己的生活习性，把外表伪装成悬空的酒杯来诱捕猎物，成为世界上最奇特的“肉

① 王润华：《热带雨林与殖民地》，第42页。

食植物”。《猪笼草:把美丽的陷阱悬挂在天空》中有这种诗句:

当葡萄牙与荷兰军队为争夺马来半岛
而开始轰炸热带雨林
我从噩梦中惊醒
推翻嫩叶为禽兽的食物之真理
丢进湍急的河流里
人类用双手抢夺金钱与土地
我的叶子开始演变成永远的刽子手
诱杀生动活泼的昆虫小动物
为自己的生命制造营养①

通过猪笼草自述身世,诗人控诉着生态帝国主义的罪恶。苦命坚韧的猪笼草,正是马来亚华人的身世象征,他们从灾难深重的中国离散到南洋,又在一百多年的荷兰、葡萄牙、英国、日本的殖民统治中苦苦支撑,难免对自己的身份发出困惑:“因为殖民主义系统化地否定另一方,疯狂地决定不承认另一方的一切人类质量,它把被统治的人民逼得经常对自己提出这样的问题:‘我实际上是谁’?”②

在《热地雨林与殖民地》中,叙述殖民当局颁布紧急法令、推行“新村”运动、与马共激战于深山大泽,占据很大篇幅。之所以说“难能可贵”,是因为其他新马作家也描写过热带雨林,较为知名者,有诗人吴岸,散文家潘雨桐,小说家李永平、张贵兴、黎紫书、黄锦树等,但是在“现代诗”这种短小的抒情文体中,把饱受殖民主义蹂躏的马来亚放回到近代世界史的结构中,见证暴力,控诉不义,这样做的难度很大,不易见出精彩。王氏的这些诗歌根据不同材料,宛转敷陈而成:有的来自诗人的童年经验,有的采自殖民当局的解密档案、当事人的日

---

① 王润华:《热带雨林与殖民地》,第22页。

② 弗朗兹·法农著,万冰译:《全世界受苦的人》(南京:译林出版社,2005年),第177页。

记或回忆录,有的源于新闻记者的报导,诗人从不同角度,书写马来亚的地方志。诗集对大泽龙蛇、蕉风椰林、刀光剑影、腥风血雨展开描摹,为新马华文文学增添了崭新的题材样式,为东南亚历史学者提供了第一手材料。正是依靠王润华等作家的努力,南洋的热带雨林和历史上的破碎山河,才逐渐变成一道沧桑恢弘的风景线,一种意味深长的文化—空间诗学。日本投降后不久,英国殖民当局与马共游击队分道扬镳,后来双方冲突不断。1948 年 6 月,为对付日渐坐大的马共势力,殖民当局宣布实施紧急法令,强令 12 岁以上的居民办理身份证,以区别百姓与马共的身份。1951 年,实行戒严,把小镇与附近村庄用铁丝网连接起来,强迫市镇外的百万居民(主要是华人,马来人和印度人可免)移居其中,军警日夜驻扎,实施宵禁。当局美其名曰"新村"(new village),实则如同集中营,目的是断绝华人为马共提供人力、情报与粮食的支持,将后者分化和孤立出来,坚壁清野,斩草除根。生活在这种山河破碎、草木皆兵的气氛中,"新村"华人莫不感到深重的屈辱、压抑和痛苦。诗集对此有感人肺腑的描绘:"亚答屋"听到了英军的逼迁命令,又嗅到火药味,马上晕倒在地;"我"但愿自己是一间回教堂或者牛羊,宵禁后不必回到铁丝网中苟活,可以继续住在雨林中;"牵牛花"企图潜入集中营,探望残存的橡胶树,结果被军刀砍死,"只有热带的阵雨/月光/能自由/进出铁蒺藜围困的新村/不必携带身份证/也不必通过检查站"(《新村印象》)。即便生活在如此凶险的环境中,华族百姓对自由和尊严的渴望之情,仍旧不可遏制:红毛丹树和榴莲树不肯移居,坚持与山竹、番石榴、莲雾一道,自由生活在故居遗址,"被遗弃的亚答屋叶片/在野草中间腐烂/是一页页/被风雨撕破的岁月"(《逼迁以后的家园》)。还有大量反映新村的诗。割胶女工清晨外出做工,被女警强行搜身;小学生的课本被哨兵翻检,试图找到米粮与药物;黄昏以后,罗哩车经过公路回来,暴力变成日常生活:"士兵慌乱的细心搜查/满满一车的黑暗/用军刀刺死每一个影子/因为他们没有身份证。"(《集中营的检查站》)每晚十点,警报响过以后,居民紧闭门户,探照灯来回搜索,草虫与猫头鹰沉默,只有鱼儿跳出水面;但是人们的反抗已是暗潮汹涌:"我推开门/寻找月色/在村里的泥路上/发现昨夜的狗吠/以及那些黑影/变成许多白色的/反殖民主义的传单。"(《戒严后的新村》)萨义德说:"真正的知识分子在受到形而上的热情以及正义、真理的超然无私的原则感召时,叱责腐败、保卫弱者、反抗不完美的或压迫的权威,这才是他们的本色。"①无疑,王润华就是这样的知识分子。

除了叙说华人血泪交加的新村生活之外,诗集也再现了马共展开的艰苦卓绝的武装斗争以及殖民当局的残酷镇压。诗人"超越"绝对的是非善恶,从不同叙事视角,分别进入三方的内心世界,移情体验他们在历史风暴中的思想感情。《山中岁月》写道:

> 当殖民主义的军队
> 开始争夺
> 我们在抗日战争留下的废墟中
> 找到的一些烧焦的理想
> 我们只好第二次
> 回到马来亚主干山脉
> 热带丛林里
> 寻找埋葬起来的
> 生锈的枪炮②

英国人强占抗日战争的胜利果实,拒绝让马来亚独立,背信弃义地再次把它变为殖民地。看到以生命换来的事业付之东流,马共毅然返回密林,走上武装斗争的道路。殖民当局实施新村计划,用飞机、大炮轰炸深林,雇佣达雅克族人追踪马共,以广播、传单和叛徒进行心理战。

---

① 萨义德著,单德兴译:《知识分子论》(北京:生活·读书·新知三联书店,2002年),第13页。

② 王润华:《橡胶树》,第95页。

在艰苦漫长的斗争中,马共展示了政治智慧和革命意志,付出了惨重的代价。[①] 王润华用动人的笔触描绘马共的历史:从橡胶树林回来的马共战士,背着米袋走在路上,遭到英国殖民当局的伏击,飞溅的鲜血远远看去,“就像树身上野生的胡姬花”(《马来亚丛林里的埋伏》)。马共区委书记阿光被叛徒出卖,遭到暗算,不屈而死,让敌人吃惊和敬佩(《友情与埋伏》)。马共总书记黎德出卖情报给日寇,结果,在黑风洞里开会的马共精英,遭到围剿,壮烈殉国(《黑风洞》)。法农说:“每当一个人使精神的尊严获胜时,每当一个人对其同类的奴役说不时,我感到自己与他的行为休戚相关。”[②]在王润华诗的字里行间,每每洋溢着人性的光辉。

从《橡胶树》到《热带雨林与殖民地》,王润华逐渐疏离“中原心态”和“中国想象”,关注南洋风物,运用语言重置,塑造本土意识;从地缘诗学的角度,回溯马来亚的历史沧桑,清算殖民主义的罪行。公正地说,新马作家完全不涉及南洋风物几乎是不可能的。早在 1927 年,张金燕、陈炼青、曾圣提、化夷、吴仲青就提倡马华文学的“南洋色彩”。1947 年年底,由于落地生根成为绝多数华侨的选择,文艺界兴起关于“侨民文艺”与“马华文艺独特性”的论争。[③] 从 1945 到 1959 年,侨民意识的弱化、国民意识的萌芽已非常明显。[④] 但是像王润华这

---

① 陈平著,伊恩沃德、诺玛米拉佛洛尔译:《我方的历史》(新加坡:Media Masters Pte. Ltd,2004 年);陈剑:《马来亚华人的抗日运动》(雪兰莪:策略信息研究中心,2004 年)。

② 弗朗兹·法农著,万冰译:《黑皮肤,白面具》(南京:译林出版社,2005 年),第 179 页。

③ 苗秀编选:《新马华文文学大系》第 1 卷(新加坡:教育出版社,1971 年),第 8—20 页;黄孟文、徐乃翔主编:《新加坡华文文学史初稿》(新加坡:国立大学中文系、八方文化企业公司,2002 年),第 20—28 页;杨松年:《战前新马文学本地意识的形成与发展》(新加坡:国立大学中文系,2001 年),第 33—83 页。

④ 王慷鼎以《南洋商报》《星洲日报》《南侨日报》《中兴日报》的社论为对象,考察 1945 年 9 月 5 日到 1959 年 6 月 3 日,侨民意识与国民意识的起伏消长。参看王慷鼎:《新加坡华文日报社论研究(1945—1959)》(新加坡:国立大学中文系汉学研究中心,1995 年),第 261—295 页。崔贵强的《新马华人国家认同的转向 1945—1959》(新加坡:青年书局,2005 年)有更精细的研究。

样,在诗歌这种文体中,以如此密集的方式自觉描写南洋风物,讲述马来亚身世,怀着如此亲密的个人情感,其他作家无出其右。这种意识并非即兴写作,而是经过"知识化"的处理。1965 年 8 月 9 日,新加坡宣告为主权独立的国家,但是新加坡的华文文学的本土意识并不会因此自动生成。当时,现代派诗人从欧美港台借鉴写作技巧,追求现代主义情调,南洋被抽空了历史文化,变成朦胧的背景或稀薄的点缀。至于詹明信所说的现代主义所蕴含的"帝国主义"意识形态①,并没有得到反思。1973 年,王润华从美国来到新加坡,开始关注南洋风物和历史,产生了自觉的本土意识:

> 回归南洋的乡土后,遇上后现代、后殖民风潮,我被这种强调本土文化的思考,驱赶进橡胶园。我的《橡胶树》《南洋乡土集》便是拥抱热带丛林的努力的结晶。赤道上的野花野草给我提供了一个新的想象空间,给我带来一种本土化的语言与叙事,我在皮影戏、雨树、榴莲、红毛丹的意象上找到新马本土的个性与声音。②

吊诡的是,诗集对殖民当局的态度存在暧昧之处。在序言中,作者明确说道:"那些殖民政府的士兵,也是我悼念的一群";沦为殖民当局帮凶的达雅克人,也受到了诗人的怀念;对于遭遇马共伏击而死的英国驻马来亚钦差大臣亨利·格尼(Henry Gurney),作者大度地表示:"我也没有忘记给他立下一个墓碑。"这方面的诗作不在少数。在《水花与枪弹》这首诗的注释的前一部分,王润华承认,本地出生的殖民官助理"马克"是新村政策的忠实执行者,"他亲自策划把那区的人民,分别移置到六个新村集中营,以杜绝马共之渗透与粮食供应";但在结尾部分,他又对这位殖民者的助手表示好感:"麦克能干又勤劳,是一

---

① 张京媛编:《后殖民理论与文化批评》(北京:北京大学出版社,1999 年),第 1—21 页。

② 王润华:《地球村神话》(新加坡:作家协会,1999 年)序言。

个肯替当地福利奔跑的优秀公务员。”这里流露的是一种高高在上的、在善恶之彼岸的人道主义同情心。组诗《莱佛士与热带雨林》第二部分“猪笼草”写道：殖民者携带地图和枪炮，在热带雨林中探险，猪笼草遇到这群侵略者，企图转身逃走，“一颗子弹爆炸后/所有叶子都惊吓成/一个个高脚酒杯/悬挂在天空”，这里的批判非常明显。但在第一部分，诗人写道，目睹急遽的都市化进程和生态问题的出现，新加坡的标志性建筑“鱼尾狮”独自流泪了，诗人忍不住缅怀起新加坡的开埠者莱佛士，赞扬他对环保事业做出的贡献。莱佛士是何许人也？这位推行帝国主义侵略政策的急先锋，开发和掠夺马来亚的殖民分子，曾率军征服爪哇，推翻柔佛苏丹的合法统治，把新加坡打造成英国入侵东南亚的据点。莱佛士的军事征服和经济掠夺，他带给殖民地人民的耻辱和痛苦，在这首诗的第一部分消失不见了，诗人向他致敬：“除了是一个值得尊敬有眼光的殖民主义者，他也是爱好又爱护热带花草植物的人。许多雨林里的花草树木，因为他的报告才为人所知。他曾雇请许多画家，把东南亚的花草树木一一画素描，目前收藏在新加坡的博物馆里。”在英国殖民当局的暴力统治和礼仪支配之下，殖民地人民对宗主国的爱恨交加(ambivalence)的情感矛盾，已深深地内在化、结构化了，几乎成为根深蒂固的“集体无意识”，在此不自觉地流露出来了。

由王润华的热带雨林书写，我又想到另一个问题。在当今时代，新殖民主义的幽灵重临，如何保持南洋在全球化境遇中的地方知识、本土意识和文化自主性？如何避免南洋沦为市场逻辑和商业法则之下的牺牲品？如何避免在“看”与“被看”的过程中重新把南洋进行“他者化”、将其制造为景观消费和欲望开发的对象？在欧美、中国的文学中，“南洋”向来是一片神异的山水，对于来自前宗主国和欧美国家的游客来说，尤其有强烈广泛的吸引力，康拉德、毛姆、吉卜林等英国作家就根据自己的南洋经验，写出了一些知名的后殖民旅行文本，这是最雄辩的证据。在消费文化中尤其如此，正如法国思想家德波所说：“景观不是附加于现实世界的无关紧要的装饰或补充,它是现实社会非现实的核心。在其全部特有的形式——新闻、宣传、广告、娱乐表演中,景观成为主导性的生活模式。"[①]重要的是,随着"亚洲四小龙"的崛起、东亚儒教的复兴[②]、旅游业的开发,南洋变成一个很有潜力的文化符号,成为异国情调的灵感源泉[③]。因此,如何避免热带雨林书写沦为与消费主义合谋的命运、避免德里克批评的"自我殖民化"的出现,对于每个新马作家(不管是定居本土还是散居海外)而言,应是念兹在兹的大事。

三 美学素质与修辞精髓

《老子》说过:"无名,天地之始;有名,万物之母",王润华发现的风景究竟是什么样的"风景"?这不是商业化的、俗滥的所谓名胜古迹,而是原始蛮荒的无名山水以及再也平凡不过的日常事物,两者带有鲜明的本土气质,属于康德所说的"崇高"(sublime)的美学范畴。王氏高才硕学,中西知识源流为其诗歌写作提供了源头活水。他对英美意象派诗歌素有研究,早年曾著文辨析胡适的"八不主义"与意象

---

① 居伊·德波著,王昭凤译:《景观社会》(南京:南京大学出版社,2007年),第3页。

② 德里克认为,新加坡是东亚儒教复兴运动的倡导者,它之所以可能,"不是因为它拿出一套有别于欧美的文化价值,而是因为它把本土文化与一种资本主义叙事结合起来"。参看阿里夫·德里克:《后殖民气息:全球资本主义时代的第三世界批评》,见汪晖、陈燕谷主编:《文化与公共性》(北京:生活·读书·新知三联书店,2005年),第457、468页。在另一个场合,德里克重申:"对东亚和亚洲认同的寻找似乎最受那些从未放弃过传统的人欢迎,但同时也最受国家和资本的青睐,因为它们在那些传统中感受到的不仅是一种自我认同的方式,而且还有一种控制资本主义经济之混乱影响的成功手段,而后一种方式则根本不去怀疑资本主义本身。"参看德里克:《反历史的文化?寻找东亚认同的"西方"》,见阿里夫·德里克著,王宁等译:《跨国资本时代的后殖民批评》(北京:北京大学出版社,2004年),第12页。

③ 按照邦吉的定义,"异国情调"(exoticism)是一种话语实践,意欲在别处发现随着欧洲社会的现代化所失落的一些价值;这种19世纪文学与生存实践在文明范畴之外假设一个"他者"空间,而文明被许多作家认为与某些基本价值观念水火不容。参看Chris Bongie, *Exotic Memories: Literature, Colonialism, and the Fin de Siecle* (Stanford: Stanford University Press, 1991), pp. 4-5。

派诗论的渊源[①],他熟悉艾略特的诗学,对艾氏关于"批评家—诗人"(critic - poet)的观念别有会心。他研究过弗罗斯特的区域生活诗学及其象征境界,他的博士论文取材于司空图的诗学,近期又醉心于王维诗学之玄远空灵的世界。[②] 整体看来,意象派的简洁、客观和日常性,艾略特的"非个性化"与"逃避感情"的诗观,弗罗斯特琐碎的区域生活诗学,司空图与王维以象外之旨、含蓄妙悟为主旨的象征诗学,都在王润华的诗歌世界留下深浅不一的印迹。这些诗有一个醒目的素质,就是非个性化、淡化抒情、带有雕塑般的效果,这里回响着里尔克的诗歌伦理:"我们悲哀时越沉静,越忍耐,越坦白,这新的事物也越深、越清晰地走进我们的生命,我们也就更好地保护它,它也就更多地成为我们自己的命运。"[③]

意象派理论家认为,"意象"是在瞬息间呈现的一个理性和感情的复合体,是融合在一起的一连串思想或思想的旋涡;一个描写的意象可能是任何冲动的最充分的表现或解释。具体来说,他们要求:对于所写之物,不论是主观的或客观的,都要用直接处理的方法;决不用任何对表达没有作用的字;在诗的韵律方面,按照富有音乐性的词句的先后关联来写诗;表达上避免抽象和套语,要求直接、经济、客观性,摒弃1890年代叶芝的陈词滥调所代表的空气般的模糊朦胧。[④] 有学者

---

① 王润华:《论胡适"八不主义"所受意象派诗论之影响》,收入王润华《越界跨国文学解读》(台北:台北万卷楼,2004年),第33—52页。

② 王润华:《"桃源勿遽返,再访恐君迷"——王维八次桃源行试探》,收入王润华:《越界跨国文学解读》,第387—389页;王润华:《司空图新论》(台北:台北东大图书出版公司,1989年);王润华:《王维诗学》(香港:香港大学出版社,2009年)。

③ 里尔克著,冯至译:《给一个青年诗人的十封信》(北京:生活·读书·新知三联书店,1994年),第51页。"去抒情"与"非个性"不是欧美现代诗的专利,中国现代诗学的是类论述不可忽略,参看张松建:《抒情主义与中国现代诗学》(北京:北京大学出版社,2012年)第二章"反抒情主义与深度抒情论"。

④ 庞德:《回顾》《关于意象主义》《致哈利特·芒罗的信》,参看黄晋凯等主编:《象征主义·意象派》(北京:中国人民大学出版社,1989年),第131—152页;C. K. Stead, *Pound, Yeats, Eliot and the Modernist Movement*(London: Macmillan Press LTD, 1986), p. 34。

精辟指出，意象派的文学信条之一是对"硬性"(hardness)的追求，它是这个文学运动词汇里一个最普通最广泛的概念。意象派的硬性表现是：它在选择材料时有所偏爱，以对抗那些迷惑1880年代的那种忧郁感伤、享乐主义的精神。诗歌变"硬"的途径是：使用简化手法，去除装饰性因素；使用日常化口语，描绘凡俗的现实生活；避免情感泛滥，追求沉稳客观；使用近乎科学家式的"硬性"的细节性的观察方法来描绘对象。[①] 艾略特说过一段著名的话："诗歌不是感情的放纵，而是感情的脱离；诗歌不是个性的表现，而是个性的脱离。"[②]在阿多诺看来，抒情诗表面上是个人情绪和主观体验的载体，但在某种程度上也是社会总体性的反映和对世界的不言自明的批判。[③] 德曼相信，抒情诗较之于其他文类更能见证现代性的历史变迁[④]。对于以书写南洋史为职志的王润华来说，尤其如此。纵览他的诗篇，鲜少见到繁美的辞藻和宣泄的激情，而是祛除了崇高迷思和浪漫气质，浑然纯粹，一气呵成，属于非抒情的抒情诗。《锡矿工人的脊背》写道："无数小河/天天在奔流/贫瘠的土地上/一片沼泽/红蜻蜓停息在池塘的浮萍上/寻找鲜美可口的露珠与阳光。"透过隐形的抒情主体的观察和联想，锡矿工人的脊背仿佛一道微观的风景，折射出马来亚的历史地理和华人移民的苦难命运。全诗由一连串的视觉语象连缀而成，除了"小河"是隐喻性的语象之外，其他都是意义浅近的"单式语象"[⑤]，无抒情无议论，只是推出一个客观的画面，但深层语义的对比，非常显著："蜻蜓"尚

---

① Malcolm Bradbury & James McFarlane eds., *Modernism*, 1890–1930 (Harmondsworth: Penguin, 1976), pp. 238–239.

② 艾略特著，李赋宁译：《艾略特文学论文集》(南昌：百花洲文艺出版社，1994年)，第11页。

③ Theodor W. Adorno, "Lyric Poetry and Society," in Brian O'Connor ed., *The Adorno Reader* (Malden, MA: Blackwell, 2000), pp. 211–218.

④ Paul de Man, "Lyric and Modernity," in his *Blindness and Insight: Essays in the Rhetoric of Contemporary Criticism* (New York: Oxford University Press, 1971), pp. 166–186.

⑤ "单式语象"是描述式语象，"复式语象"包括比喻和象征，参看赵毅衡：《文学符号学》(北京：中国文联出版公司，1990年)，第160页。

有自由的生活,而锡矿工人只有谋生的艰辛。再如,《割胶工人的头灯》的开篇是一个主导性的比喻,这个意象有组织全篇的力量:“额头上的煤油灯/就像热带丛林边缘的萤火虫/黎明前/照醒橡胶树/环绕身上乳白色的小河/在灯光的引导下/方向正确又安全的/奔流进沉默的/深铜色的陶瓷杯里。”叶维廉概括中国古诗的美学特征,包括:超脱分析性、演绎性,让事物直接、具体地演出;连结媒介的稀少,使物象有强烈的视觉性和具体性及独立自主性;因为诗人“丧我”,读者可以与物象直接接触而不隔,并参与美感经验的完成。[①] 加拿大文论家弗莱(Northrop Fyre)指出:“在东方诗歌里,沉思传统被良好地确定起来,以至于一首诗可以经常只给出一点语言线索,把它留给读者去重新创造这个过程。日本和中国抒情诗的沉思力量可能与书面语言的性质有关,这种语言为语言密度提供了一种视觉的补充。”[②]两首抒情小诗的意象具有视觉性和联想性,在读者心中产生含蓄暗示的力量,显然有中国古典诗学的影响。《圣淘沙的战堡》兼有“平实”和“冷硬”的诗风,“冷”指的是零度情感的介入,“硬”指的是拒绝浪漫主义的软绵绵的语言:

巨炮顽固而且生锈
仍然错误地指着南方
广阔海面上
大大小小的波涛

游客们就像当年的炮兵们
无聊又疲倦
从炮管中窥伺
悬崖上的落叶

① 叶维廉:《语法与表现——中国古典诗与英美现代诗美学的汇通》,收入叶维廉:《比较诗学》(台北:东大图书公司,1988 年),第 77—78 页。

② Northrop Fyre, “Approaching the Lyric,” in Chaviva Hosek and Patricia Parker eds., *Lyric Poetry: Beyond New Criticism* (Ithaca, N. Y.: Cornell University Press, 1985), p. 33.

潮汐的一进一退

小孩子们就像流萤
在深邃又曲折的地道下
看见导游先生像当年的军官
在暗室里睡眠
冷漠的,如一颗颗大炮弹
等候来自海上的夜袭

只有野生的胡姬花
似乎不愿嗅闻弹药的味道
从碉堡的裂缝
探出头
迷惘张望中
看见远远山头的受降馆内
战争已经是一张张的照片和几个蜡人
在免费供人欣赏 ①

Blakang Mati(马来语,中文名“绝后岛”)在1970年改名为“圣淘沙”(Sentosa),原是新加坡的一处军事要塞,迄至太平洋战争爆发前,英国殖民当局一直在此驻扎重兵,成为抵抗日本侵略者的前沿阵地。新加坡独立后,圣淘沙被开辟为旅游中心,陈列着兵营、炮台、地道、蜡像馆等建筑物,每天迎接来自全世界的观光客。诗的主题是战争与和平,它截取一个场景,把历史沧桑浓缩其中,又保持必要的张力和心理距离,将其转化为一道被凝视、被省思的风景。诗分四节,每一节都有与战争相关的意象,譬如“炮台”“炮管”“炮弹”“弹药”,虽然每节的叙事焦点不一样,但无论人物的描写还是景色的描绘,都消除宏大叙事

① 王润华:《橡胶树》,第57页。

和浪漫激情,弥漫着倦怠冷漠、被动迷惘的氛围。朝代兴亡、历史沧桑在中国古典文学中向来与"《麦秀》《黍离》之悲"的怀古模式相关,背后常有一套宇宙观和正统论。到了现代,在浪漫主义或写实主义诗人的笔下,感时忧国、涕泪飘零的表达仍是题中应有之义。这首诗与它们都拉开了距离,有反浪漫、逆崇高的消解历史意义的游戏姿态,混合着和平主义和虚无主义的反讽调子。结尾的特写镜头是新加坡的国花"胡姬花",它象征永恒的美,超越人类事功的短暂性(这里暗用古诗中常见的自然与人类的对比)。这首诗没有繁复的修辞术(个别地方使用反常组合、比喻和拟人),以简洁的日常口语呈现事物本身,绝不抽象朦胧,描写和叙述都很低调,避免情感泛滥,也没有抽象的说理,在意象并置中注重细节的观察。

值得注意的是,"白描"这种传统手法得到了王润华的好感,有时甚至成为一首诗的整体结构原则(偶有比喻或比拟渗透),这些诗不事雕琢,浑然天成,对于习惯了复杂艰深的现代诗的读者而言,每每感觉不到技巧的存在,也许这就是钱锺书所说的"如蜜中花,水中盐,体匿性存,无痕有味"。《椰子》以椰子顽强的生命力象征华人的漂泊身世和生存韧性;《暴雨》描述潜伏在密林中的马共游击队员的紧张心理;《追踪足迹的达雅克人》刻画土著人追踪猎物的天赋异禀,都是成功运用白描的例子。令人惊叹的是,这些精短的文字追求"历史的风景化"。《吃风楼前的麻包沙袋》写紧急法令下,森林边缘响起了枪声,一只"苍蝇"受惊飞起,发现橡胶园里的麻包沙袋,"不明白红毛人/旱季里对洪水的恐惧"。"洪水"是双关语,暗示马共势力如"洪水猛兽",也含蓄表现英国资本家的惶恐心理。《热带水果篮中的手榴弹》写阳台上一名英国殖民分子,神情紧张,读着英文报纸《海峡时报》,餐桌上的水果篮里,除了木瓜、红毛丹、山竹,"还有几粒褐色的小菠萝/苍蝇嗅到陌生的炸药味道/才醒悟这不是热带水果"。这两首小诗采取"速记"的形式,从苍蝇的视角观察人物,展示一动一静两个场景,表现风声鹤唳、草木皆兵的氛围。更多时候,王润华的热带雨林书写采用内心独白的形式。抒情主体化身为诗人笔下的人或物,静观默察世界,展开联想;诗人移情体验人物的内心,扩展诗歌的修辞容量。《锡矿记》有这样的句子:"我们害怕炉火的调戏/于是隐藏在锰苗沙石之中/而她们细心的淘洗每一堆泥/终于发现我们萎缩在琉琅底下/如一撮白白的小米……/失去縠衣后/在迎风簸扬的箕上发抖。"通过拟人化的锡矿充满恐惧感的内心独白,小诗揭示了存在物与本源的脱离,表达对现代文明戕害大自然的抗议,不动声色地传达出对底层民众的深切同情。《荒芜的矿场记》可称为这首诗的姊妹篇:

当我走出泥土
大地便留下空洞的湖泊
翻着黑色的浪
悲哀地张望天空
只有野胡姬花和羊齿植物
无可奈何地生长在
一座一座贫瘠的沙丘上①

以"物"的视角观察和体验周围的风景,锡矿眼中的风景被情感化了,诗人让"物"超越了自身存在的有限性,面向本土历史经验敞开,两者结合,获得了思想深度:殖民当局的经济掠夺所造成的生态破坏、殖民地人民痛苦无望的情绪,都在微观风景中得到了表现。不仅如此,人类对自然加以科学技术的对象化,标榜进步、理性、科技和繁荣,是近代以来东西方文明的共同取向,正如海德格尔的哲学分析:

大地也如此摧毁着一切穿透它的企图。它使一切对它纯粹算计的强求归于毁灭。这种毁灭可能在进步与统治的外表下自我预示,此进步与统治的形式是把自然加以科学技术的对象化。不过,此统治却保持了意志的重要地位。只有当大地作为天然就

---

① 王润华:《橡胶树》,第48页。

> 是不可揭示的东西,作为从一切揭示中收回并永远保持在自我闭合中的东西,而且领悟被看护时,大地才敞现为它自身。大地上的万物,以及作为整体的大地本身,都汇聚为和谐统一的整体。[1]

广义而言,这首诗显示了对于技术统治的深切的批判和反思,也为诗集《地球村神话》的“生态环保”主题开创了先声。

“一语天然万古新,豪华落尽见真淳”(元好问)。诗人不再追求繁复造作的技巧形式,他带着赤子般的好奇心,亲近自然,描写花草、树木、鸟兽、水果的声音、色彩、形状、气味和动作,直接呈现气息灵魂,造就诗歌的简洁有力、明朗开阔。作者经诉诸“移情”和“追忆”,化身为物,观察、想象和体验,或者营造某个戏剧性场景,有时超越特定的历史时空而产生政治寓言的意味,例如《皮影戏》:

> 我虽然是影子
> 只在神秘的夜晚演戏
> 我却是光明的儿子
> 没有灯光的普照,我就活不了
> 我的乡土,如一块洁白的纱布
> 在污黑的社会,我会找不到自己
>
> 我从不在路上
> 留下一个足迹
> 我常常唱动听的歌
> 却没有用自己的声音
> 我在家的时候只是平面的侧影
> 在舞台上却表现立体[2]

---

① 海德格尔著,成穷等译:《海德格尔诗学文集》(武汉:华中师范大学出版社,1992年),第41页。

② 王润华:《橡胶树》,第51页。

皮影戏最早诞生在两千年前的西汉,又称羊皮戏,俗称人头戏、影子戏、驴皮影,发源于中国陕西,极盛于清代的河北。据说中国皮影艺术从13世纪元代起,随着军事远征和海陆交往,相继传入波斯、阿拉伯、土耳其、暹罗、缅甸、马来群岛、日本以及英、法、德、意、俄等亚欧各国。[①] 演皮影戏是东南亚流行的民俗。"傀儡"的特性在于现象与本质的分离,在于能动性、主体性的消失,它没有自己的声音和足迹,一切都是被动的存在,而它向大众显示的是虚假的一面,成为"奴隶"的隐喻。诗中的"傀儡"用第一人称的口吻自述身世,又意识到无法主宰自己的命运,这种自我意识的滋生暗示从"自在存在"转变为"自为存在"的可能。《皮影戏》的思想主题与后来的《面具小贩》非常接近,都有政治讽喻。[②] 它后来入选中学教科书中,编者是这样导读的:

> 《皮影戏》要表现的是傀儡的悲哀与无奈。这首诗语言浅显,明白如话,但内涵却极其丰富。有人说诗的主题是诗人感叹个人在命运面前身不由己,深深感受到生命的无奈……这首诗的主题是个人面对命运无奈的感慨,还是属于具有讽刺意味的政治诗,我们无须追究,因为这反而让诗作具有丰富的内涵,令人回味无穷,加强了它内容的深度。[③]

评论者小心地把这首政治讽刺诗的对象指认为越南、菲律宾等,把新马排除在外,耐人寻味。在第一节("傀儡的诞生")、第二节("影子的家庭背景")、第三节("傀儡的自白")中,傀儡都是以单数第一人称出现("我"),展开内心独白。到了最后一节("影子的下场"),则转换为复数:"被玩弄过之后/我们的头一个个被摘下来/身体整齐地被迭在一起/放在盒里,而且用绳子扎紧/于是我们又像囚犯,耐心地等待/

---

① 参看"百度百科"(http://baike.baidu.com/view/34658.htm)。

② 王润华:《山水诗》(吉隆坡:蕉风月刊社,1988年),第177—179页。

③ 参看网站(http://www.vjc.moe.edu.sg/fasttrack/chinese/culture/sp_authors/Au_wangrunhua.htm)。

另一次的日出。”诗人想强调的是,“傀儡”不是一时一地的个别现象,而是为数众多、普遍的社会政治常态,因此这个意象具有高度的概括性和本体象征的色彩。

结语　把世界带回家

总体看来,通过对南洋地理、风物习俗的描述及对近代历史的回顾,王润华塑造了一种独特的“地缘诗学”,书写马华民族志,把本土意识灌输其中。由于王润华从中西传统诗学中汲取创造性转化的资源,使得他的诗具有一种可贵的历史意识:

> 对于任何一个超过25岁仍想继续写诗的人来说,我们可以说这种历史意识几乎是绝不可少的。这种历史意识包括一种感觉,即不仅感觉到过去的过去性,而且也感觉到它的现在性。这种历史意识迫使一个人写作时不仅对他自己一代了若指掌,而且感觉到从荷马开始的全部欧洲文学,以及在这个大范畴中他自己国家的全部文学,构成一个同时存在的整体,组成一个同时存在的体系。这种历史意识既意识到什么是超时间的,也意识到什么是有时间性的,而且还意识到超时间的和有时间性的东西是结合在一起的。有了这种历史意识,一个作家便成为传统的了。这种历史意识同时也使一个作家最强烈地意识到他自己的历史地位和他自己的当代价值。①

在王润华的诗歌世界,风景呈现五副面影:其一,追寻现代主义的自我;其二,文学行旅与离散心态;其三,热带雨林书写及其本土意识;其四,对于破碎山河的后殖民批评;其五,表现生态环保议题的地球村神

---

① 艾略特著,李赋宁译:《艾略特文学论文集》(南昌:百花洲文艺出版社,1994年),第2—3页。

话。这当中最值得注意的，我以为是热带雨林书写、历史想象和本土意识。诗人与南洋的关系发生了变化，两者不再是拘束、隔膜、离心的“我—他”关系，而是身土不二、相互关情、密切对话的“我—你”关系。[①] 世间万物，包括天空、星群、飞鸟、大地、山川、动植物，一派生机盎然，元气淋漓，有的敞开内在的美丽，有的铭刻历史的哀矜，有的召唤另类的生命伦理。

在王润华那里，南洋本土的历史想象经过个人化、风景化和知识化的三重处理，彰显出丰富复杂的面影。一方面，消失的宏大历史只有经过“个人化”的处理，才会从时间川流中获得重生，被拉回到当下境遇中，与个人展开近距离的亲密对话，成为被感知、被体验的对象，向人类敞开丰富性和复杂性。另一方面，在历史“风景化”的努力中，诗歌显示固有的强大的力量，对抗时光侵蚀而铭刻集体记忆。然而这些经过历史化和个人化的风景，只有经过“知识化”的对待，才会获得理论自觉，才可把本土意识吸纳到文学的向心结构中。王润华关于热带雨林的书写，清理生态帝国主义的印迹，消除遗民意识和中原心态，依靠个人经验、情感和想象以及后殖民主义的知识源流，塑造蕴含离散意识和本土气质的南洋图景。在这个姿态背后是历史变革：英国殖民统治的瓦解，东南亚民族解放的蓬勃，新加坡独立和国际地位的提升，华人生活方式的转变，后殖民理论的西学东渐。在跨国主义、离散话语、本土知识、身份认同等新兴理论的背景下，南洋作家只有让“热带雨林”成为命运伙伴，利用这个“现代性装置”[②]去幻想南洋，再造南洋，新马文学才有“再出发”的机缘。

---

① 马丁·布伯著，陈维纲译：《我与你》（北京：生活·读书·新知三联书店，1986 年）。

② “现代性装置”的说法来自日本学者柄谷行人的专著《日本现代文学的起源》。

第二章　身体书写与性别政治

——英培安的文学世界

引言　从"身体"出发

新加坡作家英培安①(1947—　)出版了26本著作，被王德威誉为南洋华语文学之"越界创作"的典范。② 关于他的研究论著，大多强调其小说叙事的创新、现代主义实验与杂文写作的鲁迅风，业已产生了一些有代表性的论述。③ 但是，关于他的文学写作，其实还有批评探索的空间。英培安的文学作品之精神气质是怎样的呢？我觉得，借用詹明信对本雅明的评论来概括，也很恰当：

---

① 英培安，笔名孔大山。祖籍广东新会，1947年生于新加坡，义安学院中文系毕业。1970年，创办《茶座》。1978年起在新加坡《南洋商报》写专栏。1978年在内安法令下被拘捕，三个月后被释放。1979年，创办《接触》。1993年移居香港，担任专栏作家，一年后归来，创办草根书室。2013年任南洋理工大学首届驻校作家。出版有26种作品集，涉及小说、诗歌、剧本、杂文、评论。作品被译成英文、意大利文、荷兰文、马来文。曾获新加坡书籍奖、文化奖、东南亚文学奖、《亚洲周刊》十大小说奖、新加坡文学奖。参看刘燕燕：《办杂志与开书店奇遇记——英培安访问录》，新加坡《圆切线》第6期(2003年4月)。

② 王德威：《华语语系的人文视野与新加坡经验》(新加坡：南洋理工大学中华语言文化中心，2014年)，第54页。

③ 吴耀宗：《灭杀踵武者：英培安与希尼尔小说的孤岛属性》，收入吴耀宗编：《当代文学与人文生态》(台北：万卷楼出版社，2003年)，第47—70页；朱崇科：《面具叙事与主体游移：高行健、英培安小说叙事人称比较论》，收入朱崇科：《华语比较文学：问题意识及批评实践》(上海：上海三联书店，2012年)；刘碧娟：《新华文学中的现代主义》，南洋理工大学中文系博士论文，2014年；林高：《看得见的我找看不见的我：谈英培安〈我与我自己的二三事〉的叙事技巧》，新加坡《不为什么》创刊号(2013年10月)，第68—73页。

> 于是,从本雅明文章的字里行间流露出来的那种忧郁——个人的消沉、职业的挫折、局外人的沮丧、面临政治和历史梦魇的苦恼等等——便在过去之中搜索,想找到一个适当的客体,某种象征或意象,如同在宗教冥想里一样,心灵能让自己向外凝视着它,在里面觅到短暂的哪怕是审美的慰藉。①

英培安的作品叙述的大多是奋斗与失败、愤怒与沉默、流亡与回归、爱欲与冒险、疾病与死亡的凄恻动人的故事,这甚至构成了他的一以贯之的文学风格。英氏的许多作品,都渗透着平静的哀伤、倔强的自尊、无所不在的孤独感,令人想到鲁迅、郁达夫、陀思妥耶夫斯基、索尔·贝娄的文风。华校生系列,知识分子题材,反英雄和失败男人的群像,流落海外的艺术家,彷徨无措的小人物,在这些故事的背后往往是南洋社会的全景图。英培安聚焦于个体生命中的关键性的生存情景,追寻道德空间中的方向感,朝向忏悔与救赎的问题伦理,所有这些东西弥散在他的"身体书写"当中。本文希望另辟蹊径,把英氏的全部作品视为一个完整、开放的结构和系统,以"身体书写"作为切入点,研讨文学文本与社会—文化语境之间的张力对话,研讨身体论述如何变成英氏写作时的支配性框架,他如何经由身体故事的讲述,表达自我认同与国族叙事,并且评价其洞见和盲点所在。

一 身体塑造与自我认同

身体研究在东西方学术界有许多论著。法国学者维加埃罗(Georges Vigarello)从宗教学、医学、文学、体育锻炼等角度,研究文艺复兴到启蒙运动时期的西方文明中的身体论述,认为集体的规训和个

① 詹姆逊著,钱佼汝、李自修译:《语言的牢笼 马克思主义与形式》(南昌:百花洲文艺出版社,1995年),第48页。

体的解放预示着现代身体之出现的特征。① 在中国古人的身体论述中,医学的纬度不是大宗,而是交织着伦理学、宗教和神秘哲学的含义。有学者发现,在文学与文化研究中,身体概念有三个面向常被提及。其一,在早期文学作品中出现的"国王的身体",与政体、天体之间彼此呼应,形成政权合法性之基础和印证关系。其二,在人类学和后起的文学表达上,身体的种种特征与疾病常是社会病症发生的征兆。其三,在福柯与女性主义的性别研究中,身体与性别角色的调教,以及性别训练的机制,都和"性别认同"的形成有密切关系。② 需要补充的是,身体的发现和审视在现代文学中还有其他含义。譬如,五四作家出于人道主义、启蒙主义的关怀,由身体发现而产生"自我认同"的承诺,以及对于中国现代性的追寻。

在英培安的许多作品中,"照镜"的语象反复出现,小说的叙事者或现代诗的抒情自我,经常凝视自己的镜中身体,若有所思。这个动作与自我认同到底是一种什么关系呢?在英氏的短诗《手术台上》中最先出现"照镜"的动作:

> 我们在镜中找不到自己的颜脸
> 纯黑的阳光照满这贫穷的土地上
> 毒雨不停的下,而河床枯竭
> 我们盲目地耕耘,撒下短命的种子
> 有人疯狂地蹂躏一根幼苗
> 有人拼命地抓紧腐朽的树干
> 像螳螂一样地啃尽嘴边残余的文化 ③

---

① 维加埃罗著,张并、赵济译:《身体的历史:从文艺复兴到启蒙运动》3 卷本(上海:华东师范大学出版社,2013 年)。

② 廖秉惠编著:《关键词 200》最新修订版(台北:麦田出版社,2003 年),第 30—31 页。

③ 英培安:《手术台上》,收入诗集《手术台上》(新加坡:草根书室,1988 年再版),第 61 页。

在英文中,“镜子”(mirror)和奇迹(miracle)有相同的词根。西方人常用镜子比喻作品,强调逼真性。中国人用镜子比喻人心,强调纯正和无偏。印度佛教用镜子比喻世界的空虚无限。① 拉康认为,“镜像阶段”确立人类在幼儿阶段的自我意识。吉登斯从社会学角度论述了身体与自我的关系:“自我当然是由其肉体实现的。对身体的轮廓和特性的觉知,是对世界的创造性探索的真正起源。借助这种探索,儿童了解客体和他人的特征。身体因此不仅仅是一种实体,而且被体验为应对外在情景和事件的实践模式。”②本诗拼凑一系列悖论语言和浓烈迫人的意象,造成痖弦式的张力感,抒情自我揽镜自照,发现自己的脸面竟然消失了。这个令人不安的“奇迹”暴露了现代人的自我不存、道德沦丧以及对于现代文明的幻灭感。

在英氏随后出版的小说中,男主角经常照镜子,自我凝视,顾影自怜,或喃喃独语,或内心独白,自述一己的身形相貌,不但见出孤寂萧条的心情,而且展开自我反思,甚至朝向终极关怀。在《一个像我这样的男人》第一章,“建生”回顾自己与“子君”的交往经过,提到女方喜欢自己的不修边幅的样子:

> 我的一头乱发,没想到我这头乱发会吸引人。我在镜子前,仔细端详自己的样子:高额头,尖削的脸,眼睛有点凸,大鼻子下,嘴巴微微地往上翘。我的五官不算好看,但凑在脸上还算顺眼。我对着镜子,挤眉弄眼地做了几个表情,越看就越觉得自己果然有点器宇不凡。于是立刻回信给她。③

身体的发现意味着主体性的觉醒和自我认同的追寻。艾尔曼发现,在西方文化的各个层次上,都充斥着性别类比(sexual analogy)的现象:

---

① 乐黛云:《中西诗学中的镜子隐喻》,载北京《文艺研究》1991 年第 5 期。

② 吉登斯著,赵旭东、方文译:《现代性与自我认同》(台北:左岸文化,2005 年),第 92 页。

③ 英培安:《一个像我这样的男人》(台北:唐山出版社,2004 年版),第 4 页。

我们倾向于以最原始也最简化的生理性差异解释所有现象，不管世间现象如何改变，我们都习惯以性别类型的方式将各种经验分类，外在世界不但被强行加上性别区分，还被赋予性别偏见。[①] 在基本的流俗看法中，身体强健、肌肉发达的男性，例如运动员、士兵甚至恐怖分子，被认为具有男性气质（masculinity），相关性格是刚强、有攻击性、直率、有领袖欲。[②] 有学者指出，男性气质作为社会性别身份是社会—文化建构的产物，而且是男人创造的意识形态，维护男人对权力、资源和社会地位的垄断。[③] 这种男性气质不同于世人对诗人的刻板印象。在上述段落中，建生不修边幅、睥睨世俗的书生形象，满足了子君心目中对诗人的定见，这反过来又强化了建生的"器宇轩昂"的自我感觉。在其他章节，主人公说自己的理想是当一名"作家"，声称"诗人是不需要文凭的"，不屑于像同侪那样升入大学。从主人公对自己的身体形塑来看，他看重的是内与外的一致性，以及对自我认同的承诺与确认，挑战了流俗看法中的所谓"男性气质"。[④]

在后殖民时代的新加坡，现代性摧毁了性别压迫与歧视，以理性、计算和效率为尺度；现代性是科层化、理性化、"规章统治人"、效率与利润优先，这些历史性的变化成功地瓦解了父权制，使得男女平等有了制度化保障。同时，新加坡只有都市而没有乡村的地理特征，也削弱了性别歧视和职业歧视的社会基础，使得性别平等的观念深入人

---

① 托莉·穆尔著，王奕婷译：《性/文本政治：女性主义文学理论》（台北：巨流图书公司，2005 年），第 37 页。

② 曼斯菲尔德著，刘纬译：《男性气概》（南京：译林出版社，2008 年），第 34—35 页。

③ 约翰·麦克因斯著，黄菡、周丽华译：《男性的终结》（南京：江苏人民出版社，2002 年），第 65 页。

④ 在小说结尾，主人公经历事业破产和情感危机后，从"边缘性"男性气质挣脱而出，朝向"霸权性"男性气质转变。彼处的身体描写——凝视远处、背上弓箭、短刀插在腰间、挺起胸膛、向森林走去——塑造出一个崇高的"猎人"形象，它突出的不是一个不修边幅的文人形象，而是一个有理性、勇气和道德责任感的男人形象，主人公终于找到了道德空间中的方向感。有学者指出，"身份认同"也需要经过叙述而得以建构，这篇小说通过情节展开和身体描写，见证主人公的自我认同的变化。

心,女性在教育和职场上具有较多的发展机会,提高了自身的生活水平和社会地位,也对父权制下的男性尊严、权威感和优越感构成了威胁。这些社会背景对于理解英氏的小说很有帮助。在表现男性的失落方面,中篇小说《孤寂的脸》相当精彩,它弥漫着沉重的个人孤独感和无助感,表达了伦理和情欲的双重主题。第1章和第11章描写一个失败的中年华族男子的身体。小说一开篇,第二人称叙事者坐在梳妆桌前,写下凌乱的内心感触,表达对父亲的忏悔,他向镜中望去,看到如下的身体:

> 你放下笔,注视着梳妆桌前镜子里的自己。镜子里是一张苍白阴郁的长脸;深陷的眼眶,藏着一双疲惫失神的大眼睛;浑浊的眼白,微微地散着蜘蛛网似的血丝。眼睛底下,是青黑色的眼袋,皱纹像田陌般地在眼袋下纵横着;粗糙的皮肤,冒着小小的颗粒。你把脸凑近镜子。你的眼睛立刻成了个大特写;眼袋的皮囊,粗得像鳄鱼的皮革。你注意到你眼袋下面有粒暗疮。真奇怪,快四十岁的人了,还生暗疮。你用指甲轻轻地挑了它一下,有点刺痛;你移开手指,不再去碰它。然后,你把手指移向额头,缓缓地拨起垂在额前的头发。你刚洗过头,头发还没干,所以显得有点稀薄。你看见你发脚下白色的头皮,你已开始脱发了;发脚正往上移。尤其是额头的两旁,脱了发的头皮,像海湾的沙滩似的蚀进发丛,而且越蚀越深。①

这段话先声夺人,布下悬念,透过此后的情节布局,终于揭开谜题。这位无名的中年男子,出身下层华人家庭,从华校毕业后,一事无成。后来,他失业在家,嫉妒妻子的高收入,猜疑其浮华生活,导致感情破裂,妻离子散。他又对老病的父亲缺乏孝心,疏于照顾,终于导致老人凄惨死去。事后,他四处游荡,百无聊赖,怀着痛苦忧伤的心情,向亡父

① 英培安:《孤寂的脸》(新加坡:草根书室,1989年),第1—2页。

和前妻暗中忏悔。这里描绘了一个中年男人由于睡眠不足、心情压抑，导致未老先衰、健康恶化的现象。生理上的种种变化，暗示心理和精神的病症，这一切透过身体的视觉形象而展示出来，正如吉登斯说的那样："'身体'听起来是个简单的观念，尤其在把与'自我'或'自我认同'等概念相比较的时候更是如此。身体是一种客体，在其中，我们都被赋予或被注定去占据这个充满健康和快乐的感受的源泉，但它也是疾病和紧张的温床。然而，正如已被强调的，身体不仅仅是我们'拥有的'物理实体，它也是一个行动系统，一种实践模式，并且，在日常生活的互动中，身体的实际嵌入，是维持连贯的自我认同感的基本途径。可以辨识出身体与自我和自我认同有特殊关联的几个方面。"[①]上面的身体书写导向自我认同的危机："我"到底是怎样的一个人？究竟应该付出怎样的行动和实践，才能维持连贯的自我认同？应该指出，对于自我认同的关心，其实是起源于一个问题伦理：我们应该怎样生活？什么才真正是有意义的生活？在这篇小说的第 11 章，出现"我"沐浴后照镜子的场景：

> 我用手掌抹去镜子上的雾气，镜前显出我赤裸裸的身体。稀薄的头发，湿漉漉地贴在我的头皮上；水珠从头发淌下来，如一条条急着寻找出口的河流，经过我阴暗的脸颊，直奔向我的下颌。因为洗了个热水澡，嘴唇看起来还算红润，但身上的皮肤却是灰青苍白的。我胸部和手臂的肌肉松而且软；一看就知道，这是个四体不动、暮气沉沉的人。我用毛巾出力地擦拭我的湿头发，从镜里看到自己微微突起的小肚腩，肚腩下有几道细细的皱纹；丑陋的生殖器，猥琐地藏在湿漉漉的耻毛下，随着我擦拭头发时双臂的运动，滑稽地颤动着。[②]

---

① 吉登斯著，赵旭东、方文译：《现代性与自我认同》，第 147—148 页。
② 英培安：《孤寂的脸》，第 116 页。

稀薄的头发,阴暗的脸颊,灰白的皮肤,松弛的肌肉,丑陋的肚腩,猥琐的性器官,渲染丧失活力后的病态身体。这个被剥掉了衣服的赤裸男体,表明了男性的体面和威严的丧失,暗示小说表现的世界是礼法不存、人性泯灭,暴露出原始的狠毒。接下来的段落,小说描写父亲的衰老丑陋的身体,以及儿子对于患老年痴呆症的父亲的虐待。人的身体外貌、行为举止,与身体的感性、生活制度,存在密切的关系,尤其关乎自我认同。按照哲学家泰勒的研究,"自我认同"使个人主体获得一个看待自我的框架和视界:"知道我是谁,就是知道我站在何处。我的认同是由提供框架或视界的承诺和身份确认所规定的,在这种框架和视界内我能够尝试在不同情况下决定什么是好的或有价值的,或者什么应当做,或者我应赞同或反对什么。换句话说,这是我能够在其中采取一种立场的视界。"①英培安在访谈录中坦陈:"小说的男主角是个华校生,所以也可以说是描述一个受华文教育的本地男人面对的困境。"②或者换言之,主人公找不到道德空间中的方向感,他以"身体书写"见证了自我认同的迷失和男性气质的毁灭。

"照镜"的语象也出现在长篇小说《骚动》中,成为激发情欲的媒介。离开新加坡30年后,子勤与国良在香港重逢,两人很快发生了一夜情。翌日,她独自呆在卧室中,习惯性地照镜子,对自己的裸体突然有了新发现,情欲蠢动之下,她开始手淫,很快达到了高潮。③ 在英培安的长篇小说《我与我自己的二三事》中,"镜子"意象出现了六次。这是一位出身于华校的失败男人在暮年写作的"忏悔录",作家观察和诊断主人公的身体状况,重申自我认同的古老寓言,接续《孤寂的脸》的主题,表达家庭伦理和道德训诫。《旧唐书·魏征传》有云:"夫

---

① 查尔斯·泰勒著,韩震译:《自我的根源:现代认同的形成》(南京:译林出版社,2011年),第37—38页。

② 其欣:《现代男人的困境——英培安谈〈孤寂的脸〉》,收入英培安:《孤寂的脸》附录,第136页。

③ 英培安:《骚动》(台北:尔雅出版社,2002年),第45页。

以铜为镜,可以正衣冠;以古为镜,可以知兴替;以人为镜,可以明得失",因此,照镜与中国人的卫生习惯、道德修身、国家治理发生了隐喻性的关联。照镜在小说中有两层含义:其一是发现肉身衰败、疾病丛生、大限来临的生理性的事实;其二是追寻自我认同,期待人格的完整性。题目中的"我"指现实自我,"我自己"指理想自我,两者经常互相辩驳,神魔交锋,肉身受难,不知伊于胡底。老年的"阿辉"在组屋区的理发店里,发现镜中的自己俨然一个老男人的形象:双眼疲惫无神,眼袋黑而发皱,皱纹密布的脸上点缀着老年斑,头发灰白而稀少,宛若丑陋的脱毛老鼠。然而,"照镜"的真正目的是找寻"我自己",亦即理想自我和完整人格,具有一种重建自我认同的伦理学意义。中年阿辉发现,"我"决心抛弃"我自己",双方水火不容,斗得天翻地覆。这是一场极为剧烈的内心冲突:

> 他形销骨立地站在盥洗间一面破裂的镜子后面,扭曲着破碎的脸,与我怒目相视。盥洗间的地上洒满砸破的碎玻璃。我们互相凝视对方,似乎要以愤怒的目光把对方镇压下来。但是,我真的没有气力与自己斗下去了,我颓然地掩着脸,用沙哑的声音哀求他:我不想操纵你,但也不愿意你操纵我,我们分手罢,唯有这样,我与你才会自由。求求你离开我,永远离开我。他泪盈满眶,默不作声。①

阿辉出身于贫苦华人家庭,性格孤僻,自卑软弱,常在内心进行神经质的自我分析,爱好文艺,有创作才华。中小学就读于华校,在南洋大学中文系毕业后,就职于一家华文报馆,事业无成。后来转行到商界,奋力拼搏,发家致富,不免得意忘形。这段引文透过"照镜"的细节和身体描绘,见证中年阿辉在事业辉煌之际的内心挣扎。那么,老年的阿辉是怎样的形象呢?

---

① 英培安:《我与我自己的二三事》(台北:唐山出版社,2006年),第83—84页。

> 镜子里出现的是一张憔悴、焦虑的脸,的确很像他,那张脸比我想象中老得多,而且显得有些浮肿,这是身体不健康的征兆。是他吗?我呼唤他的名字。是你吗?我问。他也这样问我。是你吗?是的,是我。我自己没有从镜子里走出来。那是我的脸孔,那张苦心经营多年的,自负、傲慢的脸孔不见了,取代它的就是这张憔悴的,充满病容的脸孔。但是我仍对着它说话,就像对着我自己说话一样。我们很久没见了,我说,你回来罢,我们很久没谈话了。镜子里面的脸哀伤地望着我,默默不语。①

阿辉被事业成功冲昏了头脑,开始追名逐利,花天酒地,导致夫妻离异、父子反目,经历多次情场失意,遇上经济危机,公司破产,一贫如洗,债台高筑。这段引文表现阿辉抛弃道德原则后的内心紧张。他的心理危机加重,往镜子里频繁张望"我自己",然而,千呼万唤不出来。阿辉众叛亲离,垂暮之年身患绝症,搬进组屋区的出租房内,过起离群索居、与世隔绝的生活。他在自己的房间里到处装上镜子,希望找到"我自己"。他形影相吊,喃喃独语,经常在计算机上给"我自己"写信,表达愧疚和懊悔,然而无济于事,终于在贫病交加中凄然死去。在小说的结尾,弥留之际的主人公神志不清,还向去世的母亲叫嚷,索要一面"镜子"!英培安在小说中常用回溯(flashback)手法,透过时间的冻结和片段的记忆,让主人公归回生命史的源头,在往日和现实之际往返,企图恢复自我认同的承诺与确认——准此,"照镜"在此具备多重意义:身体的重新发现,情欲的启动,自我认同的追寻,男性气质的重构,以及道德观念的回归。

二 身体的终结

对于生命、健康、疾病、卫生、死亡、寿命、出生率等人口因素实施

---

① 英培安:《我与我自己的二三事》,第131—132页。

的治理技艺，属于福柯所谓的“生命政治”的范畴。① 桑塔格认为，疾病是生命的暗面，一个幽暗的公民身份；从西方文化史来看，人们对于肺结核、艾滋病、癌症等疾病，产生了种种匪夷所思的想象和隐喻。好学深思的英培安，早在1993年就熟悉桑塔格的名著《疾病的隐喻》，还发表过一篇见解敏锐的书评。② 在他的六部中长篇小说中，除了《一个像我这样的男人》和《骚动》之外，其他四部作品都有关于疾病的描绘。《孤寂的脸》中的“父亲”患上老年痴呆，生活无法自理，受到家人嫌弃。《我与我自己的二三事》中的阿辉身患老年病，在SARS肆虐期间撒手尘寰。《戏服》的主人公梁炳德晚年病魔缠身，虽有孙女如秀的细心照顾，但仍然颜面尽失，痛苦地死去。

更有代表性的是《画室》。据英培安自述，它的两大主题是死亡与孤独。③ 男主角颜沛，出身于贫苦华人家庭，从南洋大学中文系毕业，在中学担任华文教师，后来成了一名全职画家。颜沛因为经济贫困和坚持艺术追求，与妻子婉贞发生冲突，不久离异，后来就一直独身。60岁时，他发现自己的身体出了问题：

> 他夜间频尿，晚上起床上厕所至少三次，而且小便缓慢。每次小便，都得等好一阵子才能尿出来，尿完之后，总觉得尿管里还有残滴。他怀疑自己的前列腺有问题。注意健康的人都说，男人50岁开始，就应该要检查前列腺了，尤其像他这种缺乏运动的人，前列腺更容易出毛病。他已快60了，以前从来没检查身体，前两年检查血压和胆固醇，才发现血压和胆固醇都过高，都需要吃药。看来，他应该检查一下前列腺了。④

---

① 福柯著，莫伟民、赵伟译：《生命政治的诞生》(上海：上海人民出版社，2012年)。

② 英培安：《〈疾病隐喻〉与〈哀悼乳房〉》，收入《阅读旅程》，第49—88页。

③ 张曦娜：《英培安〈画室〉入选亚洲周刊“十大小说”》，新加坡《联合早报》2012年1月20日第七版。

④ 英培安：《画室》(台北：唐山出版社，2011年)，第219页。

随后,颜沛去参加体检,被医生确诊为患了前列腺癌,他感到震惊而无奈。这种致死的疾病,首先摧毁了这位画家的容貌,镜子中的他是这样一幅形象:

> 我现在的样子是不是很难看呢?他避开镜中的脸,却注意到自己的手臂瘦得宛如两根干枯的木柴。藏青色的静脉,像山脊一样散布在他的手背上,手背上皮肤的皱纹,有如山脉下干瘠的土地。……他有个预感,自己可能时日无多了,死神已经伏在他肩上,随时准备为他奏哀歌。①

颜沛随后经历了漫长的多种治疗,忍受身心的巨大折磨。医生护士只是把他的身体当作一架出了故障的机器来对待,只是"治理技艺"(福柯)的一端而已,敷衍了事,缺乏真诚的人文关怀。在治疗上花费很大,他的经济更拮据了。虽然学生们纷纷向他伸出援手,但是不可否认,公共世界向他关闭了,人际关系也出现疏离。按照桑塔格的说法,与肺结核给人的浪漫形象不同,癌症具有隐私性、致命性,让患者倍感恐惧、尴尬和不体面,癌症被视为20世纪的神秘、邪恶的疾病和无情的身体入侵者,一直被污名化,如同一种卑污的、难堪的隐喻。② 柄谷行人进而指出:"问题不在于如桑塔格所言病被用于隐喻,问题在于把疾病当做纯粹的病而对象化的现代医学知识制度。只要不对这种知识制度提出质疑,现代越发展,人们就只能越感到难以从疾病,因此也难以从病的隐喻用法中解放出来。"③患病后的颜沛,心情复杂之极。有时,他自我安慰,相信现代医学知识发达,前列腺癌不是绝症,他开始注意饮食,锻炼身体。当癌细胞扩散后,他愤怒哀伤,怨天尤人:"为什么是他?为什么是这个时候?他能怪谁呢?能向谁发怒?他只能

---

① 同上书,第261—262页。

② 桑塔格著,刁筱华译:《疾病的隐喻》(台北:大田出版公司,2008年),第15页。

③ 柄谷行人著,赵京华译:《日本现代文学的起源》(北京:生活·读书·新知三联书店,2006年),第104页。

怪自己,怪自己没有尽早检查身体。”有时,他觉得自己像托尔斯泰笔下的伊凡·伊里奇,本来可以过上平凡单纯的生活,突然间却变成了一个垂死的癌症病人。有时,他承认自己有平凡人的虚荣心,希望在有生之年让人们看到自己的成就,寻回婉贞对他的爱情。有时,他自感因为专注于绘画艺术,缺乏家庭责任,没有照顾好父母妻子,感到羞愧不安。颜沛,这位“饥饿的艺术家”,终于领悟到存在主义哲学的宗旨,对于恐惧、孤独和死亡,他决心自我承担:

> 他一直在享受孤独的自由,一种自私的自由。他喜欢孤独的滋味,至少,之前他一直是这样告诉他的朋友,他的学生。现在他才真正了解到,孤独的滋味不仅只是自由的滋味而已,他患了这致命的疾病,才体会到孤独的另一面。他要孤独地和病魔作战,孤独地与死亡对峙,没有人能帮助他,只有他自己一人应付病魔,应付死亡。死亡,是最彻底的孤独。①

然而,这悲壮的生命伦理与终极关怀,在实践的时候又遭遇挑战。尤其是当颜沛的生活无法自理,瘫倒在病床上,他感到尊严尽失,彻底沦为“趋向死亡的存在”,他自知来日无多,万念俱灰:

> 孔子说:“朝闻道,夕死可矣。”说不定今晚他就离开这人间了,但是他觉得心安理得吗?他已认识了什么道理呢?他这一生努力追求的人生意义是什么?做一个堂堂正正的人?一个真挚的、决不欺世盗名的艺术家?那又如何呢?在绘画艺术上他有什么成绩?他不知道。不过,至少他曾经努力不懈地追求他的理想。他怕死吗?他自己也不清楚,无论怕不怕,他就快要面对它了。②

---

① 英培安:《画室》,第258页。

② 英培安:《画室》,第271—272页。

当婉贞从香港匆忙赶到新加坡,打算捐弃前嫌、开始新生活时,她在医院里见到的,却是弥留之际的颜沛。

需要追问的是:颜沛的"病"从何而来?他究竟为"何"而死?应该说,英氏小说的主人公的悲剧,指向新加坡的作为后殖民现象的语言政治。英文作为华人的第一语言,直接导致华人社群的内部殖民和相互撕裂,在经济状况导致的阶级分化的基础上出现了再分化。作为华校生,英培安说过:"英语不但是新加坡主要的语言,而且多半是中产阶级,或者是社会的既得利益者的语言。"①他指出,中产阶级出身的精英们想出来的政策,自然倾向于中产阶级憧憬的美景,很容易就忽略了中下层阶级的感受与生活水平,所以,英校生与华校生的矛盾,其实就是"治人者"与"治于人者"的矛盾。华校生与工人的政治意识和斗志为执政党赢得了政权,但是后来却受到了压制,他们的愤懑与颓丧,只有他们自己最清楚。② 英氏详细批评了华人社群的这种怪现状:

> 本地的华人,只要精通英语,即使完全不懂华文(包括方言),也不会有什么羞愧痛苦的感觉,而且还可以活得挺舒适快活,许多望子成龙的父母,为了使儿女的英文更纯正,甚至还刻意使他们和母语完全断绝关系,务去"根"而后快。因为,英语在本地的华人社会里,是非常重要的。"华人讲华语",虽然是"合情又合理",但只会讲华语,并不保证你能飞黄腾达,升官发财。而华人讲英语,不仅"合情又合理",还可以显示自己的身份和地位,只会讲英语与只会讲华语的华人,身份是不同的。③

---

① 英培安:《生活化与低俗》,收入《蚂蚁唱歌》(新加坡:草根书室,1992 年),第 26 页。

② 英培安:《华校生与华文教育》,收入《蚂蚁唱歌》,第 121—122 页。

③ 英培安:《英语》,收入《翻身碰头集》(新加坡:草根书室,1985 年第 2 版),第 9—10 页。

英培安小说中的主人公都是小知识分子、华校生、失败男人、畸零人、反英雄，处在社会边缘和下层，饱受非议、歧视和压迫，为生活打拼，理想破灭，抑郁寡欢，虽然生活贫困，但是保持高贵的尊严感，包括《一个像我这样的男人》中的周建生，《孤寂的脸》的“我”与父亲，《我与我自己的二三事》中的阿辉，《画室》中的颜沛、思贤，《戏服》中的梁剑秋、陈劭华。那些病死的主人公的职业是华文报记者、中学教师、无名艺术家，与其说他们是死于各种生理疾病，不如说是死于这种文化创伤。[①] 正如有论者指出，英培安所有长篇小说的男主人公都是被阉割去势的对象，主要起因于他们是语言政治化的牺牲品。[②]

三 权力与身体

英培安的身体书写，除了自我认同、情欲与疾病的主题之外，还诉诸身体的变形与囚禁，表达他对权力关系、威权政治与意识形态的批评。先看短篇小说《白鸟》。一位中年汉子被公司裁员，一直赋闲在家，抑郁寡欢。他外出散步时发现一只白鸟，欢喜之下，把它带回家，每天与其交流，乐在其中。这让妻子感到烦恼，她在某一个早晨偷偷把白鸟扔到窗外。丈夫起床后，不见白鸟，他愤怒哀伤，冲出了家门。傍晚，放学回家的女儿，发现窗外有两只白鸟，就指给妈妈看：

> 是的，窗户外面的晾衣架上，正栖着两只白鸟，他们依偎在一起，亲密地啁啾着。她认得其中一只，那就是她丈夫最钟爱的那只白鸟；但是，另一只——她也认得。它身上的白羽毛就像丈夫

---

① 关于新加坡的教育政策的发展变化，参看 Saravanan Gopinathan, *Towards a National System of education in Singapore*, 1945 – 1973 (Singapore: Oxford University Press, 1974) ; H. E. Wilson, *Social Engineering in Singapore: Educational Policies and Social Change*, 1819 – 1972 (Singapore: Singapore University Press, 1978)。

② 朱崇科：《本土性的纠葛：边缘放逐、南洋虚构、本土迷思》(台北：唐山出版社，2004 年)，第 94 页。

> 身上睡衣的颜色一样,隐约地呈现着几条浅灰色的斑纹,它的头也像丈夫一样,微微地秃着,她还认得它望着她时哀伤的眼神。啊,她惊叫起来,然后便哭了。那只白鸟就是爸爸呀!但是,教她怎么告诉女儿呢?①

《白鸟》向卡夫卡的《变形记》致敬的痕迹明显,采用荒诞和魔幻写实的手法,通过描写身体的变形和异化,揭示现代社会中小人物的孤独失意、人与人之间无法沟通的悲哀。多年以来,失业男子经常遭受妻子的语言暴力和女儿的冷遇。经济权力的丧失和家庭温情的匮乏,彻底剥夺了他的阳刚气质和语言能力,他如同被软禁在家中的囚犯,终日失魂落魄,沉默寡言。这篇小说颠倒了父权制权力关系,回到《一个像我这样的男人》所表达的"男性困境"主题。

戏剧《人与铜像》中的中年人,对于空虚忙碌、单调乏味的日常生活,感到厌倦不已,他由于地位低下而受到欺压,愤愤不平。当他目睹铜像的高大威猛和惊人本领后,羡慕之余,希望自己也能够变为铜像,翻身做主人,去报复和奴役他人。铜像应允了他的请求,但是要求他签订契约,中年人欣然签约,事后才发现,上面有一个字迹细小的附加条件,即,完全听命于铜像!结果,出现了令人啼笑皆非的一幕:

> 中年人从舞台右边出场。他的颈项拴着一条长绳子,观众看不到握绳子的人,但他的行动,显然是受舞台幕后的人操纵着。中年人张着八字脚,高视阔步地走路,胸膛挺得高高的,他自以为很神气,其实样子十分滑稽。他发现年轻人独坐在石凳上,非常惊喜,忙上前与他搭腔。年轻人的眼里,看不见中年人脖子上的绳子。②

中年人对铜像敬畏而且崇拜,他患有人类普遍存在的"权力崇拜症"。

---

① 英培安:《白鸟》,收入《不存在的情人》(台北:唐山出版社,2007年),第7页。

② 英培安:《人与铜像》(新加坡:草根书室,2002年),第52页。

为了获得奴役他人的权力，中了铜像的诡计，失去了自由意志、个人尊严和主体性，脖颈被套上一条无形的绳索，变成任人操纵的傀儡。这个中年人就像患了“精神胜利法”的阿Q那样，相信自己变成了法力无边的铜像，可是，当他向一位年轻人炫耀和表演时，却轻易露出了马脚。在他继续絮聒的时候，背后却传来了皮鞭的抽打声和铜像的喝斥。可怕的是，像这样上当受骗的愚妄之徒越来越多了。戏剧结尾出现讽刺性的一幕：“一群被绳子套着脖子的铜像，像环索一样连在一起。每个铜像都拉着前面铜像的绳子，手执长鞭，鞭打辱骂。他们在鞭打辱骂与被鞭打辱骂中不断地兜着圈。”显然，《人与铜像》是一个关于身体被权力所塑造和规训的故事，其中的签订契约的情节，似乎也隐喻国家的起源、公共治理和权力的再分配，不但令人想到浮士德与魔鬼靡菲斯特订约的古老传说，而且也与西方政治哲学家霍布斯、卢梭与罗尔斯的论述有暗合之处。[①]

英培安的小说/剧本《寄错的邮件》，有意重写鲁迅的《狂人日记》和卡夫卡的《变形记》，写两个疯子的身体被囚禁、自由被剥夺的故事。“我”是一个收入微薄的小职员，觉得本地空气沉闷，不适合居住，为了避免自己发疯，决定奔向自由的美国。由于付不起旅行费用，他去银行借钱，结果被赶了出来；又去邮局买了一张邮票，贴在自己的额头上，要求工作人员把他以包裹的方式邮寄到美国。结果，双方发生争执，“我”在混乱中被打昏了，醒来后发现自己躺在疯人院里。被关押一年多后，“我”参加了一个心理测试，结果，被荒唐的医生认为恢复了健康，于是安然出院。整篇小说都是这位疯子的独白，不仅条理清晰，合乎逻辑，而且显露出主人公在叙述、描写、分析和判断上的思维能力，甚至洋溢着反讽幽默的智慧。这正如福柯指出的那样：

---

① 霍布斯著，黎思复、黎廷弼译：《利维坦》（北京：商务印书馆，2008年），第131—132页；卢梭著，何兆武译：《社会契约论》（北京：商务印书馆，2003年）第五章；罗尔斯著，何怀宏等译：《正义论》（北京：中国社会科学出版社，1988年），第113—116页。

虽然疯癫是无意义的混乱，但是当我们考察它时，它所显示的是完全有序的分类，灵魂和肉体的严格机制，遵循某种明显逻辑而表达出来的语言。虽然疯癫本身是对理性的否定，但是它能自行表述出来的一切仅仅是一种理性。简言之，虽然疯癫是无理性，但是对疯癫的理性把握永远是可能的和必要的。①

小说写到一个有趣的情节："我"在医院中遇到旧日同事陈君，后者认为自己是一只热爱自由、喜欢唱歌的画眉鸟，后来被心理医生推荐到疯人院：

陈君以为，做一只画眉鸟其实是没有错的。他是只很清醒的鸟，不应该把他关在这儿。他本来应该是很快乐的，可惜只是只关在笼子里的画眉鸟，这倒是件悲哀的事。他说到这里，不禁耿耿于怀，大声地唱起他的歌来："我是一只画眉鸟！"更悲哀的是，陈君真的只是一画眉鸟，只适合关在笼子里。有一次，我们房子的窗口开着，陈君以为飞向自由的时刻来了，他兴高采烈地展开翅膀，飞出窗外。结果是因为他的翅膀没有长羽毛，一出窗口就掉在地上，跌断了脊骨。陈君埋怨他关在笼子里太久，连飞的能力都丧失了。②

这篇小说写于1979年12月，恰好在英培安出狱一年后，显然有自传因素，以讽刺寓言手法为新加坡造像。吊诡的是，一方面看，主人公和陈君的言行，暴露出他们是典型的头脑疯癫、逻辑混乱的臆想症患者，但另一方面，他们又是健康的正常人，重视自由和尊严，蔑视权威，坚持独立思考，嘲弄鹦鹉学舌，与现实社会格格不入，结果被送进了疯人

---

① 福柯著，刘北成、杨远婴译：《疯癫与文明：理性时代的疯癫史》（北京：生活·读书·新知三联书店，2007年），第97页。

② 英培安：《寄错的邮件》，收入《不存在的情人》，第43页。按，这篇小说后来被英培安改编成剧本，收入他的戏剧集《人与铜像》，第71—100页，增加了陈君啄食蚱蜢、扑打翅膀、蹦蹦跳跳等鸟类的特征。

院,过着与世隔绝的生活,丧失了最基本的免于阻碍和干涉的“消极自由”。[1] 这是德勒兹和瓜塔利的《反俄底浦斯》描绘的现代资本主义的典型特征:纯粹个人被社会孤立所导致的精神分裂,政府、媒体、经济学原则利用个人不情愿与集体割裂而导致了个体的精神混乱,那些遭受精神混乱的其实不是精神病者而是最纯粹意义上的个人,他们在本性上与社会隔绝。不仅如此。卢纳察尔斯基指出:“在文化和生活方面都失去平衡的时代,在一个分崩离析的时代,一切正常的人都在为种种矛盾所苦恼,都在寻找对矛盾特别敏感并且能够特别外露、极富感染力地表现负面感受的代言人,——在这样的时代,历史正好以其高明的艺术家的双手,敲击着病理学的琴键。”[2]1970 年代的新加坡,正处在一个经济开始腾飞、威权政治被巩固、文化与生活不平衡的年代,而英培安显然就是这样的历史代言人,他在《寄错的邮件》中的狂人身上,发现了整整一个时代的疾病,或许这也是一种普遍性的社会疾病。

结语　朝向“晚期风格”

大体而言,英培安的这些描绘“身体故事”的作品,表现了主体性被建构的物质基础和体制结构,例如经济贫困和威权政治,至少呈现出四个方面的意义。其一,以身体书写表现自我认同的承诺,以性别政治批判父权制文化。例如,《一个像我这样的男人》中的周建生,《孤寂的脸》中的无名主人公,《骚动》中的达明,《我与我自己的二三事》中的阿辉,《戏服》中的家安,他们有道德瑕疵,沦为作家批判的靶子。其二,以意志自由和身体自主的原则,渲染忧伤的情欲,表现对政治的否定,例如《骚动》。其三,英培安看到权力和资本的结构性强力

---

① 关于“消极自由”的概念,参看柏林著,胡传胜译:《自由论》(南京:译林出版社,2011 年),第 170—183 页。

② 卢纳察尔斯基著,郭家申译:《艺术及其最新形式》(天津:百花文艺出版社,1998 年),第 358 页。

运作是当代资本主义的核心，他描绘身体主体辗转于市场逻辑和商业法则之下，见证资本主义对于文化艺术的摧残，例如《一个像我这样的男人》《画室》《戏服》。[①] 其四，是对于威权政治的无情嘲弄，憧憬西方国家的民主自由和普遍人权，例如《寄错的邮件》《人与铜像》。

当然，英培安的身体书写在展示了洞察力和批评思考之外，也存在盲点、误区和艺术的失败。例如，他对身体的历史性的描写大大缩减了，社会内容被压缩了，人物从外在世界退缩，固守内心孤岛的静态风景。现代小说的变化是：从事件的序列性转向共存性，从历史性转向空间性，从时段转向区域，从传记转向地理学。为了追求现代主义，英培安的小说打破直线性叙事模式，致力于叙事的空间化、身体的情色化，结果出现了历史的空洞化。《骚动》涉及新加坡、中国香港、中国内地的系列历史事件，但是不再强调流动性的时间而是专注于静态的空间，不再致力于表现人物命运和身份认同的叙事结构，而是专注于静态琐碎的细节描写，尤其是情欲的渲染，因此缺乏生机勃勃的东西，充满忧郁感伤和孤独颓废。究其原因，这位作家是资本主义商业社会中的职业作家，他不是社会运动的积极参与者，而是一位冷漠的局外人和观察者。而且，一些身体情欲的描写，似乎纯属多余，造成小说的情节枝蔓拉杂，不够紧凑。例如，《骚动》中的国良妻子的精神出轨。《我与我自己的二三事》中的阿辉的混乱的两性关系。《画室》中的美凤勾引继宗，素兰丈夫的放浪生活，继宗在香港电影院中的性经验，思贤漫游法国、西班牙时对宁芳产生的性幻想，《戏服》中的如秀

---

① 英培安并不是左翼知识分子，但是他早年博览群书，对西方马克思主义有所了解，他在一篇短文中谈到卢森堡、卢卡奇、法兰克福学派、阿尔都塞的观点，如《关于西方马克思主义》一文，收入《蚂蚁唱歌》，第 110—115 页。他介绍美国女权运动对资本主义文化的批判，提到马克思的商品拜物教理论，如《资本主义文化的批判》一文，收入《蚂蚁唱歌》，第 124—125 页。他的杂文提到哈耶克的《通往奴役之路》，表达他对自由主义的赞赏，参看《睁开眼望望梦外》，收入《敝帚集》（新加坡：草根书室，1987 年），第 48—50 页。他批评本地青年人的政治冷漠症、政治恐惧症，抗议无法发表和接触各种政治理论，无法自由结社、组织小组、研究政治、认识政治，如《政治》一文，收入《翻身碰头集》，第 29—30 页。

与家安的情欲纠葛等。尽管如此,自我认同、男性气质、情欲书写、疾病与死亡的情景、无所不在的权力结构,所有这些批评向度构成英培安之“身体书写”的核心。吉登斯指出:

> 与自我一样,身体也不再能够被当成是一种固定的生理学上的实体,而是已经深深地具有现代性的反思性的那种复杂难懂性。过去曾是自然的一个方面的身体,却要受仅仅是勉强服从于人的干涉过程那种根本性的统治。身体是一种“给定的东西”,它常常是自我的不方便与不充分的落脚点。随着身体日益为抽象系统侵入,所有这些都发生了改变。与自我一样,身体变成了一个互动、占有与再占有以及将反思性的组织过程与系统化的有序的专家知识联结起来的场所。①

身体在英培安那里,不仅是生理构造和主导性的写作题材,它也是一个道德空间,一个行为模式,一个表达抗争政治的话语实践,最终指向一个重大的社会现象:“作为后殖民现象的语言政治。”因此,身体书写展示为一种文化景观,一种充满想象力和批评思考的国族叙事。

行文至此,我想起由阿多诺发明、由萨义德发挥的“晚期风格”(late style)这一著名概念。萨义德认为,“晚期风格”不是媚俗、轻松的消遣,不是和谐与解决、非尘世的宁静,而是不合时宜与反常,内心的自我放逐,批判性的想象,深刻的冲突和几乎难以理解的复杂性,不妥协、艰难和无法解决的矛盾。② 英培安的小说描述个人在现代社会中的极端情景:失败、独孤、紧张、流离、疾病、死亡,以及他在这些情景中的反抗和内省。这些身体叙事,讲述的是历史、社会变革、权力、政治、意识形态、阶级和性别的意味深长的故事,毫无疑问地,这些身体书写呈现出地道的“晚期风格”。

---

① 吉登斯著,赵旭东、方文译:《现代性与自我认同》,第306页。

② 萨义德著,阎嘉译:《论晚期风格——反本质的音乐与文学》(北京:生活·读书·新知三联书店,2009年),第1—22页。

第三章　家国寻根与文化认同

——谢裕民的离散书写

引言　所谓离散，所谓认同

1980年代以来，西方学者从文化人类学、历史学、移民社会学、文化研究、文学理论、国际政治、人文地理学等知识源流出发，针对“离散”和“文化认同”以及两者间的辩证，展开大规模的跨学科研讨，由此产生了不少权威论著。其实，离散是人类自古而然的生存处境，在全球化后殖民时代更是无处无之，当然也是文艺家感兴趣的话题。新加坡华人作家谢裕民，即其一也。谢氏，祖籍广东揭阳，1959年生于新加坡加冷河畔，理工科出身，属于“末代华校生”。他17岁开始写作，曾用笔名“依汎伦”，迄今共有九部作品问世，包括《六弦琴之歌》《最闷族》《世说新语》《一般是非》《重构南洋图像》《m40》《谢裕民小说选》《甲申说明书》《放逐与追逐》。此外，他还荣获不少国内外文学奖项，[1]被王德威誉为“新加坡华语语系的十个关键词之一”。谢氏的

---

① 依汎伦、齐斯：《六弦琴之歌》（新加坡：牧羊文化，1979）；谢裕民：《最闷族》（新加坡：富豪仕大众传播机构，1989）；《世说新语》（新加坡：潮州八邑会馆文教委员会，1994）；《一般是非》（新加坡：Full House Communications Pte Ltd，1999）；《重构南洋图像》（新加坡：Full House Communications Pte Ltd，2005）；《谢裕民小说选》（新加坡：青年书局，2007）；《m40》（新加坡：青年书局，2009）；《甲申说明书——崇祯皇帝和他身边的人》（新加坡：青年书局，2012）；《放逐与追逐》（新加坡：Full House Communications Pte Ltd，2015）。1987年，小说《归去来兮》获第三届金狮奖文艺创作比赛小说组第一名。1993年，获新闻与艺术部颁青年艺术奖。1995年，受邀参加美国爱荷华国际写作计划。1996年，微型小说集《世说新语》获书籍奖。2006年，《重构南洋图像》获新加坡文学奖。2010年，小说集《m40》获新加坡文学奖。

作品，饶富创新意识和批判精神，针对国民性格、都市风景线、华族文化的描绘，充满机智的冷讽、后现代游戏感和解构主义精神；而且越到后来，离散与文化认同的主题越发成为他的中心关怀。本文取径文化批评理论，探讨谢氏作品的离散、国族与文化认同的课题。

何谓离散？何谓认同？两者间的关系如何界定？有必要稍作介绍。离散（Diaspora）源于希腊文 diasperien，由 dia（跨越）和 sperien（耕种或散播种子）两个词根构成。在古希腊与罗马时代，频繁战乱造成人民背乡离井、流离失所，此即离散之由来。在《圣经》教义中，离散最初指被逐出圣城而流落于世界各地的犹太人。从 16 世纪开始，伴随全球殖民扩张，西非黑人被大规模贩卖到北美、南美和加勒比海，这是另一类型的离散。[①] 不过，罗宾·科恩（Robin Cohen）在探勘古典离散、犹太人和希腊人的出处之后，揭示在他们的迁徙模式中有一定程度的自觉自愿，或是一种被迫移居和主动拓殖的混合物。亚美尼亚人和非洲人的案例维持着受难离散者的观念，但是，其他离散经验更为暧昧或仁慈。民族主义势力常在离散团体中产生反民族主义或回归运动，当前全球化时期提升了离散者实际的、经济的和情感的作用，他们对民族—国家可能持有另类忠诚。[②] 学者们发现，离散的新旧涵义很不相同。威廉·萨夫兰（William Safran）把离散者定义为“外籍少数族群社区”，其特点如下：从中心到边缘的散居，家国记忆和神话，在东道国的疏离感，渴望最终回归，进行式的对家国的支持，被这种关系所定义的集体身份。[③] 罗宾·科恩指出，离散社群从古到今有各种类型，

---

① Jana Evans Braziel and Anita Mannur, “Nation, Migration, Globalization: Points of Contention in Diaspora Studies,” in Jana Evans Braziel and Anita Mannur eds., *Theorizing Diaspora* (Malden: Blackwell, 2003), pp. 1 – 2.

② Robin Cohen, “Rethinking ‘Babylon’: Iconoclastic Conceptions of the Diasporic Experience,’” *New Community* 21.1 (January 1995): pp. 5 – 18; Robin Cohen, “Diasporas and Nation – State: From Victims to Challengers,” *International Affairs* 72.3 (1996): pp. 507 – 520.

③ William Safran, “Diasporas in Modern Societies: Myths of Homeland and Return,” *Diaspora* 1.1: pp. 83 – 99.

包括受难离散者、劳动力和帝国离散者、商贸离散者、归家离散者、去疆域化离散者。在全球化时代,离散是一种国际移民的新形式,沟通了全球城市,扮演的是世界主义的桥梁角色。离散作为一种发展的能动力量在国际政治秩序中扮演着重要角色,随着离散增长也引起了人们的负面反应。[①] 尤为重要者,离散逼使人们重新思考国家和民族主义的规范准则,重新构想公民与民族—国家的种种关系;离散为霸权性的、同质化的全球化势力提供了无数的、移位的论争场所。[②] 克利福德强调,在分析联结离散者的那些跨国关系的时候,不必太过重视真实的或象征的家园。去中心的横向联系和那些围绕始源/回归的目的论而形成的联系是一样重要的;一种共享的历史,一种进行中的由迁徙、苦难、适应或抵抗构成的历史,和一个特定起源的规划一样重要。[③]

"认同"(identity)并非一个新兴概念,从柏拉图到海德格尔的著述中都出现过。有学者指出,1960 年代以后,多元文化身份开始备受关注,而且政治、文化与公民权也时常因为身份认同的差异,出现各种不同的组合。因此"认同"从早期的哲学和人类学的固定单一想象,转移到对社会、性别、国家与文化属性认同的探讨。[④] 晚近西方学者认为,认同问题需要从繁复的学科体系和知识源流去思考和定义。例如,从语言主体、意识形态和话语的角度来观察,阿尔都塞的"意识形态国家机器",法国结构语言学家埃米尔·本维尼斯特(Emile Benveniste)的"语言中的主体性",拉康的"镜像阶段",德里达的"延异",福柯的"生命政治",均与认同议题有关系。从心理分析、社会学的角度来思考,法农在《黑皮肤、白面具》中的后殖民批评,吉登斯的《现代性与自我认同:晚期现代的自我与社会》,查尔斯·泰勒的《自我的根

---

① Robin Cohen, *Global Diaspora: an Introduction*, second edition (London and New York: Routledge, 2008).

② Jana Evans Braziel and Anita Mannur, "Nation, Migration, Globalization: Points of Contention in Diaspora Studies," in *Theorizing Diaspora*, pp. 7 - 12.

③ James Clifford, "Diasporas," *Cultural Anthropology* 9.3 (1994): pp. 302 - 338.

④ 廖炳惠:《关键词 200》(台北:麦田出版社,2003 年),第 135—136 页。

源:现代认同的形成》均提供了深刻复杂的思考。① 艾德里安·霍利迪(Adrian Holliday)指出,大量的文化复杂性形成了个人与他们生活其中的文化现实的方式;国族就是文化复杂性的一个显著因素,因为它建构个人认同的基础,但是它可能与个人的文化现实相冲突。文化认同被几种不同因素所影响,包括个人的宗教、祖先、肤色、语言、阶级、教育、职业、技术、家庭和政治态度。②约翰·汤姆林森(John Tomlinson)则关注的是全球化与文化认同的关系,他解释时空关怀、文化帝国主义、去疆域化的重要性,媒体与传播技术的冲击,讨论全球现代性的经验对于第一世界、第三世界的不均衡性质,最终认为,除非人们愿意尊重文化差异和分享一种对于世界承诺的共识,否则,真正的世界性的文化不可能出现。③ 劳伦斯·格罗斯伯格(Lawrence Grossberg)关于文化认同的看法迥异时流。他认为,至少有三个方面构成了一个关于认同的领域:差异性的逻辑,个人性的逻辑;时间性的逻辑;他把文化研究的理论基础放置于每一个逻辑当中,并且提供三个相应的选择项:他者性的逻辑(a logic of otherness),生产性的逻辑(a logic of productivity),空间性的逻辑(a logic of spatiality)。④ 乔纳森·卢瑟福(Jonathan Rutherford)指出:"认同标志着我们的过去与我们生活其中的社会、文化与经济关系的关联性。每一个个体都不但是现存关系的合成物,而且也是这些关系的历史的合成物。他是一个过去的纲要。我们的认同制造只能在这个话语语境中得到理解,在我们的日常生活

---

① Paul du Gay, Jessica Evans and Peter Redman eds., *Identity: A Reader* (London: Sage Publications, 2000).

② Adrian Holliday, "Complexity in Cultural Identity," *Language and Intercultural Communication* 10.2((May 2010): pp. 165 - 177.

③ John Tomlinson, *Globalization and Cultural Identity* (Chicago, Illinois: The University of Chicago Press, 1999).

④ Lawrence Grossberg, "Identity and Cultural Studies: Is That All There Is?" in Stuart Hall and Paul du Gay eds., *Questions of Cultural Identity* (London: Sage Publications, 1996), pp. 87 - 107.

与臣属、与宰制的经济—政治关系的交叉中得到理解。”①

相比之下,霍尔(Stuart Hall)的文化认同理论是最有影响力的论述。他认为,在16世纪文艺复兴时代和18世纪启蒙运动时代之间产生的“主权个人”(sovereignty individual),代表着与过去的意义重大的断裂,现代性产生一种新型的、决定性的个人主义,核心是个人主体与认同的概念,它把被传统所束缚的个人解放出来。霍尔概述了社会理论和人文科学的五种观念——马克思主义、佛洛伊德学说、索绪尔语言学理论、福柯的知识—权力—话语理论、女性主义,认为它们导致启蒙主体(一种稳定的认同)的“去中心化”,变成后现代主体的开放的、矛盾的、未完成的、碎片化的认同。② 认同可细分为很多类型,包括自我认同、性别认同、国族认同、阶级认同、种族与族裔认同、文化认同。霍尔把反思“文化认同”的两种方式予以了理论化:第一,认同被理解为存在于由种族和族裔所紧密联系的个体中间的一个集体的、共享的历史,它被认为是固定的、稳定的;第二,认同被理解为不稳定的、无定型的甚至是矛盾的,一种以多重差异性和相似性所标志的认同。认同并不像我们想象的那样是透明的、不证自明的;与其把认同当作一个实现的事实(an already accomplished fact),不如视为一个永远没有完成的“生产”过程(a “production” which is never complete)。③

谢裕民的离散叙事,肇始于《归去来兮》,延伸至晚近的《安汶假期》和《放逐与追逐》,时间跨度约二十余年,围绕家国寻根与文化认同而展开,其间的繁复多变与纵横交织,令人思之再三。王德威对此曾有简约精准的概括:

---

① Jonathan Rutherford, “A Place Called Home: Identity and the Cultural Politics of Difference,” in Jonathan Rutherford ed., *Identity: Community, Culture, Difference* (London: Lawrence & Wishart Limited, 1990), pp. 19-20.

② Stuart Hall, “The Question of Cultural Identity,” in Stuart Hall, Held David and Mcgrew Tony eds., *Modernity and Its Futures* (Cambridge, Eng.: Polity Press, 1992), p. 327.

③ Stuart Hall, “Cultural Identity and Diaspora,“ in Jonathan Rutherford ed., *Identity: Community, Culture, Difference*, pp. 222-223.

> 他诉诸小说创作的无穷想象,在“纸上”一次又一次擘画他的原乡旅程,考古探险。东南亚广袤的海域里,华人移民和遗民来往穿梭,或是落地生根,或是缅怀故土,种种冒险、奇遇、失落、收获交错纵横,形成南洋华人经验的谱系。多少年以后,这一谱系取代了故国之思,成为他们安身立命的基础。一种历史的失忆肇生另一种历史的记忆——在谢裕民的笔下,这更是历史的诗意的缘起。[①]

针对晚近小说《安汶假期》,确乎有感而发。需要补充一点,在谢氏文学生涯的不同阶段,他对离散与文化认同的思考有起伏变化,既有历史纵深也不乏理论思辩,值得进一步探讨。本文以《最闷族》《一般是非》和《重构南洋图像》中的代表文本为抽样,探勘谢氏如何自由出入现代都市与历史世界,在孜孜不倦的离散书写中,针对家国寻根与文化认同的课题,驰骋其不羁的想象力。

一 解构原乡与重溯国史

海外华人的文化认同之形成与新变,经历了一个漫长复杂的历史过程。王赓武提出“多重认同”的概念,包括种族与族群认同、国家认同、阶级认同、文化认同等类型,他强调四者不是稳定不变的而是因时因地制宜,彼此间互有接续和重迭,而且海外华人的认同转变也与中国形象大有干系。[②] 这一论断对理解谢裕民的小说颇有启示。因为从描述新加坡华人的当代生活开始,追溯曲折跌宕的家族传奇与历史记忆,表现离散经验如何影响文化认同与情感结构,乃正是谢氏小说的特质。

---

① 王德威:《华语语系的人文视野:新加坡经验》(新加坡:南洋理工大学中华语言文化中心,2014 年),第 56 页。

② 王赓武:《中国与海外华人》(香港:商务印书馆,1994 年),第 233—262 页;王赓武:《再论海外华人的身份认同》,收入刘宏、黄坚立主编:《海外华人研究的大视野与新方向:王赓武教授论文选》(新加坡:八方文化企业公司,2002 年),第 97—116 页。

(一)原乡神话:建构与解构

《民国二十四年的荷兰水》是一篇构思巧妙的后设小说。从结构上看,它由四个时间单元构成:1935 年、1947 年、1998 年、2002 年,主人公李鸿勋(作为叙事者的“我”)出现于前三节。小说从民国时期的汽水制作方法讲起,带出相互交织的四个主题:现代城市生活让人丧失了生存技能,注重实践技能的民国教育理念,1930 年代中国教科书上的课文和 1947 年南洋的家庭工艺变成了今日大规模生产的商品,热血青年投身社会变革令人肃然起敬——这最后一点关系到离散书写和原乡神话。①

小说第一节写道,民国三十四年,某个江南村镇的小学堂,师范生李鸿勋在参加自然科学的毕业实习,他向一班小学生讲解汽水的制作方法,指导教师孙为之表示满意。翌日,孙先生不辞而别,留下一封信给鸿勋,其中提到自己决心闯荡上海,“无论成功或失败,都必须去接受挑战。时代在考验青年,青年应尽最大的努力和热忱投身时代”。小说第二节写战后,在新加坡流亡的李鸿勋供职于《南洋商报》,他受总编委托,编写《新南洋年鉴》之家庭工艺的“汽水”条目。但是,他仅整理了笔记,连同一份短信转交总编,随即匆匆回国。信中解释原因:祖国正值风云变色,正需要海外中国人的建设,故无法参与年鉴编辑。显然,孙为之的感时忧国精神影响了李鸿勋的报国之举。这篇小说建构了一个本真性的原乡神话,离散华人出于民族主义的崇高情操,毅然辞职,归返家国。在身体主体从边缘回归中心的跨国流动中,“离散”既是历史,也是价值。

谢裕民的另一个短篇小说《归去来兮》,表现新加坡祖辈华人“原乡神话”的幻灭。

小说以第一人称(即故事中的线索人物继祖)讲述一个普通华人

---

① 谢裕民:《民国二十四年的荷兰水》,收入谢裕民:《重构南洋图像》,第 41—49 页。

家庭两代人的离散故事。青年时代的父亲为生计所迫，顶着“不孝”的骂名，孤身从唐山过番南洋。他辛苦打拼，成家立业，在当地娶妻生子，生活逐渐安顿下来。1950年代，新中国成立了激励了海外华人的归国潮。父亲为了安抚家乡兄弟的不满情绪，决定先送十多岁的长子（大哥）回国读书，然后再举家北上。孰料计划未能成行。结果，大哥永远留在国内，父母弟妹继续待在新加坡，一家人从此骨肉分离。寄人篱下的大哥，历经艰难困苦，成人自立。30年后，他已人到中年，终于有机会重回狮城探亲。这是劫后余生的一幕：家人相拥而泣，感慨欷歔。大哥去寻访故居，家人陪同前往，小说中有这样一段精彩的描写：

> 大哥在车上一直很少开口，脸总贴着窗口看着外边陌生的景物。他需要给自己有限的记忆再作一次的印证，在整片繁华的陌生土地上，寻找一小块自己熟悉的土壤，以证实自己曾经属于这里，驱走心中陌生的感觉。
>
> 我不知道大哥下飞机后，看到陌生又繁华，那本该拥有的一切，是不是开始埋怨爸爸当年的决定。如果是我，我会的。
>
> 爸跟妈一直在争论着故居的正确位置。实际上，我们都无法寻回，包括大哥有限的记忆。即使找到了故居所在，景迁物移，望着陌生的景物，又将何用？①

还乡之旅充满伤逝怀旧的情绪。熟悉的出生地变成了异国他乡，寻不回的故居，旧情人下落不明，同学少年多不贱，大家惋惜他当年的一念之误。新加坡从当初的殖民地城市，转变为如今的全球都市和消费社会。一家人聚族而居，和乐美满。此情此景让“归来者”茫然无措。妹夫祖籍山东，因为两岸分治而移居台湾，成年后又落籍狮城。共同的离散经历让大哥与妹夫惺惺相惜。如果时光可以倒流，大哥表示，他宁愿选择留在新加坡。然而，小说情节很快发生了翻转。与宁静安闲

① 依汎伦：《归去来兮》，收入《最闷族》，第159页。

的中国乡间相比,新加坡贫乏无聊的都市生活以及上班族的精神压力,让大哥打消了定居的念头,坚定了“归去来兮”的决心。《归去来兮》叙说父亲、大哥、妹夫两代人的离散经验,涉及新加坡和中国的现代史,旨在解构双重神话。其一是父亲的原乡神话。在现实层次上,大哥的中国经验构成了对父亲理想的嘲弄。在隐喻层次上,从“我”的一个带有喜剧性的“还乡”噩梦而暗示出来。其二是作为经济奇迹的新加坡神话。

在此,识者也许有疑问:从新加坡人的立场来看,究竟有无针对中国的“原乡神话”呢?我愿意稍作梳理。新加坡华人的祖辈来自中国,回归中国曾是许多人的梦想。“南侨机工”回国参加抗战救亡是“原乡神话”的集中体现。这曾是新加坡华人文学的一个主题。例如,静倩的剧本《夫妇》,老蕾的小说《弃家者》,周了因的散文《赤道上的呼声——别辞》,东方丙丁的一系列救亡诗歌,都是例证。从1940年代到1950、1960年代,大批在南洋土生土长的华人作家,拥抱“原乡神话”,执意回归中国,例如新加坡的王啸平(1919—2003)、萧村(1930—)、忠扬(1938—)、原甸(1940—)、骆宾路(1935—),马来亚的杜运燮(1918—2002)、马阳(1938—)、刘少卿(1929—)、黄浪华(1940—),印尼的黑婴(1915—1992),生于中国福建金门、在马来亚侨居的洪丝丝(1907—1989),生于中国香港、在新马侨居的秦牧(1919—1992),等等①。因此,“原乡神话”既是历史事实也是文学想象。但是,时移世异,因缘际会,数十年后,新加坡成为主权独立的新兴国家,移民后裔落地生根,枝繁叶茂,走向反离散和本土化,产生国家认同意识,解构“原乡神话”就是水到渠成、在所难免了。回到正题上来。谢裕民小说《归去来兮》中的父亲,在1950年代有浓重的侨民意识,所以把长子送回中国

① 忠扬回到中国大陆后,在“文革”风暴中受到株连,后来移居香港,生活至今。原甸在1964年回归中国大陆,一年后又移居香港,后来在1984年又重回新加坡定居。骆宾路在1956年回到中国大陆,生活18年后,移居香港,22年后,又回到新加坡定居,生活至今。

乡下。其他子女在新加坡落地生根数十年,摆脱了“原乡神话”。叙事者“我”在梦中归返祖籍地,遭遇宛如噩梦,这是“原乡神话”的幻灭。从文化理论的角度看,回归始源的本真神话,在全球化时代已日趋没落。伊恩·钱伯斯(Iain Chambers)指出:“今天,回归(不是简单重访或回顾),也就是显著转回和充分回归非洲、加勒比或者印度的根,以追求一种移位、分散的本真性是不可行的。企图保存一种文化独特性的这种不可能的使命,必须吊诡地否定其基本元素,即,它的历史动力。后殖民主义也许是一种日益增强的意识符号,从都会世界的广阔变换的潮流中,去减除一种文化、一种历史、一种语言、一种身份,是行不通的。”[①]移用这个评语,观察《归去来兮》中的“原乡神话”,也很恰当。

(二)未定的始源,流动的身世

历史散文《岛屿前身》追溯国史,书写地志,描画新加坡作为新兴国家的离散身世和历史记忆。它不再探讨家族传奇而是追溯国族身世,离散不但是早期新加坡华人的身世遭遇,实际上也是整个国家的历史境况。文章开篇,即陈述作者的用心所在:

> 每一个名字都有她供追溯的身份与记忆,并引申出对她的意义。
>
> 大部分名字“名不由己”。每个人都可以给予他者一个记号,以供辨认、叙述、追溯。记号所赋予的意义,随命名者的经验而异;同一被叙述者则随时间的流逝,转换其记号、身份与意义,甚至间中消失或从此不留痕迹。
>
> 供叙述者也阶段性地在人们对过往的好奇下,被辨认、追溯所有留下来记述她却不是她现有的记号、身份和意义。[②]

---

① Iain Chambers, “The Broken World: Whose Centre, Whose Periphery?” in his *Migrancy, Culture, Identity* (London: Routledge, 1994), p. 74.

② 谢裕民:《岛屿前身》,收入《重构南洋图像》,第13页。

借用黑格尔和泰勒的说法,新加坡的“自我”认同不能在真空中孤立存在,唯有通过与来自中国、马来亚、印度、印尼、欧美等众多“他者”的交往才能形成[①]。而且形成自我认同的因素,不但有地理空间,更有流变中的历史时间,或者换言之,正是在这种纵横碰撞、时空交织的离散经验中,才出现新加坡的自我认知和家国想象。谢裕民还认为,新加坡这个符号的意义只有在流动的时间中才能呈现踪迹和轮廓;历史唯其被叙述,所以才存在;而且世易时移,主客移位,形成交互主体性——这似乎又回响起解构主义和新历史主义的声音了。

不同于《归去来兮》之解构原乡,《岛屿前身》借助中国“他者”的眼光,重溯国史,反思新加坡之自我认同。新加坡的历史究竟起源于何时?因为本地缺乏丰富确切的历史资料,学术界一时难以定论。[②]谢裕民发现,用以辨识和追溯新加坡之国族身世的资料,大部分来自中国,包括史乘典籍、舆地学记录、文人笔记、商贾、游客和探险家的海外游记,水手的航海日志,报章杂志。谢氏因利乘便,博稽群籍,从“中国他者”的角度,观察新加坡之自我认同的历史形成。他发现,能够反映新加坡这座离散城市之流动身世的,乃是散布在中国史籍中的无数名称。《汉书地理志》记载当时华南沿海的中国人已取道马来半岛,而

---

① 黑格尔指出,自我意识是自在自为的,这是因为只有在一个别的自我意识里才能获得它的满足,它存在只是由于被对方承认。参看黑格尔著,贺麟、王玖兴译:《精神现象学》上卷(北京:商务印书馆,1996年),第122—123页。泰勒有类似观察:“我对自己的认同的发现,并不意味着我是在孤立状态中把它炮制出来的。相反,我的认同是通过与他者半是公开、半是内心的对话协商而形成的。提出一种内在发生的认同的理想必然会使承认具有新的重要意义,原因即在于此。我的认同本质性地依赖于我和他者的对话关系。”查尔斯·泰勒著,董之琳、陈燕谷译:《承认的政治》,收入汪晖、陈燕谷主编:《文化与公共性》(北京:生活·读书·新知三联书店,2005年第2版),第298页。

② 最近有学者据考古发现,指出新加坡在1300至1600年是一个有1万人口的国际港口,新加坡历史不再是起源于莱佛士登陆的1819年。这一发现解构了殖民主义历史叙事,很快被写入中学历史教科书 *Singapore: The Making of a Nation - state, 1300 - 1975*。参看新加坡《联合早报》2014年5月12日沈越的报导《新中学历史教科书把新加坡历史推前500年》(http://www.zaobao.com.sg/realtime/singapore/story20140512-342383)。

与罗马帝国发生间接来往。后来,三国时代的《吴国时外国传》、唐朝贾耽的《古今郡国县道四夷述》、宋人赵汝括的《诸蕃志》、元人汪大渊的《岛夷志略》、明人茅元仪的《郑和航海图》、清人左秉隆的《勤勉堂诗钞》,都提及新加坡,遂有五花八门的命名:“蒲罗中”“单马锡”“石叻”“息力”“新寄坡”“星洲”。谢裕民认为,正是这些名称构成了新加坡的历史记忆,那是无始无终的离散身世。吊诡的是,这些名称都不是新加坡的自我命名,而是来自“中国他者”的命名,这不但证实了认同与承认之间的辩证关系,而且强化了中国作为“原乡神话”发源地的刻板印象。对比阅读早期的《归去来兮》以及晚近的《民国二十四年的荷兰水》《岛屿前身》,人们发现,他对“原乡神话”的处理,竟然是一种欲拒还迎的矛盾姿态。

二　离散与文化认同

(一)解读《三先生庙》

《归去来兮》属于谢裕民的少作,情节单薄,未触及文化认同的课题。相形之下,《三先生庙》之家族叙事更为绵密扎实,不但囊括了祖辈们跨国流动、筚路蓝缕的移民经历,而且展示了全球资本主义境遇中新加坡人的欲望挣扎,彰显华人的文化道德如何产生了凝聚族魂、收拾人心的力量。

《三先生庙》的情节叙事跨越殖民地时代和后殖民时代。在殖民地时代,英国殖民当局实施奴化教育,灌输对于大英帝国的政治效忠,企图隔断华人与中国的联系,不关心马来亚华人的文化传统。这就是法农批判的那种情形:“在殖民统治的范围里没有,不可能有民族文化、民族文化的生命、文化创新或民族文化的转变。”①1965 年,新加坡

---

① 弗朗兹·法农著,万冰译:《全世界受苦的人》(南京:译林出版社,2005),第166 页。

结束140年的殖民统治,成为主权独立的新兴国家,进入后殖民时代。老一辈华人坚守世代相传的语言、习俗、信仰、道德和象征符号,这种不被西化风气所“污染”的、稳定不变的、带有本质主义色彩的文化认同,构成了他们生活世界的价值中心地带和意义源泉。回到正题上来。《三先生庙》追溯一个家族的历史、一个村镇的起源,属于地道的文化寻根小说。小说文本在整体上有一个矛盾冲突和对比结构:一方面,是华人社群的文化价值古风犹存,令人肃然起敬;另一方面,是房地产公司和股票交易所驱动全民陷入拜金主义狂欢。两者不可避免地发生了冲突,结果,是前者作为“软实力”感化了后者的硬心肠,达成双赢局面,以“大团圆”收场。

这篇小说照旧采用第一人称(在建筑公司做事的大目,第三代移民,华族青年)的叙事视角。通过小姑和二伯的回忆和插叙,人物身世被一一揭开。年轻力壮的阿公,当年从唐山流落到南洋,在日军侵华前的两三年,他回国探亲,中途救起一位青年革命党,是为三先生。三先生走投无路,追随阿公到南洋。此人有远见有魄力,他指导乡民修路建屋,办学校,开钱庄,发展实业。“我”的家族开始繁衍,从花果飘零、漂泊离散到树大根深、枝繁叶茂,小小的村落发展为繁荣的市镇。三先生英年早逝,村人念其风义,遂立碑建庙。不久,太平洋战争爆发,新加坡沦陷,阿公及其长子蒙难,家道中衰。需要补充一点,三先生在弥留之际,托人照顾一对名叫来发和添发的痴呆兄弟。于是,阿公安排他们看守庙宇,求得温饱,又割地一块,让其有栖身之地。多年后,历经丧乱的整个家族,已经是三代同堂了,世易时移,大家各为生计奔波。城市建设的频繁,也让这家人遍寻三先生庙而不可得。久而久之,三先生庙就从众人的记忆中消失了。小说开篇写道,一家建筑公司的老板父子与员工大目,忙于圈地建屋,发现了湮没已久的三先生庙和老病痴呆的两兄弟,而大目的族人也得知了消息。老板多次要买地、迁庙,来发兄弟拿不出地契,老板打算巧取豪夺。于是,矛盾冲突的故事情节,由此展开。

三先生、阿公、二伯、小姑都是南洋离散华人的典型,在他们身上见证了华族社会之传统美德和文化认同的魅力。在殖民地时代,阿公和三先生的身上集中体现了华人的公正清廉。他们深谋远虑,肝胆相照,干出了造福乡里的拓荒事业,为家族发展奠定了基础。在三先生庙被征购的关头,二伯挺身而出,召集家族会议,反对公司自私的做法,捍卫弱势者的合法利益,而自己分文不取,真是扶危济困,古道可风。然而,大目所生活的时代,毕竟是一个现代化、市场化、全球化的时代,年轻华人追求拜金主义、消费主义,老一辈人的美德传统、习俗礼仪被遗忘了,所谓"哲人日已远,典型在夙昔"。谢裕民有意在华人社会的内部设计二元对立的人物类型:一方是代表市场逻辑和商业法则的建筑公司的老板父子,另一方是具有道德风范的二伯、小姑。为了一座庙宇的拆迁,双方多次谈判,经过重重的斡旋。起初陷入胶着状态,后来,老板被大目家人的道德品质所感动,主动妥协。最后,老板相信他在冥冥之中得到三先生保佑,渡过了商场危机,所以,他献身于慈善事业,让三先生庙有了归宿,还设立了教育基金。具有喜剧色彩的是,三先生显灵的消息传开后,朝拜者络绎不绝,有人洽谈生意,更有输者求胜、赢者还愿。一时之间,三先生庙成了建筑公司和证券行的守护神,他的灵位遍布许多公司。大目去养老院探望来发兄弟时,发现他们已阖然长逝了。

当大目从简报上追寻家族源流,联想整个国家的身世,对此茫茫,百感交集:

> 我随手翻阅,都是一些地方开拓与种植的记录。有一张还附上照片,年轻的垦荒者带着华人的忠耿与坚毅,因不习惯而有些胆怯地立于英殖民地官员身边,看着镜头傻笑。
>
> 这是我第一次看到公公的样子,也是第一次接触到有文字记载关于他的成就。所有神话式的传言这一刻才转成真实的史迹。但我仍不明白,从一开始就不懂得,这么一个平凡的移民,凭什么开辟那么一大片土地,还筑路、建学校。
>
> 为什么历史没有他的名字?是历史忘了他,还是他不需要历

> 史?如果是前者,那历史为什么会忘了他?是后者的话,那他为什么不需要历史?这岛上,有多少像他这样平凡的移民?①

《三先生庙》堪称南洋华人移民垦拓的微型史诗,也可说是新加坡兴国历程的缩影,它表现了离散与定居、族群与国家、消费主义与文化认同之间的辩证。公廉勤俭的阿公和三先生,他们造福乡里、垂范后世的义举善行,二伯、小姑在处理迁庙一事上体现的古道热肠,家族会议所表现的长幼有序、兄弟情义、孝悌人伦、和美共济,众人发现以阿公之名命名的"子善路"时的欢呼雀跃,大目知晓了家族历史后的激动心情,以及他重振家族雄风的隐秘冲动——所有这些生动感人的细节,无不见证了华人社会的文化传统与核心价值,而这些"在场"(present)的文化传统和价值观正是来源于那个"缺席"(absent)的中国原乡。

更重要的是,这篇小说展示了谢裕民关于文化认同的初步思考。在此,我觉得有必要征引英国文化理论家霍尔的论述。他指出,有两种文化认同的理解方式。第一种方式是较为传统素朴的立场,把文化认同定义为一个单一、共享的文化,一种集体的"真实的自我",人们有一个共享的历史和共同祖先。据此定义,我们的文化认同反映了共同的历史经验和共享的文化编码,它们提供给我们稳定不变、持续流传的参照框架和意义。这样一种文化认同的概念,在所有后殖民斗争中都发挥了重要作用,而这种斗争已如此深刻地重塑了我们的世界。②联系《三先生庙》,我们发现,彼时的谢裕民具有的正是这样一种思考方式。他讲述一批离散华人的沧桑往事,把文化认同视为一种稳定不变、超越历史的本真性存在,它来自于想象的中国原乡,有一个坚固的核心,等待被发掘、被识别、被保存和流传下来——这当然不免有本质主义的嫌疑。吊诡的是,谢裕民在文化认同的"常"与"变"之间,维持

---

① 谢裕民:《三先生庙》,收入《一般是非》,第107页。

② Stuart Hall, "Cultural Identity and Diaspora," in *Identity: Community, Culture, Difference*, p. 223.

了必要的张力和批评性思考。他发现了离散华裔的文化认同之形成的代际差异。他从历史性的、流动变化的视野出发,认识到祖父辈和子孙辈对华族文化的感觉已大不相同。他发现要回到绝对的文化根源,归返纯粹本真性的往昔,已不可能。阿公和三先生作为第一代移民,坚持华人的传统价值和道德勇气。到了二伯父、小姑这一代,慎终追远,与世无争,只能守成,不能进取。及至大目这一代,每况愈下了。例如,召开家族会议时,"在年轻一辈当中,超过三分之一没出席,都在国外,有的留学,有的则像我公公当年来这里一样,开拓新一页的移民史"(第94页)。明乎此,当大目发现家族的辉煌往昔,鼓动二伯父重振家族雄风时,二伯父却出奇地保持沉默。小姑这位出身寒微的妇人,在与大目的对谈中,比较家族三代人的境遇和心态,有力地揭示了症结所在(第109—110页)。

进而言之,小说裹挟着喜剧和讽刺的元素,作者有意在文化认同的建构、解构与重构之间,保持游移的、弹性的立场,在冲突断裂的叙事中展示一己之才情。一方面,小说赞颂华人社群的道德传统可以转化为现代社会的商业伦理,两者并行不悖,相辅相成,前者没有阻碍反而促进了后者的兴旺发达。作者看重的是稳定不变的、源远流长的文化认同,可以被清晰辨识、发现和利用,换言之,他欣赏的是文化传统之创造性转化的潜能。但另一方面,反讽的是,公司老板之决计献身慈善,并非起因于华人传统道德的感召,而是商业利润、机遇巧合和封建迷信的混杂所导致的喜剧结果。人们不禁发问:如果建筑公司的老板没有渡过商场厄运,没有获得可观的利润,那么,他会相信三先生的庇佑吗?如果他没有烧香还愿,还会有皆大欢喜、曲终奏雅的结局吗?如果这种推测可以成立,那么,文化认同的价值就大打折扣了。

(二)重释《安汶假期》

《重构南洋图像》在2005年出版,收录了中篇小说《安汶假期》,该小说讲述一个南洋华人家庭的寻根奇遇。安汶(Kota Ambon)是印尼的一座港口城市,马鲁古省的首府,也是印尼东部最大的城市。此地盛产香料,吸引了西方殖民帝国的探险活动。葡萄牙人于1521年在此建立据点。1605年,荷兰人赶走葡萄牙人,占领安汶岛,设立荷兰东印度公司总部。此后一直到印尼独立(1949年),除了一度被英国短期占领外,安汶大部分时间均属于荷属东印度的一部分。这篇小说的故事情节繁复精巧,有两条线索交错:其一,是晚清文人阙名在其游记《南洋述遇》中自述他在安汶岛的经历,其二,是当代新加坡的一对朱姓父子,前往安汶岛寻访家族后人。

1. 文化认同之"生成"

小说的寻根奇遇从"我"(当代新加坡一名朱姓青年)的角度叙说,故事颇为曲折。明清鼎革之际,一位明室后人(叙述者"我"的十世祖)乘船出海,欲投奔台湾的郑成功,不想中途遇到风暴,漂流至安汶岛。无奈之下,他只好定居此地,与土著女子结婚生子,同时保存先祖文物,长存故国之思。晚清时代,有中国人阙名漫游南洋,返航途中,船只受损,只得在安汶歇息。他舍舟登岸,遇到一名"土人装扮""声类京腔"的中年男子,自称"凤阳朱姓",明室后人,此即"我"的高祖。阙名返程之际,朱先生托他带幼子("我"的曾祖)返回中国,以续香火。后来,"我"的祖父在中国出生,长大,得知印尼尚有故家,遂挈妇将雏,前去寻根。1965年,印尼发生排华骚乱,居留在廖内的祖父决计归国,由于前途未卜,他让长子("我"的父亲)随人移居新加坡,其他三人回国。二三十年后,"我"的父亲去中国为弟弟奔丧,得知自己乃明室后裔,先辈因逃难而客居印尼,彼方至今仍有族人。于是,父亲与"我"前往安汶寻根。终于找到两名家族后人,瞻仰了他们保存的祖物(古衣冠画像、宝剑、金爵、碑石),祭拜了历代祖宗的坟茔。回新加坡一个月后,父亲打算重访安汶,把十世祖的骨灰移到台湾,安葬于郑成功庙旁,以实现其遗愿。但是,东南亚金融危机不久爆发了,印尼局势动荡,安汶岛发生暴乱,父亲的计划成了泡影。总之,"一场海上风暴改变了一个家族的历史,一场金融风暴改变了一个国家的历史",

所谓冥冥之中,一切自有安排。

《安汶假期》的寻根奇遇,精彩繁复,不在话下。尤为重要者,谢裕民对离散与文化认同的思考,超越了早期的本质主义思维,展示了广阔的历史视野和深邃的理论认知,堪与文化理论大师霍尔遥相呼应。如何理解文化认同?霍尔指出,有两类定义,其一是本质主义定义,把文化认同视为固定不变之物,超越时空的存在——在《三先生庙》的批评解读中,我已做过介绍。至于第二种立场,更为激进,也更令人不安:

> 在这第二种意义上,文化认同不但是一种"存在"(being)的事物而且是一种"生成"(becoming)的事物,它属于过去,也一样属于未来。它不是超越了地方、时间、历史与文化的已经存在的东西。文化认同来自于某处,有其历史,属于过去,也一样属于未来。但是像每种历史性的事物一样,文化认同经历了持续的变形。它绝非永远固定于本质主义化的过去,它受制于历史、文化和权力的持续不断的游戏。……文化身份根本不是一个固定的本质,在历史与文化之外维持不变。它不是内在于我们的某种普遍而超越的精神,历史不可能不在上头留下根本的踪迹。它不是一劳永逸。它不是一个固定的始源,可以让我们寻求最终、绝对的回归。①

第二种理解方式显然更加宽广开放,它认为文化认同不是起源于单一原点、静止、固定不变的事物,而是在辩证、开放、动态的离散进程中不断生成变化,由复杂的历史、文化和权力交互作用而塑造。霍尔这种思考启发了后之来者的论述。乔纳森·卢瑟福指出,认同从来就不是一个静止的位置,它包含过去的踪迹以及它将要变成的东西。它是偶

① Stuart Hall, "Cultural Identity and Diaspora," in Jonathan Rutherford ed., *Identity: Community, Culture, Difference*, pp. 225 - 226.

然的,是在差异性和我们自己的人生叙事的游戏中的一个暂时的句号。[①] 更有学者以印裔美国人的离散经验为例证,发现"族裔性"(ethnicity)经常处于流动状态,绝不是静态、无变化、不可变的,理解族裔性需要联系特定语境,身份认同经常会变化,离散创造了丰富的可能性以理解不同的历史,这些历史教导人们知晓身份、自我、传统和性质都会随着旅行而变化,人们可以有意地实现这些身份的变化。[②] 上述论述对理解《安汶假期》中的离散与文化议题,至关重要。这篇小说涉及新加坡、中国、印尼、荷兰的历史地理和文化空间,描画数百年来华人之迁徙、流寓、还乡、定居、寻根、旅行的复杂历程,图示如下:

中国　　印尼　　新加坡　　荷兰　　澳洲

十世祖——离散——→

……

曾祖←——寻根——

祖父——寻根——→

←——回归——

父亲——寻根——→

——离散——————→

←——寻根——————

莱伊族人　　——离散——————→

我　　←——寻根——————

妹妹　　——————————离散——→

在这个图表当中,中心与边陲的二元关系已不复存在,甚至所谓中心

① Jonathan Rutherford, "A Place Called Home: Identity and the Cultural Politics of Difference," in *Jonathan Rutherford ed.*, *Identity: Community, Culture, Difference*, p. 24.

② R. Radhakrishnan, "Ethnicity in an Age of Diaspora," in Jana Evans Braziel and Anita Mannur eds., *Theorizing Diaspora*, pp. 119 – 131.

和边缘、故乡和异乡、祖国和异邦的固定清晰的边界,也荡然无存,两者互相转变,无时或已。这里透露出谢裕民的观察和思考:文化认同受制于历史时空的牵制乃至于冥冥之中的偶然性,没有繁复曲折的跨国离散,(新加坡华人的)文化认同无从形成。这个大家族的源流,跨越不同时空,一共十代,从当初的花果飘零、叶落归根,到最终的树大根深,枝繁叶茂,他们的身份认同往往处在流动变化中。其实,"我"的父亲也表达过类似意思:"其实,很多时候都是一些突然事件决定一个人的一生,你看我们的家族就是了,几次的变化都是一连串的意外"(第73页)。父亲看到莱伊之后,感慨"一个人的祖国由不得他自己来决定"(第115页)。下面这段父子间的对话,把相关题旨和盘托出:

> 我爸爸说:"因为老是在变化,所以对所谓根、祖国、认同的观念都非常质疑。比如说你,你的祖国其实决定在我,而我又决定在你公公。如果当初你公公没离开印尼,现在你跟你弟弟妹妹都是印尼人,又或者我跟你公公去了中国,你跟你弟弟妹妹现在都是中国人。"①

这其实印证了霍尔的说法:文化认同不可能永远固定在本质主义化的过去,它受制于历史、文化与权力的持续不断的游戏。《安汶假期》以繁复多姿的离散经验巧妙解构了传统的文化认同理论,暗示文化认同不是稳定不变而是因时因地制宜的产物。

王德威发明了"新三民主义"论述,他说:

> 顾名思义,移民背井离乡,另寻安身立命的天地;殖民受制于异国统治,失去文化政治自主的权力;遗民则逆天命,弃新朝,在非常的情况下坚持故国之思。但三者互为定义的例子,所在多有。对一个讲求安土重迁,传承历史的文明而言,不论移民、殖民

① 谢裕民:《安汶假期》,收入《重构南洋图像》,第73—74页。

还是遗民,都意味着一种身心的大剥离,大舍弃。①

然而,王德威还发现,除了上述三种历史情境之外,另有所谓"后遗民"现象。小说中的"我"是一名当代新加坡华族青年、股票经纪人,起初听说自己乃凤阳朱姓、明室后人,虽然感到惊奇,但是对父亲的寻根计划表示冷淡,毫不关心祖先曾到过印尼。在小说结尾,他从安汶归来,正赶上东南亚金融危机,回首如梦往事,他甚至怀疑安汶究竟在哪里。毫无疑问,这就是一位如假包换的"后遗民":"如果遗民意识总已暗示时空的消逝错置,正统的替换递嬗,后遗民则可能变本加厉,宁愿更错置那已错置的时空,更追思那从来未必端正的正统。"②准此,小说中众多家族人物的身份,不断发生变异:从漂泊离散的中国"移民",到遥思家园故土的明朝"遗民",再成为土著般的印尼"夷民";最后,到这位当代华族青年那里,则是解构故国原乡、调侃寻根冲动的狮城"后遗民"了,正如王德威所言:"明代遗民如何辗转成为印度尼西亚土著,经历殖民经验和中国的召唤,成为新兴国家新加坡公民,俨然就是一则后遗民谱系的寓言。"③

2. 离散与混杂

《安汶假期》涉及的另一问题是:离散、混杂(hybridity)与文化认同的关系。首先,我们不妨看看文化理论家的论述。霍尔指出,离散主体以混杂性和异质性为标志——包括文化、语言、族裔、国族,横贯那些划分国族与离散的诸多疆界,由此定义了上述主体,"离散经验不是被本质或纯粹性所定义,而是被必然的异质性和多样性的承认所定义,被立足于差异性的身份概念所定义,被混杂所定义。离散身份通

---

① 王德威:《后遗民写作》(台北:麦田出版社,2007 年),第 25—26 页。

② 同上书,第 47—48 页。

③ 王德威:《根的政治,势的诗学:华语论述与中国文学》,台北《中国现代文学》第 24 期(2014 年 6 月),第 11 页。

过变形和差异性而持续不断地重新生产和再生产它们自己"①。丽莎·劳(Lisa Lowe)也指出,混杂性、异质性(heterogeneity)、多重性(multiplicity)描绘了离散社群和个人的境遇。② 巴巴反对那种容纳在相对主义和普遍主义框架中的多元文化主义或文化多样性,他主张的是"文化差异"。他发现,文化差异不是可以容纳在一个普遍主义框架内的东西。因此,巴巴特意介绍了本雅明的"文化翻译"(cultural translation)概念。文化翻译的行为,否认了先前给定的原初文化的本质主义,指出所有形式的文化都持续不断地处于一种混杂的过程,混杂就是"第三空间"(The Third Space),它使得其他立场(positions)得以出现。这个第三空间置换了构成它的历史,并且设置了新的权威结构、新的政治创意,这些东西按照现有智慧无法予以充分地理解。文化交混的过程产生了不同东西,新的无法辨识的东西,一个意义和表述协商的新领域。③《安汶假期》中的一段父子对话,显然就是有关于离散、混杂与文化认同的形象化描述:

> 印尼人?中国人?我从没想过,倒联想到另一件事。"原来我们都有印尼土著的血统,我们有六代人跟土著结婚。"
>
> 我爸爸借题发挥:"对啊!所以有时候在想,我们的血统到底要追溯到哪里?三代前有印尼土著的血统,再往前原来还是明朝贵族。谁知道再往前追溯,会不会不是汉人?"④

新加坡朱氏家族是一个典型的混血例证,体内流淌的既有中国明朝皇

---

① Stuart Hall, "Cultural Identity and Diaspora," in Jonathan Rutherford ed., *Identity: Community, Culture, Difference*, p. 235.

② Lisa Lowe, "Heterogeneity, Hybridity, Multiplicity: Marking Asian-American Differences," in Jana Evans Braziel and Anita Mannur eds., *Theorizing Diaspora*, pp. 132-155.

③ Homi Bhabha, "The Third Space: Interview with Homi Bhabha," in *Identity: Community, Culture, Difference*, pp. 209-211; Homi Bhabha, "The Commitment to Theory", see his *The Location of Culture* (London: Routledge, 1994), pp. 28-56.

④ 谢裕民:《安汶假期》,收入《重构南洋图像》,第 74 页。

族的血,也有印尼土著的血。朱先生及其五代祖先都是混血,他本人有“土人装束”,但是“声类京腔”,母亲和妻子都是土著,信仰回教。莱伊伯父有族人移民荷兰。这种错综的离散经验、无穷的族谱追溯,导致纯正性、单一性、直线性的“根源”神话轰然坍塌,究竟“根”在何处?“源”于何方?印尼?中国?新加坡?谜团重重,一时难以索解。

移民的跨国离散导致的混杂性,形成文化认同的“延异”(德里达的说法)现象,此所谓霍尔的文化认同“双重性”:一方面是相似性和连续性,另一方面是差异性和断裂,这是两个同时运作的轴线。思考文化认同,必须根据两个轴线间的对话关系:前者让我们想到一些过去的根基,以及与过去的连续性。后者提醒我们,我们所分享的,准确地说,是一种深刻的非连续性的经验。《安汶假期》描写的朱先生之第四代后人、印华混血的莱伊伯父,身体外貌变成了土著,归宗信仰了伊斯兰教,又细心保存古衣冠、画像、宝剑、金爵、碑石、祖坟等。下面这段话是莱伊的自述:

> 我还要看着这些先人留下来的东西。我一直不太知道这些东西的来历,包括我父母在内,也懂得不多。我从小就被教导,这是我们的祖物,不管怎样一定要留在身边,看守着它们,离开这世界之前一定要交给大儿子保管,不得有误。可是,我却不明白这些东西上面写着什么,我知道是华人的东西,却不明白为什么华人的东西会是我们的祖物,又不敢贸然问华人朋友。①

中华文化、印尼文化之间的翻译、协商、嫁接的结果,形成文化混杂性。莱伊伯父尽管不懂那些文物的含义,仍然恪守祖训,悉心看护,世代相传,不敢稍有造次,这就是文化认同的延异:一方面是相似性和连续性,另一方面是差异性和断裂。当然,文化延异的发生不是纯粹的理论演绎的结果,从十世祖到莱伊伯父,他们的文化认同的双重性是社

---

① 谢裕民:《安汶假期》,收入《重构南洋图像》,第105页。

会历史变迁的结果:明清之际的中国社会动荡,荷兰人在印尼(荷属东印度)的殖民暴政(1602—1949),印尼的排华骚乱(1965),苏哈托的独裁统治(1965—1997),等等,无非荦荦大端。

3.从"中国性"到"本土性"

《安汶假期》描述海外华人的离散经验,消解"中国性"(Chineseness)神话而迈向了"本土性"(locality)议题。关于这点,国际学界的论述所在多有,不妨稍作梳理,将其与谢氏的论说两相对照,冀能建立一个跨国的对话空间。

1991年,杜维明提出"文化中国"(Cultural China)这一著名命题。他把"文化中国"建构为一个文化空间和符号世界,既包含又超越通常定义"中国性"的族群、疆域、语言与宗教的边界,把地缘政治中国的文化权威"去中心化",重新把边缘定义为中心,探索"中国性"作为一个分层的、有争议的话语的流动性,开启新的探索途径。① 李欧梵呼应杜维明的倡议,自称"永远安置在中国边缘的自愿放逐者",他并且惋惜"海外华文作家对他们的家园故国之过分迷恋剥夺了真正处于边缘的珍稀特权"②。随后,华裔学者针对"中国性"的议题,纷纷提出了更激进也更令人不安的方案。

周蕾认为,"中国性"是空洞的血缘神话(the myth of consanguinity),认为它要求绝对服从于血缘关系,放弃社群治理的能动力量。③ 陈奕麟根据文化人类学和民族学理论,认为国族认同(national identity)是近代才有的概念,中国并非一个典型意义上的民族—国家,而是

---

① Tu Wei-Ming, "Cultural China: The Periphery as the Center," *Dadelus* 120.2 (Spring 1991): pp. 1-32.

② Leo Ou-fan Lee, "On the Margins of the Chinese Discourses: Some Personal Thoughts on the Cultural Meaning of the Periphery," *Dadelus* 120.2 (Spring 1991): pp. 207-226.

③ Rey Chow, *Writing Diaspora: Tactics of Intervention in Contemporary Cultural Studies* (Bloomington: Indiana University Press, 1993).

一个想象的共同体,所谓“中国性”作为族群和文化的身份是暧昧不明的。[①] 洪美恩认为,“中国性”不是一个有着固定内容的范畴(无论是种族、文化还是地理),而是一个开放、不确定的能指符号;“中国”不能局限于固定领域(官方空间与文化疆界),也不能继续被认为提供了本真权威、无争议的标准给所有中国的事物。离散视野提供了一个机会去质询“中国性”在不同本土语境中呈现的不同意义,去思考“中国性”这个范畴如何以及为何获得了它的持续性和坚固性。洪美恩主张不要把“中国性”化约为某个自然的、确定的种族本质,而要建构一个去中心的、多元的、流动的、辩证的文化认同意识。[②] 史书美自创“华语语系”(Sinophone)概念,认为这一理论构想具有去中心、反离散、反单一语言机制,……能激发人们在帝国群起的时代,重新界定学术研究的对象、领域和方法。[③] 陈荣强提倡“翻译的华语语系身份”(Translational Sinophone Identity),这个概念的平移特质强调新动力与身份的推衍,在实质上也是个去本质化的“中国性”的过程,鼓励各个华人社群积极表述自身的(本土)文化经验与现实,强调建立华语语系社群间的关系网络。[④]

不过,王德威认为,上述论述所依赖的理论资源,基本不脱以“根”为出发点的“空间/位置的政治”(spatial and positional politics)。他提请人们注意的是:“作为文学史的观察者,我们必须将研究对象再历史

---

① Allen Chun, “Fuck Chineseness: On the Ambiguity of Ethnicity as Culture as Identity,” *Boundary* 2 23.2(Summer 1996):pp. 111 – 138.

② Ien Ang, “Can One Say No to Chineseness? Pushing the Limits of the Diaspora Pradadigm,” *Boundary* 2 25.3(autumn,1998):pp. 223 – 242.

③ Shu – mei Shih, “Against Diaspora: The Sinophone as Places of Cultural Production,” in Jing Tsu and David Wang eds., *Global Chinese Literature: Critical Essays* (Leiden: Brill, 2010), pp. 29 – 48. 关于 Sinophone 概念,参看 Shu – mei Shih, “The Concept of Sinophone,” *PMLA* 126.3(2011), pp. 709 – 718; Shu – mei Shih, Chien – hsin Tsai and Brian Bernards eds., *Sinophone Studies: A Critical Reader*(New York: Columbia University Press, 2013)。

④ 陈荣强:《华语语系研究:海外华人与离散华人研究之反思》,台北《中国现代文学》第 22 期(2012 年 12 月),第 75—92 页。

化;……应先询问所谓中国,是主权实体、是知识体系、是文明传承,还是民族想象?或甚至是欲望爱憎的对象?"作为对"根的政治"的回应,王德威自由出入唐君毅、鲁迅、德勒兹与瓜塔里、余莲的理论资源,别出心裁地倡导"势的诗学",这是一种因势利导、顺势介入的方法,一种厚积薄发、随机应变的思路。[①]

呼应上述论述,谢裕民发现,文化认同的感受呈现代际差异和历史变化,逐渐形成"去中心化"的态势,最终则是"本土性"的于焉生成。在此,不妨对比一下朱氏家族的历代人物对于中国、印尼和新加坡的看法。首先看"十世祖"的情况:

> 十世祖他老人家来到这里之后,在土著的世界里,为了争取认同与归入正统,不得已娶土著为妻,但却继续维持自己的文化、民族意识,抽离地生活在一个与外在环境完全不同的世界里,并影响往后的数代人。[②]

他拒绝承认清政权的合法性,以"遗民"自居,与土著结婚生子,常怀故国之思,家人也在他的墓碑上使用崇祯年号。五世祖朱先生在安汶出生长大,怀想他从未见过的故国,流露"想象的乡愁"(王德威)和"文本化的态度"(萨义德)。阙名到访,让他激动莫名,他在殷勤招待之余,反复追问故国山川,叹为观止,竟有"思归之意":

> 我开玩笑地问朱:"如果有一天让你回国,你会带着全家一起走,或是一人独行?"朱认真地说:"这里虽好,皆是荒芜之地,不及故土。我虽然在这里出生,不曾看过故乡的秀丽,但听先人所说和书本上的记载,向往已久。如果真能让我到故土,我将留下一个孩子守着这里的家园,与家人一起回返。如果在家乡有驻足

① 王德威:《根的政治,势的诗学:华语论述与中国文学》,台北《中国现代文学》第24期(2014年6月),第11—14页。

② 谢裕民:《安汶假期》,收入《重构南洋图像》,第113页。

地,便在那里耕种,不再回来。留下来的孩子则可守住祖坟,并留下香火。如果回去而无所依托,就再回返。不过,也已偿所愿。”①

最后,他把年幼的长子交由阙名带回中国,实现了海外“孤臣孽子”的梦想。至于父亲,又是一番情形。他在中国出生,后在印尼生活,接着被送往新加坡,落地生根。他尽管怀着寻根冲动来到安汶岛,见到家族远亲,瞻仰祖宗遗物,但是并无居留之意,而是急着打道回府。在儿子的追问下,父亲答曰:这趟文化寻根的真实意图在于,“我们要找的是自己的历史,丰富自己的生命”(第116页)。为了让儿子彻悟,父亲进一步解释道:

“你我都在新加坡生活,但你因为我的因素,对新加坡的感情就完全不一样。如果阿公也在新加坡,我们都在新加坡生长,对新加坡的感情相信与现在又不一样。”

我无法体会,也不喜欢他继续“教导”,反问:“那你对这里,我是说安汶岛的感情又怎样?有这么多祖先在这里。”

他发现手上的烟因忙着与孩子争辩,已烧掉一半以上,深吸了一口,舒缓了刚才的情绪,才坦然地说:“那只是对家族的感情,生活上完全没有。再住下去,说不定会有。”

我又回到一开始的问题:“那为什么不多住几天?”

他轻松地说:“几天不是生活啊!生活不是说你要到哪里就去哪里,那只是过境或旅游,我们的生活还是在新加坡。”②

显而易见,朱氏家族越来越走向本土化、反离散、落地生根的生活方式和文化认同,“我”甚至怀疑故国的真实性。

关于“本土性”的研讨,学术界有充分论述。所谓“本土性”(locality,或可译为“在地性”),有学者指出,在人文地理学的范畴中,这个

---

① 谢裕民:《安汶假期》,收入《重构南洋图像》,第117—118页。

② 同上书,第116页。

词汇指称的是各个不同的地方,如何因应外来社会、经济、政治与文化发展的势力,而在工作、制造、生活与习尚上,发展出各自有别的表达方式。近年来,“本土性”往往被用来和“全球化”互为参照,具体谈论“全球”(global)与“本土”(local)的互渗与影响。经济和文化的“全球化”,不单只是使在地的文化被混淆与同化,更会导致在地文化采用求取幸存的竞争策略,来发展本土独有的新兴产业与文化,产生抗拒“全球化”侵略的本土社会运动。① 谢弗(Gabriel Sheffer)发现,离散社群在应对环境时使用形形色色的生存策略,一端是充分融入东道国,另一端是分离于主导性的移居社会、最终归返祖籍国。② 离散华人研究的“落地生根”论述,最早出现在王灵智于1992年在美国召开的华人问题国际研讨会。他说,早期海外华人把自己当作寄居者、孤儿或者民族主义者,他们的最后栖身地是在中国。这种观念忽视了海外华人经验在不同国家的独特性、多样性。相形之下,“落地生根”的论述把海外华人当作每一个国家的公民性的不可分割的部分,应该平等公正地得到对待。这种方法也安置了中国人的种族和文化遗产,把海外华人当作建造开明社会的财富。③ 本土化、落地生根的论述反复出现在《安汶假期》情节中。例如,父亲说:“人最大的本事就是适应环境。”(第73页)下面这段话,有进一步说明:

> 我想到另一个问题,再问:“那你认同哪里?”
>
> 他肯定已经思考过,所以答案快而简单:“你在一个地方生活久了,就是那里的人,不管你愿不愿意,承不承认,你的行为举止都是。当然,一个人在思想、性格的形成期,在一个地方生活,最

---

① 廖炳惠编著:《关键词200》,第153—154页。

② Gabriel Sheffer, *Diaspora Politics: at Home Abroad* (New York: Cambridge University Press, 2003), p. 23.

③ Wang Ling-chi, "On Luodi-shenggen," in Wang Ling-chi and Wang Gungwu eds., *The Chinese Diaspora: Selected Essays* vol. 1 (Singapore: Times Academic Press, 1998), X-Xi.

容易认同那里。”①

从历史上看来,印尼华人社群既受制于荷兰殖民当局的同化政策,也饱受印尼人及其政府的排斥和仇视,还与大清帝国的国籍条例相关,因此,印华之存留不归、落地生根,甚或与土著婚娶生育,成为种族混血的土生华人(Peranakan),实有其不得不然的苦衷。② 论及“本土性”的生产,阿帕杜莱指出,应该把“本土性”理解为一种“关系的”(relational)和“语境的”(contextual)概念而非“标量的”(scalar)和“空间的”(spatial)概念,他希望辩证理解“本土性”和“邻域”(locality and neighborhood)之间的关系。③ 联系到新加坡华人的文化认同,我们只能从流动性、开放性的视野思考其“本土性”。试想:如若没有明室后裔在三国之间的往返离散,没有“十世祖”与印尼土著的文化杂交,所谓“本土化”岂非无源之水、无本之木?因此我们可以说,没有“离散”,何来“本土”?

4.后现代的文化寻根

谢氏绝非简单图解西方理论大师的论述,相反,他关于离散与文化认同的看法,本身是自我反思和自我解构的。这需要从小说人物之一、作为叙事者的“我”说起。“我”是一个聪明伶俐、玩世不恭、与父辈有代沟、追求物质享乐的青年。有时,这是一个带有怀疑精神和自我分析倾向、不乏讽刺气质的人。起初,“我”对父亲的寻根冲动无动

---

① 谢裕民:《安汶假期》,收入《重构南洋图像》,第 74 页。

② 印尼作家普拉姆迪亚(Pramoedya Ananta Toer,1925—2006)在《印尼华侨》一书中叙述,印尼人仇视华人的政策是在漫长的荷兰殖民统治时期形成和发展的。1901 年,晚清外交家吕海寰(1842—1927)在与荷兰政府的交涉中,发现当时印尼华人约 47 万多,泰半已入荷兰国籍,爪哇华人中入籍者十倍于不入籍者。1909 年 3 月,大清帝国颁行国籍条例,法律根据来源于“血统论”而非西方国家通行的“出生地”原则,因此而产生了复杂的后续问题。民国以后,荷兰颁布《荷属东印度籍民条例》,规定华人要想享受平等待遇,必须首先经过同化过程。上述史事,参看王赓武的论文《海外华人:未来中的过去》以及《同化、归化与华侨史》,收录于刘宏、黄坚立主编:《海外华人研究的大视野与新方向:王赓武教授论文选》,第 33 页、371—373 页。

③ Arjun Appadurai, *Modernity at Large: Cultural Dimensions of Globalization* (Minneapolis, MN: University of Minnesota Press, 1996), pp. 178 - 179.

于衷,抱着度假的心情,以局外人姿态,作壁上观。在安汶寻根,还与荷兰女子 Jolanda 玩起了爱情游戏。当寻访到家族后人,目睹《南洋述遇》描绘的古衣冠画像、宝剑、金爵等祖物,他感觉回到历史现场,震惊而且感动,激发了寻根热情。在与怀抱“帝国乡愁”的荷兰女子的谈话中,“我”的性格、心态出现了微妙变化,变成了一个历史知识丰富、具有反思能力的思想者。他批判荷兰殖民统治,讽刺历史健忘症,简直成了那个爱说教的父亲的化身(第 86—88 页)。这是一种“断裂”“变异”的叙事学。目睹安汶偏僻落后、与世隔绝,和全球都市新加坡构成显著对照,他又发挥一种名为“隔夜菜”的理论:“整个安汶岛是个电冰箱,我们的家族只是其中一道隔夜菜,我们的旅程是一次隔夜行程,隔了十二万两千多个夜。”(第 115 页)当他从挥别父亲、居留安汶的梦中醒来,不再留恋没有电器和日常用品的乡野生活,开始产生了隐约的疑虑和不安。回到新加坡后,他在写字楼中回想往事,移情体验先辈的流徙生涯,寻根的浪漫面纱开始剥落,竟然暴露出虚浮不实的本相:

> 25 楼足以眺望不远处历史的海口。繁忙的海道烟雨弥漫,像所有 19 世纪西方人对热带小岛的描绘。我突然觉得我的十世祖初抵安汶时就是这个样子,并能体会他的惶恐与绝望。令我意外的是,这样的感受竟在现代化大厦里才体会到,在安汶,我还一直靠好莱坞电影来想象。这又让我想到我爸爸对安汶的体验,他先在现代化都市虚构一个故事,到安汶后设法证实这个故事的真实性。故事获得证实后,便急着离去,因为安汶的现实环境会破坏他的虚构,他必须离去以保留真实的虚构。
>
> 这种真实的虚构也适宜我的十世祖、阙名、我的高祖父和 Jolanda。[1]

“我”觉得这些人在描述一个与当时环境不符合的故事,甚至怀疑阙

[1] 谢裕民:《安汶假期》,收入《重构南洋图像》,第 126—127 页。

名根本没有去过安汶岛。他重新翻阅《南洋述遇》,发现有太多疑点,觉得这也许只是一篇道听途说的文人梦呓,结果被当成实地游记被收进晚清历史地理丛书。既然如此,所谓安汶寻根,又从何说起呢?

> 虽然如此,我还是认为我们都虚构了安汶,真正的安汶属于莱伊伯父和阿迪叔叔。所以,有时候我也会像开始时那样在想:安汶究竟在哪里?虽然我确实到过那里。①

所谓安汶,所谓寻根,虚虚实实,真真假假,近乎子虚乌有,南柯一梦。谢裕民这种自我分析、自我反思的倾向,至此发挥到了极致,乃至于把后设叙事顺手拈来,并且熟练玩弄了一次解构主义的把戏,不但质疑了另一条叙事线索的真实性(阙名《南洋述遇》的自白),也瓦解了文本内部建构的清晰稳定的符码系统,最终,他把有关离散和文化认同的思考复杂化了。

结语　根与路的辩证

从《归去来兮》到《岛屿前身》,从《三先生庙》到《安汶假期》,谢裕民在刻画离散与文化认同的议题上展示了批评性思考。出生于新加坡的华族小童被送往中国,30年后重返狮城,失望之下又匆匆回国。自汉代至于明季,新加坡的名称五花八门,无不唤起历史记忆。三先生造福村民,他的公廉勤俭垂范后世,华族文化和道德促进了商业伦理。从300年前的十世祖到当代新加坡的华族青年,明室后裔、朱姓华人的文化认同与时与地俱变。从花果飘零到开枝散叶,从叶落归根到落地生根,海外"遗民"和"移民"转化为土人装束的"夷民",最后,是质疑血缘神话的狮城"后遗民",谢氏的寻根书写,愈发精彩动人。

至此,我要总结谢裕民关于离散和文化认同的思考。我认为,要

---

① 谢裕民:《安汶假期》,收入《重构南洋图像》,第128页。

想准确理解文化认同的形成及其意义,必须把它放置在多重语境的纵横交错的网络中。

其一,新加坡华人社群的文化认同不是孤立封闭、绝缘自足的东西,而是植根于社会流动和跨国离散的历史经验。这种文化认同之"本土性"的生产,离不开与中国、印尼"邻里"的横向联系,更是近代以来的国内外历史变迁的产物。

其二,文化认同不是静止不动、固定不变的,而是经历了从祖辈到孙辈的世代交替;同时,这个过程也是一个"去中国化""去中心化""本土化"、解构"本真性"(authenticity)神话的过程。霍尔呼吁,离散者不要天真地相信能够回到"根源"(roots),而应该逐渐接纳我们的"路径"(routes)。克利福德发挥说,围绕"始源"和"回归"之轴线的离散中心化,忽视了特定的本土互动,后者对维持离散的社会形式很有必要。[①] 谢氏以形象化的小说叙事呼应了这些文化理论家的思考。

其三,一个族群的文化认同的形成,离不开与其他族群和文化的混血化(creolization)、嫁接(transculturation)和混杂的过程,从而开启了"第三空间"的批评想象。小说人物寻根的结果,是发现自己的奇异身世:一个新加坡华人的体内,竟然流淌着明朝皇族与印尼土著的血液,由此追溯下去,充满悬揣和臆想,产生了无法逆料的种种可能性。

其四,本文将谢裕民摆在离散的脉络,并不意味着谢裕民的身份认同为离散族裔,或新加坡华人文学不辩自明地可归类为"离散书写"。因为谢裕民的祖辈曾从唐山"过番"南洋,但其本人是土生土长的新加坡公民,从未有过"离散"异邦的生活经验。谢裕民只是在文学虚构的世界中,关怀和处理了"离散"现象而已。新加坡华人文学无法归类为如假包换、不言而喻的"离散书写",因为新加坡的离散社群历经国家独立,早已落地生根,不会归返祖籍国。

---

① James Clifford, *Routes: Travel and Translation in the Late Twentieth - century* (Cambridge, MA: Harvard University Press, 1997)), p. 269.

长期以来,在世人的心目中,离散唤起的是暴力、奴役、流亡、孤寂、困苦等刻板印象,一群人由于历史创伤而被迫流离失所,他们身处异国异乡,苦思家园故土。其实,离散也有积极的意义,可以形成一个饶富批评性和生产性的公共领域。谢裕民的作品,从《归去来兮》到《岛屿前身》,从《三先生庙》到《安汶假期》,无不开启了崭新的想象空间。

第四章　抒情寓言与认同书写

——英培安、希尼尔的现代诗

引言　理解现代认同

1960年代，现代诗在新加坡华人文坛异军突起，精致微妙的抒情技艺为人乐道。在现实主义的话语霸权下，现代诗亦因晦涩的前卫美学，饱受质疑和批判。英培安（1947—　）与希尼尔（谢惠平，1957—　）乃现代诗的中坚，二人的文学才华颇获文艺界好评。目前的相关论著把焦点放置在他们对文学性的创新实验上，当然不难理解。长期以来，抒情诗被认为是表现个人情绪、主观体验甚至神秘幻想的绝佳体裁。[①] 不过，阿多诺（Theodor W. Adorno，1903—1969）认为，抒情诗表面上是个人情绪与主观体验的载体，但在艺术社会学的视野下，却是社会总体性的反映和对于现代世界不言自明的批评。后来，德曼（Paul de Man，1919—1983）指出，较之于其他文类，抒情诗更能见证现代性的历史变迁。[②] 准此，我们有必要超越英美“新批评”的阅读模式，去检讨抒情诗与种族、国族、族裔、阶级、性别、文化认同之间的错综复杂的关联。本文借镜文化批评理论、移民社会学和政治哲

---

① M. H. 艾布拉姆斯著，吴松江等译：《文学术语词典》（北京：北京大学出版社，2009年），第293—295页；胡戈·弗里德里希著，李双志译：《现代诗歌的结构：19世纪中期至20世纪中期的抒情诗》（北京：作家出版社，2010年）。

② Theodor W. Adorno, “Lyric Poetry and Society,” in Brian O’Connor ed., *The Adorno Reader*(Malden: Blackwell, 2000), pp. 211－18; Paul de Man, “Lyric and Modernity,” in his *Blindness and Insight: Essays in the Rhetoric of Contemporary Criticism*(New York: Oxford University Press, 1971), pp. 166－186.

学的概念框架,以英培安、希尼尔的现代诗为文本抽样,针对其中有关现代认同的主题,展开批评探索。何谓现代认同?在国族、文化与自我的层次上,如何理解认同这一概念的内涵与流变?在此有必要对相关理论概念,稍作疏解和介绍。

有关现代认同的探讨,西方学术界已有不少研究成果。根据英国文化理论家霍尔的考察,认同与主体密不可分,迄今共有三个类型的认同概念:启蒙主体(the Enlightenment subject)的认同概念、社会学主体(sociological subject)的认同概念、后现代主体(post - modern subject)。启蒙主体的认同概念认为,人是充分中心化、统一的个体,被赋予理性、意识和行为等能力,它的中心由一个内在核心构成,这个核心在主体出生后首次出现,而且与主体一道展现在个人的整个生命历程中,始终保持不变。自我的存在中心就是一个人的认同。社会学主体的认同概念认为,主体的内在核心不是自主自足的,而是透过与有意义的他者之关系而形成的,这些他者把他/她生活于其中的世界之文化(价值观、意义和符号)斡旋给主体。然则,以前被体验为有一个统一、稳定的认同的主体,目前正在经历碎片化的过程;主体不再由单一认同构成,而是由几种有时是矛盾的甚或悬而未决的认同所构成。结构的与制度的变化的结果之一就是:“认同破裂”的出现。这就产生了后现代主体。后现代主体没有固定的、本质的、永久的认同,主体在不同时期分别承担了不同认同,这些认同不是围绕着一个内在连贯的自我而统一起来。所谓充分统一的、完成的、安全可靠的、内在连贯的认同,无非幻想而已。[①] 霍尔还分析了社会理论与人文学科中的五个进展——马克思主义,弗洛伊德的精神分析理论,索绪尔的结构主义语言学,福柯的知识—权力—话语理论,女性主义——如何促进笛卡尔

① Stuart Hall, "The Question of Cultural Identity," in Stuart Hall, David Held and Tony McGrew eds., *Modernity and Its Futures* (Cambridge, U. K.: Polity Press, 1992), pp. 275 - 277.

所谓的启蒙主体之“去中心化”(de - centering)。[①] 在现代世界,“国族文化”(national culture)作为想象的共同体,正是文化认同(cultural identity)的主要源泉之一。国族文化显然是一种现代形式。在前现代或传统社会中,人类把忠诚与认同形成(identification)付予部族、民族、宗教、地域。后来,忠诚和认同形成逐渐被转让给国族文化,地域和族群差异被包括进英国人类学家盖尔纳(Ernest Gellner)所谓的民族—国家的“政治屋顶”(political roof)下,因此变成现代文化认同的一个强大的意义源泉。[②]

认同不但是一个哲学和心理学的问题,也是社会学和文化研究的批评概念。认同之产生,历史悠久,而它之所以成为尖锐的问题,与现代性密切相关。由于都市化进程和发展主义意识形态,人与自然的联系被削弱,人与土地的纽带被割断。个体的自我认同和社会意义上的文化认同发生了变化。文化认同源于现代性和全球化导致的社会文化与日常生活的多样性、流动性和断裂。何谓自我认同?英国社会学家吉登斯(Anthony Giddens,1938—)指出,在晚期现代与全球化环境中,自我认同通向与解放政治相对应的生活政治,“生活政治关涉的是来自于后传统背景下,在自我实现过程中所引发的政治问题,在那里全球化的影响深深地侵入到自我的反思性计划中,反过来自我实现的过程又会影响到全球化的策略”[③]。加拿大政治哲学家泰勒认为,认同问题是现代西方哲学的基本问题。关于自我概念和现代认同的关系,他提供了具有历史感的理论阐释。泰勒运用“现代认同”来标示什么是人类的主体性,他的中心关怀落在认同的三个侧面:首先,现代的内在性,即作为带有内部深度存在的我们自身的感觉,以及我们是

---

① Stuart Hall, "The Question of Cultural Identity," in Stuart Hall, David Held and Tony McGrew eds., *Modernity and Its Futures* (Cambridge, U. K.: Polity Press, 1992), pp. 285 - 291.

② Ibid., pp. 291 - 292.

③ 吉登斯著,赵旭东、方文译:《现代性与自我认同:晚期现代的自我与社会》,第301—302页。

“我们自己”的联结性概念;其次,由现代早期发展而来的对日常生活的肯定;再次,作为内在道德根源的表现主义本性概念。自我认同是由道德、精神的承诺或民族和传统加以界定,这为人们的价值观提供某种框架。否则,人们就丧失了他们的承诺或道德空间中的方向感,出现认同危机:“知道我是谁,就是知道我站在何处。我的认同是由提供框架或视界的承诺(commitment)和身份规定的,在这种框架和视界内我能够尝试在不同的情况下决定什么是好的或有价值的,或者什么应当做,或者我应赞同或反对什么。换句话说,这是我能够在其中采取一种立场的视界。”[①]自我认同不是个体的全部特质而是个人据其个人经历形成的、作为反思性理解的自我。认同在这里设定了超越时空的连续性,自我认同就是这种作为行动者的反思解释的连续性。

上述有关文化认同和自我认同的论述,为我们理解新加坡华人文学的相关议题提供了必要的参照。新加坡华人文学肇始于中国五四新文化运动的影响。[②] 历经1942—1945年的太平洋战争,1950年代的反殖爱国运动,六七十年代的国家独立和经济建设,1980年代教育政策的剧变和蓬勃的全球化潮流,迄今已有近百年的历程。在话语实践领域,从1920年代的“南洋色彩”和1930年代的“地方作家”的争议,到1946—1948年的“侨民文艺”与“马华文艺独特性”的论争,到1956年出现的“爱国主义文学”的检讨,再到1980年代的“建国文学”的讨论,新加坡华人文学的本土性格,已然成形茁壮。[③] 这些社会变迁和文学思潮影响了新加坡华人文学的历史走向,也构成英培安、希尼

① 泰勒著,韩震等译:《自我的根源:现代认同的形成》(南京:译林出版社,2001年),第37页。

② 方修:《马华新文学史稿》(新加坡:世界书局,1975年);David Kenley, *New Culture in a New World: The May Fourth Movement and the Chinese Diaspora in Singapore*, 1919–1932 (London: Routledge, 2013)。

③ 相关新加坡华人文学思潮的介绍,参看方修主编:《马华新文学大系》第一、二册(新加坡:世界书局,1971年);苗秀主编:《新马华文文学大系·理论卷》(新加坡:教育出版社,1973年);黄孟文、徐迺翔主编:《新加坡华文文学史初稿》(新加坡:新加坡国立大学中文系、八方文化创作室,2002年)。

尔之现代抒情诗写作的背景条件。英培安，曾于1995年短期移居香港，大部分时间在本地度过。他在经营草根书室之余，博览群书，参与公民社会，见证华校生被边缘化的命运。希尼尔，1957年出生，理工科出身，经历了乡土消逝和都市化浪潮，常为华族文化的式微挥洒感时忧国的情怀。两位不同世代的新加坡华人作家，在人生历程中目睹本土、区域和全球的互动，针对文化认同和自我认同的议题，做出各有特色的批评思考，他们的洞见和盲视，值得思之再三。

一　从“想象的乡愁”到“本土的诱惑”

文化认同不是一个静止、固定、单一的事物，相反，它受制于历史、文化、偶然性和无穷的权力游戏，因时因地制宜，正如霍尔所言：“认同概念不是本质主义的，而是策略性的(strategic)、位置性(positional)的概念。也就是说，认同这个概念与其固定的语义学涵义直接相反，它不是标志着自我的稳定核心：从开端到终点，纵贯整个历史盛衰，毫无变化地展现着；只有小部分自我，经常保持相同，跨越时间而等同于自身。”①那么，新加坡华人现代诗人是如何看待文化认同的？以下段落取材于英培安与希尼尔的诗歌文本，探勘文化认同主题的流变，将其放回到社会文化语境中去思考，以期观察文本、历史和理论间的往返对话。

（一）中国原乡与血缘神话

对于新加坡华人来说，“中国原乡”是确凿的历史事实，也是顽强的文学想象。新加坡华人的祖辈来自中国，回归故国原乡曾是他们的梦想。独立前，许多华侨华人的国族认同与文化认同所指向的目标，

---

① Stuart Hall, “Introduction: Who Needs ‘Identity’?” in Stuart Hall and Paul du Gay eds., *Questions of Cultural Identity* (London: Sage Publications, 1996), p. 3.

不是作为英国殖民地的主权不存的马来亚,而是那个万里之外的赤县神州。中国,作为意义的中心地带和价值源泉,一度为海外华人的文化实践提供了指南;马华文学中经常出现的“祖国”一词,指的就是中国,舍此无他。证之于史事,可知此言非虚:南洋华侨无数次筹赈义演,南侨机工回国抗战,五六十年代的华侨归国热潮,这些都是安德森所谓的“远距民族主义”(long distance nationalism)[1]支配下的事件,也是原乡神话最集中的体现。1965 年,新加坡成为主权独立的新兴国家,华族公民的国族认同(national identity)自此通向对新加坡的情感归属。但是,文学文化领域的本土性尚未同步发生,所以在此之前,一些新加坡华人作家的文化认同(cultural identity)越过新加坡这个地理疆界而与他们的“中国想象”联结起来,其实并不奇怪。

英培安的诗集《无根的弦》初版于 1974 年,1988 年再版,其中明显表现了中国想象和文化乡愁。例如《无根的弦》的第三节:

那时海峡时报在莱佛士坊
黄昏是泼在
一座英国式的铁桥上
印度人的笑语
和隐约的咖啡香
散发过微湿的
街场。一朵没有形状
的云,是绣在
维多利亚剧院后面的
一株树旁

告诉你我多寂寞

---

① Benedict Anderson,“Long Distance Nationalism,” in his *The Spectre of Comparisons: Nationalism, Southeast Asia, and the World*(London: Verso, 1998), pp. 58 - 76.

（那时是黄昏）
我伴着
一只异乡的白鸽
细读一则大标题的国际新闻
骤然想起尘封在书房里的史记
诗韵
和甲骨文 ①

《海峡时报》（*The Straits Times*）是创办于殖民地时代（1845）的一家英文报纸，莱佛士坊、英国式铁桥、维多利亚剧院是本土地景，“印度人”点出多元种族的国族身份，“微湿的街道”暗示热带海洋城市的气候。这些由视觉、声音、气味交织的意象，浮现在日常生活的时间（“黄昏”）和空间（“莱佛士坊”）中，进入抒情主体的感官世界，唤起新加坡作为后殖民民族—国家的历史记忆。然则，这个土生土长的“我”，并没有惬意的地方感和亲密的家国意识，相反，一种时空错置、身处异乡的寂寞感，于焉浮起。当他阅读一则与祖籍国相关的新闻报道时②，骤然想到那个“冻结在时间中”的历史悠久的文明体。于是，神奇而暧昧的“原乡神话”，呼之欲出。此诗的第一、二节，时空转换，虚实交错，出现了中国北部地区的地景风物：“塞外的风沙”“奔马的城”，挂在北方屋檐下的、痖弦诗中出现过的“葫芦或红玉米”“莲花落”“驴蹄”等。在结尾处，诗人感慨，神州故国回不去了，他只能弹奏“重病的吉他”，

---

① 英培安：《无根的弦》，收入英培安：《无根的弦》（新加坡：草根书室，1988 年再版），第 44—45 页。按：该诗第三节第三句“一座铁桥的英国式上”，当为“一座英国式的铁桥上”之误。

② 1971 年，中国大陆的“文化大革命”如火如荼，台湾经济腾飞，海峡两岸发生一系列有世界历史意义的事件：3 月，中国发射第一颗科学实验人造地球卫星；4 月，中国政府展开“乒乓外交”；7 月，周恩来总理和美国国家安全事务助理基辛格在北京秘密会谈；8 月，台湾掀起“保钓运动”；10 月，中华人民共和国在联合国获得合法席位。英培安的诗《无根的弦》当中出现的中国新闻，应该与上述事件相关。关于 1950 年代至 1960 年代新马华人对中国的认识，参看鲁虎：《新马华人的中国观之研究 1949—1965》（新加坡：新跃大学中华学术中心、八方文化创作室，2014 年）。

以飘零血泪,凭吊中国原乡,如是而已。诗中出现不少有漂泊寓意的意象:“无根的弦”“凄清的鞋子”“没有形状的云”“异乡的白鸽”“泣不成声的远方”,莫不唤起放逐原乡、永绝家园的情愫,尽管在本地出生的英培安,此前从未游历过中国!这首诗中弥漫着文化乡愁,但是,“尽管这种对过去的怀恋,似乎在这个强调理性与消费的高科技社会中,提供了另外一种身份认同的途径,但是怀旧却并不是企图真正回到既定过往的一种情感,而是一种时间上的错位—— 一种在时间中某些东西被移位的感觉”[①]。套用王德威发明的概念,此即一种“想象的乡愁”(imagined nostalgia),与其说是要原原本本地回溯过去,不如说是以现在为着眼点创造、想象过去[②]。

在《乡愁》(1974)当中,英培安的文化认同固执地联结着原乡想象,且以更加夸张的“弃儿意识”和周蕾所说的“血缘神话”(myth of consanguinity)昭示出来:

> 但闻异域的候鸟
> 鼓噪着
> 认同、或回归的
> 哀音。你的惶惑
> 便清楚起来了
>
> 龙的图腾,仍铭于
> 你浓于水的
> 奔流的
> 血内

---

① 周蕾:《写在家国以外》(香港:牛津大学出版社,1995 年),第 59 页。

② 王德威:《茅盾,老舍,沈从文:写实主义与现代中国小说》(台北:麦田出版社,2009 年),第 341 页。

推开窗

扑面见乡愁

如一断脐即被弃了的

婴孩,睁目遥望

他永不可触的

母亲

依稀的温暖

巨大的

面容 ①

新中国成立,引发了南洋华侨的回归潮,他们如“异域的候鸟”,召唤南洋本地青年步其后尘。准此,抒情自我陷入进退两难的境地,他自感如一个刚出生即被弃置的弃婴,只能遥望永不可触的“中国母亲”,想象其体温和面容。② 第四至六节,从内心独白转向戏剧化场景:

夜晚歌女唱着

一首改自东京小调的

曲子;空气污染

一架山本牌身历声唱机

而本田电单车则呼啸碾过了

每个人被逼发出最后的吼声的

难民

纪念碑

---

① 英培安:《乡愁》,收入英培安:《无根的弦》,第55—56页。

② 在1955年的亚非会议期间,中国总理周恩来以外长身份与印尼外长在万隆签署《中华人民共和国和印度尼西亚共和国关于双重国籍问题的条约》。根据这一条约,中国政府放弃以血统确定国籍的原则,海外华侨可以放弃中国国籍,加入所在国国籍。这大概是《乡愁》之抒情主体产生“弃儿意识”的外在因素。

你寂寞愤懑地
行走于
每叶熟悉的史书里
谈诗、论剑
佯装酒醉
披发抚琴

无奈茶的苦涩,点点滴滴
斟满了
每具热泪的
铜壶
瓷器①

这里有听觉意象纷至沓来,“东京小调”“山本牌留声机”“本田电单车”暗示日本商品的泛滥。与这些噪音相对照,矗立在市中心的日据时期死难者纪念碑,沉默无声,构成反讽。诗人批判当年的帝国主义改头换面成了如今的新殖民主义,也嘲讽新加坡国人对于历史创伤的健忘症。杜牧的“商女不知亡国恨,隔江犹唱后庭花”被改写成“夜晚歌女”的潜在文本,又嵌入中华人民共和国的国歌,把诗人对文化认同的思考与后殖民批评结合起来,在书写新加坡的文化现象时,有意带入日本和中国这两个他者,透过三边对话的互动结构,制造出有历史纵深感的张力。在最后一节,诗人以传统中国的“狂人”形象出现了,他寂寞愤懑,又无可奈何,唯有挥洒苦涩的热泪,而已而已。

古代中国的文化意象、历史典故、漂泊者的形象、古典诗的情调意境,接连出现在英培安的第二部诗集《无根的弦》当中,尤其体现在《无根的弦》《乡愁》《剑》《儒生行》《儒生行之二》等诗篇中,以及第三部诗集《日常生活》之《良宵》《悲歌》《怀人》等诗篇当中。非常明显,

① 英培安:《乡愁》,收入英培安:《无根的弦》,第56页。

他的文化认同处处联结着强烈的中国性(Chinese - ness)。例如,堪称姊妹篇的两首《儒生行》,颇得杨牧的《延陵季子挂剑》之流风余绪。前者作于1974年,表现知识分子无力介入社会变革的幻灭感、与理想渐行渐远的无奈,以及现实人生困境中的承诺和决断:“而你深明/远道漫漫则是披肩的霜露/或饮易水/或食首阳//甚或造次颠沛/竟俨然如/一介儒生。”[①]后者作于1977年,叙写一次国民服役中的旅途感受:一众青年起初在苍茫大雾中迷失了自己,但终于唤回了古代中国的文化记忆作为认同的根源所在,流露出找到人生方向后的欢愉自信:“而我们/已不再是一条惶惑的河了,我们是/奔向大海的足迹/因为是寒夜/我们沉默着/把燃烧的火焰/静静地藏起。”[②]在《无根的弦》再版后记中,作者坦承上述作品“所表现的,正是我的思想在激烈转变时所流露的感情。十多年后重读它们,不仅是别有一番滋味,而且感到分外地孤独、寂寞”[③]。何以有此感慨?这册诗集出版之前,英氏于读书写作之余,创办文艺杂志《茶座》和《前卫》,勉力推动新加坡华人文学的成长;而且与左翼知识分子时相过从,贩卖左派书籍,参与公民社会。1975年,英培安写出短诗《歌——献给所有为正义牺牲的人》[④],这正是他所谓的“思想激烈转变”的时期。1978年,他在内安法令下被秘密拘禁,由于找不到任何颠覆政府的证据,他在一个月后就被有条件地释放了。[⑤]

希尼尔早年诗作中的文化认同,也联系着中国原乡,但是他的心理距离更遥远,少了一份英培安式的壮怀激烈。他属于第二代移民,出生在加冷河畔,尽管这条河在地图上和史籍中籍籍无名,但它伴随

---

① 英培安:《儒生行》,收入英培安:《无根的弦》,第59页。

② 英培安:《儒生行之二》,收入英培安:《无根的弦》,第62页。

③ 英培安:《无根的弦》,收入英培安:《无根的弦》,第87页。

④ 英培安:《歌——献给所有为正义牺牲的人》,收入英培安:《日常生活》(新加坡:草根书室,2004年),第17—18页。

⑤ 刘燕燕:《办杂志与开书店奇遇记——英培安访问录》,新加坡《圆切线》第6期(2003年4月)。

诗人的成长经历,真正是一条“母亲河”。这条河浓缩了新加坡殖民地时代的历史沧桑:“整个历史的根曾在这里驻扎/加冷人的足迹印过/武吉士人漂泊的身影停留过/先祖的渔网撒过/莱佛士舰队的余波掠过/东洋武士刀的血在这里/洗过。”①这首诗的开头,以动人的诗句刻画了诗人对中国的“想象的乡愁”:

> 就这样踟蹰的流着
> 一条河,舒展龙爪
> 自北回南,向两岸扩张
> 日日夜夜,呜咽低吟
> 在先祖的记忆里
> 坚持一种流动的肤色
> 多少梦里唤他回去
> 多少日子,挟带两岸泥沙的深愁
> 水位的升涨
> 随汗水血泪的盈寡而漂动
> 潆洄中迟滞里寻找出路
> 不曾有一泻千里的雄姿
> 一条河,历史告诉他应该倒流
> 以泥土的颜色
> 日夜奔成一片希望的远景②

这里的叙事视角不是国族(the national)而是族群(the ethnic)。从19世纪早期开始,华南省份的中国人大举南下,渡过凶险的南中国海,跨国流动,散居在槟城、马六甲、新加坡等地方,他们的身份转变为离散华人(Chinese diaspora)和跨国弱裔(transnational minority)。一些人迁

① 希尼尔:《加冷河》,收入希尼尔:《绑架岁月》(新加坡:七洋出版社,1989年),第38—39页。

② 同上书,第37—38页。

徙到加冷河岸，筚路蓝缕，苦苦耕耘，“族群”(ethnic)与“地景”(landscape)开始出现情感的纽带。“流动的肤色”以及“踟蹰”“呜咽”“深愁”“血泪”等词汇，形象化地点出华人之漂泊离散的历史记忆；河流随气候与时间而发生的地貌、水文的变化，又被诗人赋予若干寓意。那位先辈正在苦苦寻找出路，“加冷河”在他的梦中召唤回归原乡。这条河流因为没有“一泻千里的雄姿”而自惭形秽，它被历史庄严地告知：唯有向北“倒流”，才有远大前程。在这里，文化认同与中国性纠缠在一起，再次展示为一个问题重重的“北进想象”和“血缘神话”。

然而，“回归原乡”是可能的吗？霍尔提醒说，“回家”在当代世界逐渐变成了一个危险的国族文化的神话：“如果我说要‘回家’，就好像真的存在某种起源、初始之处，势必会带来更大的伤害。……在我的经验中，这种回归一直都是一种错置的、多元的动作，虽然我试图想要‘回家’，但是却心知肚明，这是绝不可能如愿的，因为一切都不可重复，不可能再回到起点。……我们可以感觉到家，感觉到家的气氛，就好像可以真正抵达家园。这种感觉将会一直存在。但是想要真正回到家，就像某人生活在16世纪时期的家，那是绝对不可能的事。”[①]霍尔在许多场合强调，本质主义的回归原乡和文化本源，毕竟不切实际。[②]无独有偶，洪恩美也认为，家园神话限制了离散主体的游牧主义，她质疑离散华人自身的诸种边界，也指向离散华人在“想象的共同体”建构过程中所确立的不言而喻的本土与全球的权力关系，她认为狭隘地聚焦于离散将会阻碍一种更真实的、跨国的世界主义想象。[③]大体而言，英培安、希尼尔诗中的中国想象是一个虚浮不实的神话，他们把文化认同的源泉回溯到遥远的祖籍国，以图获得情感满足和心理

---

① Stuart Hall、陈光兴著，唐维敏译：《文化研究：霍尔访谈录》(台北：元尊文化，1998年)，第169页。

② Stuart Hall, "New Ethnicities," in James Donald and Ali Rattansi eds., '*Race*', *Culture and Difference* (London: Sage Publications, 1992), p. 258.

③ Ien Ang, *On Not Speaking Chinese: Living between Asia and the West* (London: Routledge, 2001), p. 13, p. 77.

补偿,这当然是过渡性的历史现象,放回彼时的社会语境中来观察,是可以理解的,但是并不具有本体论的优先性。

(二)地方知识、现代性与文化认同

时移世异,因缘际会,新加坡开埠一百多年后,第二次世界大战爆发了。这场浩劫的积极后果之一是:西方国家的殖民体系彻底瓦解,亚洲、非洲、拉丁美洲先后兴起了声势浩大的独立运动和建国运动,国际政治格局历经朝贡体系、条约体系、殖民体系而开始迈向冷战体系的时代。"国家要独立、民族要解放、人民要革命"已然成为不可抗拒的历史潮流。马来亚在1957年宣布独立。两年后,新加坡从直属殖民地变成自治邦。1963年,新、马合并。1965年,新加坡脱离马来西亚联邦,成为主权独立的新兴国家,开始进入后殖民时代。在本地土生土长的"海峡华人"(the straits Chinese,或称为"侨生""土生华人",Peranakan)的效忠对象从大英帝国转移到马来亚,然后再到新加坡。来自中国的"新客华人"及其后裔,大部分愿意取得居住国的公民权,落地生根,开枝散叶。这就是反离散和本土化。霍尔说过,文化认同是通过一个人对一种国族文化(national culture)的成员资格而形成的①,在新加坡华语语系社群当中(Sinophone community)②,随着国族认同的增强,解构原乡神话、重塑文化认同,就是水到渠成,在所难免了。可以想见,新华文学中盘桓不去的"侨民意识"和"想象的乡愁",自此开始让位于"本土的诱惑"了③。这正如霍尔的观察:"认同从来不是

---

① Stuart Hall,"The Question of Cultural Identity," in *Modernity and Its Futures*, p. 280.

② "华语语系"和"反离散"是史书美发明的概念,参看Shu-mei Shih,"Against Diaspora:The Sinophone as Places of Cultural Production," in Jing Tsu and David Der-wei Wang eds., *Global Chinese Literature:Critical Essays* (Leiden:Brill,2010), pp. 29-48;Shu-mei Shih,"The Concept of Sinophone," *PMLA* 126.3(2011):pp. 709-718。

③ 这里运用的"本土的诱惑"概念受益于美国学者Lucy R. Lippard的启发,参看其专著*The Lure of the Local:Senses of Place in a Multicentered Society* (New York:The New Press,1997)。

统一的，并且在晚期现代性的时代，愈来愈来趋于碎片和破裂；它决不是单一的而是多重构造的，跨越不同的、经常交错的、对抗的话语、实践与位置。它们受制于激烈的历史化，持续处在变化和变形的过程中。"[①]对于新华作家之文化认同的移位，这段话颇有说服力。

2009年，希尼尔发表抒情短诗《南方的堕落》，在书写家园意识与地方感之余，明确揭示了消解原乡、回归本土的消息：

尾随一艘轮船的宿命
南中国海的季候风，将他
刮到马来半岛南端的
一个岛屿以南的河岸
落脚。在河上的木屋
栖息、应变、谋生
他瘦成河边的一株茅草
竟日，垂望水面
潮退的岸外偶有鳄踪
像是韩文公驱逐南来的族类
警慎、落寞、不遇
浮沉人世间，徒留一身
坚硬的身姿

国境之南，心境以北
无以通行的象形心情
结绳浮岛，能奢望回乡的
是端正的方块情感
断断续续的思念

① Stuart Hall, "Introduction: Who Needs 'Identity'?" in Stuart Hall and Paul du Gay eds., Questions of Cultural Identity, p. 4.

多年以后,他选择终止流离
河中红树林丛生的沼泽地
形成我偶然的原乡。梦里
北方一条大江的回忆在萦绕
他刻意掩饰的乡愁,安放在
北回归线上一片纠葛的土壤

一片土壤的纠葛
我很早就读懂,大江东去的苍凉
在逐渐收缩的情感版图里,形成
赤道上的一脉苦瓜藤
卑微坚忍。苦,不言痛
如此消磨一生,在堕落的南方

希尼尔自况,此诗讲述他父亲当年南下新加坡的经历,也是对父亲那一代人的怀念,况且此期有很多关于新旧移民的话题,因此希望向读者凸显父亲身为一名旧移民,到新加坡谋生的心情。[1] 希尼尔的祖籍在广东揭阳,位于榕江附近。他的父亲当年从此南下,在新加坡加冷河畔,定居谋生,后来希尼尔在此出生。河流江海代表生命的起源和族群的繁衍地。从榕江到加冷河,是他的漂泊路线;从加冷河回溯榕江,则是“我”的中国想象。这两条一实一虚的路线,貌似重合,却横亘着巨大的时间距离;这两个文学地景也是诗歌的核心意象,整首诗依靠想象逻辑而组织起来。“象形心情”和“方块情感”隐喻父亲的原乡情结,他曾一度有过回家的奢望,但最终选择了终止流离、扎根南洋,尽管刻意掩饰乡愁,但梦中仍有榕江萦绕,因此常有纠葛的心情。“我”对父亲的流离身世充满同情的理解,与他不同的是,“我”毫不迟疑地把自己的出生地(“河

---

① 黄丽玲:《“流动诗篇”走入地铁站》,新加坡《联合早报》,http://www.singapore-writers.org.sg/mrtpoem.html。

中红树林丛生的沼泽地”)确认为故土家园。诗的最后一节完成了主旨升华,以“逐渐收缩的情感版图”作为抒情的关键点,管领三重交错的含义:既隐喻“我”告别了多愁善感的光景、结束铅华入中年,也暗示着“我”的生活方式的转变,不再像父亲那样在大江大河上漂泊流徙,而是宛如一根落地生根的“苦瓜藤”,另外还揭示了抒情自我之文化认同的转向——告别以“大江东去”所隐喻的中国性神话,决心像卑微坚忍的苦瓜藤那样,扎根在“堕落的南方”,如此消磨一生。

在希尼尔那里,既然文化认同发生了从中国到新加坡的转移,那么,观察新加坡的本土文化的表现样式及其历史变化,就是一个饶有意味的题材。新加坡华人多是福建人、广东人、潮州人、海南人、客家人,他们把祖籍地的民间信仰、生活礼俗和地方知识带到海外,这构成了他们用以维持族群认同的文化记忆。在后殖民、现代性和全球化境遇中,这些跨国的文化符号,会面临怎样的命运呢?希尼尔的《绑架岁月》被王润华誉为“一本植根于文化乡土上的诗集”[①],集中表现民间信仰的失落和文化传统的式微。《酬神戏》之一,诗人的人格面具是一名酬神戏演员,他听到稀落的喝彩声,不由得精神恍惚,步伐凌乱,产生了伤感迷惘的内心独白:“虽然这出戏去年前年曾演过/虽然世世代代的祖先们都看过//而明年/明年我们演不演呢?”《酬神戏》之二的视角来自一名老年观众,酬神戏唤出了他童年记忆中的快乐时光,然而民间文化抵不过跨国资本主义,诗歌结尾出现了反讽的一幕:“这时节/酬神日又来了/路过戏棚前/孩子们拉拉扯扯/总吵着要去肯德基。”[②]《地方戏》的题材来自于一幅新闻照片:酬神戏《霸王别姬》正在热闹地上演,而台下的观众仅有一人!看到这令人啼笑皆非的一幕,诗人忍不住在《附记》中郑重写道:“传统艺术在现代文明的冲击

---

① 王润华:《一本植根于文化乡土上的诗集——序希尼尔的〈绑架岁月〉》,收入王润华:《从新华文学到世界华文文学》(新加坡:潮州八邑会馆文教出版委员会,1994年),第138—152页。

② 希尼尔:《酬神戏》,收入希尼尔:《绑架岁月》,第130—131页。

下,败退得毫无招架之力,令人无限感慨!”[①]《过故神庙》写某座历史悠久的庙宇,原先香火旺盛,曾是许多古人的精神寄托,如今虽有车水马龙在庙前穿梭,但是香火如此冷落,深深刺痛了“我”的心。[②] 希尼尔第一部诗集《绑架岁月》写于1980年代,适逢现代化、都市化、商品化蓬勃发展。第二部诗集《轻信莫疑》出版于2001年,其中一些诗篇延续了文化认同迷失的主题。《让我点染最后一炷香》采用反讽戏拟的手法,叙述历史悠久的“海唇福德祠大伯公庙”在政府征用土地的法令,被迫拆迁了。在过去一百多年中,这座神庙凝聚着海外华人的文化认同,见证了他们如何发扬民族主义情操,如今它却被大众遗忘,又在现代性的紧逼之下,从闹市仓皇撤离。诗人哀叹,也许只有多年以后,世人走到心灵最枯竭的尽头,才会重返此庙,燃香一炷,再续神缘了。[③] 无疑,希尼尔对地方事物的消逝经常唱出动人的哀歌,这是他对现代性和全球化的反应,正如吉登斯说的那样:“现代性以前所未有的方式,把我们抛离了所有类型的社会秩序的轨道,从而形成了其生活形态。在外延和内涵两方面,现代性卷入的变革比过往时代的绝大多数变迁特性都更加意义深远。在外延方面,它们确立了跨越全球的社会联系方式;在内涵方面,它们正在改变我们日常生活中最熟悉和最带个人色彩的领域。”[④]

希尼尔对地方色彩的感伤描绘令人动容,不过话又说回来,对本土性的意义不应过分夸大。阿帕度莱认为,地方性主要还是关系性的、脉络化的而不是阶序的或空间的。社会理论最大的陈腔滥调之一就是,地方性作为社会生活的特质或区分项,在现代社会里遭遇了危机。然而地方性本身就是一个易于破碎的社会成就。他正确指出:“地方性,无

---

① 同上书,第32—33页。

② 希尼尔:《过故神庙》,收入希尼尔:《绑架岁月》,第30—31页。

③ 希尼尔:《让我点染最后一炷香——记海唇福德祠大伯公庙》,收入希尼尔:《轻信莫疑》(新加坡:新加坡作家协会,2001年),第60—63页。

④ 吉登斯著,田禾译:《现代性的后果》(南京:译林出版社,2000年),第4页。

论是社会生活的一环,还是特定邻坊的价值表述,它都并非一个超然的标准,仿佛据此得以评判特定社会是否偏离了它或尚未达到它。"[1]凯文·罗宾斯(Kevin Robins)有类似观察,他提醒人们说:"我们不应该把本土予以理想化。把本土(the local)看作一个关系的、相对的概念(a relational,and relative concept),至关重要。如果它相对国家领域而言曾经有意义,那么,现在它的意义在全球化语境中正被重铸。本土应被视为一个流动的和关系的空间(a fluid and relational space),仅仅在它与全球的关系中、并且通过这层关系,它才被构造出来。"[2]显然,这个价值尺度如果发挥到极端,可能会走向本质主义;如果执迷于空间/位置的认同政治,难免有排外主义之虞。[3] 针对英培安、希尼尔对本土事物的热烈书写,我们在叹赏之余,也应保持反省的姿态。

二 在族群与国族之间

吊诡的是,虽然英培安、希尼尔采取放弃中国原乡、扎根南洋本土的立场,然而他们的文化认同的困惑,不但没有涣然冰释,反而尖锐化和复杂化了。何故?文化认同意指对一种文化价值的归属感和情感依恋。在新加坡这个后殖民民族—国家当中,族群(ethnic)和国族(nation)虽有合作互动,但也有过紧张冲突,甚或在某些情况下,有些华人对"族群文化"的承诺、确认和认同,正是经由他对"国族文化"的质疑、反思和批判而得以形成的,这成为一代人的情感结构。是故,当

① 阿帕度莱著,郑义恺译:《消失的现代性:全球化的文化向度》(台北:群学出版社,2009年),第255、256页。

② Kevin Robins,"Tradition and Translation:National Culture in Its Global Context," in John Corner and Sylvia Harvey eds., *Enterprise and Heritage:Crosscurrents of National Culture* (London:Routledge,1991),p. 35.

③ 近年来,随着新加坡外来移民的大幅增加,本土性诉求变成排外主义的幽灵,已屡见不鲜。参看 Liu Hong,"Beyond Co - Ethnics:the Politics of Differentiating and Integrating New Immigrants in Singapore," *Ethnic and Racial Studies*, Vol. 37 issue 7(2014):pp. 1225 - 1238。

探讨新加坡华人文学中文化认同议题时,我们需要省思的是:究竟是对“国族文化”(national culture)的认同,还是对“族群文化”(ethnic culture)的认同?英培安和希尼尔如何叙述这种吊诡的现象?

(一)语言、权力、主体

当原乡神话破灭、回归本土现实后,英培安、希尼尔面临两大社会现实:一是1980年代以来的现代性与全球化对新加坡的冲击。关于这点,前文已有充分论述;二是激进的教育改革导致族群与国族的撕裂、华人社群的分化和重组,两个方面互相联系,加剧了文化认同的危机。在此情况下,如何重建文化认同?如何规划个体的“有意义的生活”?这就成了英培安、希尼尔念兹在兹的心事。独立后的新加坡,在政治、经济、社会、文化、教育等层面采取许多激进措施,意在“去殖民化”,重塑国族认同,也已初见成效。王赓武比较过新马华人的国族认同意识,他指出,马来西亚华人以社群为中心,具有强烈的本土意识,对马国的国族认同意识淡薄,反而保留了许多古老传统。新加坡华人有机会选择不同的道路,在一个全球化的世界中建立了清晰的国族认同,不再执着于地方意识和中国传统。[①] 这当然是相对而言的说法。事实上,针对教育政策的激进变化,一些作家挪借“伤痕文学”的概念,表达他们痛苦的集体记忆,创作了一些作品[②]。

南洋大学的出现(1953)和关闭(1980)就是起因于族群与国族的冲突。英培安的《树》对南洋大学的关闭表达了伤逝悼亡的情绪。请看第七到九节:

> 我现在知道
> 鸟儿为何要在

---

① 王赓武:《地方与国家:传统与现代的对话》,收入李元瑾主编:《新马华人:传统与现代的对话》(新加坡:南洋理工大学中华语言文化中心,2002年),第17页。

② 张森林:《当代新加坡伤痕文学的发轫》,载汕头《华文文学》2012年第2期,第98—105页。

你肩上做巢,蝉为何
要在你掌上唱,松鼠
为何要在你怀中跳跃
树,谢谢你
谢谢你给我丰富的夜,甜美的
林果;谢谢你温暖的叶脉
林荫的凉意。当我细嚼
你为我准备的每一首诗
每一篇小说,每一个
关于你与我生存的
法则。告诉你
树,告诉你,我已不那么怕了
我知道有一天伐木的人会来
叮叮的斧声就在我脚下(我听到了,我听到了。)
树,我知道你会教我
给我力量
让我学你一样
泰然地微笑着倒下

树,教我
教我如何像你一样变成
一张桌子、一本书、一首诗,或者
一团会发光发热的火。教我
教我如何把火种传到人们的血里
就像现在的你
把火种传到我的血里一样

树,教我,给我力量

伐木的人已经来了

叮叮的斧声就在我的脚下①

这首诗以简洁优美的文字和精致温婉的意象,营造了人与树之间的抒情亲密感(lyrical intimacy)。根深叶茂的树是人类和动物的庇护所,它带来快乐、舒适与必要的安全感,刺激了诗人的文学创作的灵感。在隐喻层面,诗人颂赞南洋大学及其代表的中华文化("火种")是华人安身立命的所在。可是他感到不安,因为这棵坚毅、包容、有奉献精神的大树,即将被人砍伐,"我"急切希望文化的火种代代相传。在这里,族群("我")和国族("伐木者")处于冲突关系,传达了诗人对文化认同的焦虑感。

激进的教育政策导致英文成为本地的霸权语言,"西化"风气愈演愈烈,华校消逝,华校生被边缘化,华文教育低迷,华族文化传统失落,这反映的其实是语言、权力和主体的复杂关系和作为后殖民现象的语言政治。华文社群的危机感弥漫开来,华文作家为此忧心忡忡。研究怀旧文学的学者发明了"cultural mourning"(文化悲悼)这一术语,表示个人对于那些带有集体或者社群联系的"丧失之物"的反应:一种生活方式,一个文化家园,对于较大的文化集团具有意义的一个地方或地理位置,或者整个族裔或文化集团——他/她感到自愿或不自愿地与之被切断和被流放——的相关历史。因此,文化上位移或流放的人,会悲悼他们远离了家园/土地、社区、语言、以及/或者有助于身份认同的种种文化实践。② 与英培安相比,希尼尔表达文化悲悼的诗篇为数更多。《夜央歌》指出,中华文化这盏灯已燃烧了五千年,目前独挡全部压力,但是不会熄灭,总会有人暗中守望,直到长夜将尽。③《曾经》写"我"徘徊在南洋大学校园的旧址,追思创校的艰辛过程以

① 英培安:《树》,收入英培安:《日常生活》,第34—35页。

② Roberta Rubenstein, *Home Matters: Longing and Belonging, Nostalgia and Mourning in Women's Fiction* (New York: Palgrave, 2001), pp. 5-6.

③ 希尼尔:《夜央歌》,收入希尼尔:《绑架岁月》,第124—125页。

及后来的繁盛景象，缅怀这个“时代的标志”；如今南洋大学走入了历史，只留下断壁残垣，几乎让记忆衰退的老祖母失去“这一生中唯一美丽的记忆”①。《一封从遥远时空邮寄来的信》写一位前辈诗人寄给《五月诗刊》的稿件，所用信封印有已消失了十年的“南洋大学”字样，“我”睹物思人，不免感慨万千。②《叩关》写教育政策变天，华校生被边缘化，虽然寒窗苦读，但是被社会体制拒于门外，成功之路被堵塞，徒唤奈何。③《或者龙族》和《虾想》是对新加坡华人的变形和异化、对他们不再是“龙的传人”的戏谑。④《末世思维》以简洁有力的语言和体式表达人文关切：

> 譬如有一源流水，让屈子的游魂严重搁浅
> 我们赛舟作乐，随波打捞历史的遗书
>
> 譬如有一脉刺青，曾经伤透武穆忠直的背脊
> 我们薪传无期，刻意任它迷失在末世的苍茫里
>
> 譬如有一方焦土，不确定能容纳多少天祥正气
> 我们照旧养士，且一再强调功名
>
> 譬如有一口大刀，沾谭嗣同颈边愤怒的血
> 我们用来除根，却不适合革命 ⑤

在华族文化失落的情景中，认同危机无处不在，这加剧了诗人对族群文化的焦虑，也凸显了族群和国家、文化和政治间的冲突。诗的每一

---

① 希尼尔：《曾经》，收入希尼尔：《绑架岁月》，第126—127页。
② 希尼尔：《一封从遥远时空寄来的信》，收入希尼尔：《轻信莫疑》，第76—77页。
③ 希尼尔：《叩关》，收入《绑架岁月》，第122—123页。
④ 希尼尔：《或者龙族》，《虾想》，参看希尼尔：《绑架岁月》，第128、132—133页。
⑤ 希尼尔：《末世思维》，收入希尼尔：《轻信莫疑》，第101页。

节，都运用历史典故与当下世情构成反讽性的对照，极写西化风气熏染下，华族传统价值观和道德规范的没落，抨击消费主义和功利主义。对此种种，诗人恍然生出“斩草除根”的末世感。《种子学校》惋惜百年华校的消逝，抨击英文在本地的语言霸权以及精英主义教育体制：

之一：一株老树独憔悴

太平天国年间
南洋石叻坡的子弟，开始
迈进萃英堂
学珠算尺牍，念四书五经
从甲午风云读到百日维新

宣统元年
爷爷过番南来后，念的
就是这一间，义学口
古色古香的
种子学堂

而春去秋来，“五四”过了七十载
人们正商量，如何
把厦门街一百卅一号
一棵老树
连根拔起

之二：十棵种子齐萌芽

点指兵兵的那一年
老姆牵着我，迷失在
中西文化的交叉口
几般挣扎，逆着潮流去启蒙

转瞬间,唱完了六回生日歌
莹莹,我牵着你,迫不及待地
朝历史的包袱跨过去
无论如何,都要挤进种子学校[①]

1819 年,莱佛士开埠新加坡。1854 年,正值“太平天国”运动在中国兴起;新加坡第一间华校萃英书院在厦门街成立,历经一百多年的沧桑后,在 1989 年关闭。[②] 1986 年,最后一批华校生毕业,华校走入历史。1987 年,新加坡教育部为全面实施英语为第一语文、母语为第二语文的教育国策,设立种子学校,打造精英教育。《种子纪事》的两节采取对比结构,讲述三代华人的故事,针砭上述现象。第一节简述萃英书院的开创、发展和关闭,追思其传承族群文化、凝聚身份认同的意义,唤出邈远的历史记忆。结尾处,诗人哀悼华文教育这棵百年老树正被人“连根拔起”。第二节首先叙述个人记忆,点出自己的童年启蒙教育已经与西化风气背道而驰。接下来,写六岁的女儿顺应社会潮流,进入小学,她要跨过华文教育这个“历史包袱”,争取进入“种子学校”。这里凸显了华文降格为第二语文的残酷现实。在这首诗中,族群和国族的分裂是一个结构性的冲突,对族群文化的认同,正是通过对西化的、实用主义的国族文化之批评而产生的。

(二)全球城市与文化翻译

英培安、希尼尔的诗篇,回溯华族文化的中国源头,从想象的乡愁到本土的诱惑,沉迷于神话、图腾、人物、象征符号,这番召唤历史记忆的举动,意在凝聚文化认同,收拾世道人心。不过,他们只是把文化认同视为固定的、单一的、一成不变的存在(being),没有看到它是流动

---

① 希尼尔:《种子学校》,收入希尼尔:《轻信莫疑》,第 78—79 页。

② 根据李业霖的考证,新加坡第一间私塾是“崇文阁”,地址在直落亚逸街天福宫,建于 1849 年,创办人是当年闽帮领袖陈巨川。参看林孝胜等:《石叻古迹》(新加坡:南洋学会,1975 年),第 215—220 页。

的、多元的、生成的事物(becoming),因此不免有本质主义之嫌。霍尔说过:

> 尽管唤起一个历史性的过去的始源,但是实际上认同是关于在生成的过程中运用历史、语言和文化资源的问题,与其说是"我们是谁、我们从何而来"的问题,不如说是关于"我们可能会成为什么"的问题,我们如何被表征,以及我们如何表征我们自己的问题。因此,认同是在表征之内而非之外被构成的。它们既联系着传统自身也联系着传统的发明,它们强迫我们阅读身份,不是作为无穷无尽的重申而是作为变化着的同一物,不是所谓的回到根源而是与我们的路径和谐相处。它们来源于自我的叙事化,但是这个过程的必然虚构的性质,绝不会损害它的话语的、物质的或政治的有效性。①

明乎此,我们也许可以换一个角度来思考:面临现代性、全球化和社会改革的冲击,新加坡华人作家对文化认同的思考,在表达动人的文化哀悼和族群悲情之余,可否超越流行的本质主义,发展出更有内在深度的批评思考?

新加坡本来就是华族、马来族、印度族、欧亚裔等多元种族、多元文化的共存。自从摆脱英国殖民管控,成为主权国家以来,历经50多年的经济崛起和社会变革,尤其是借助跨国移民和全球化的力量,打造了一个由族群景观、媒体景观、科技景观、财金景观、意识形态景观相互动的局面,俨然就是一个"全球城市"(global city)。在这样的社会文化脉络中,新加坡的国族文化是一种不折不扣的"混杂文化"(culture of hybridity)。准此,我们应认识到,试图发掘纯粹的(没有异质的)、固定的、没有变化和流动的华族文化,回归没有污染的、冻结在

---

① Stuart Hall, "Introduction: Who Needs 'Identity'?" in Stuart Hall and Paul du Gay eds., *Questions of Cultural Identity*, p. 4.

时间中的、本真性的华族文化，几乎是一种完美主义的幻觉。在全球化时代，人们需要重述新加坡的国族文化，真正找到“做新加坡人”的新方式（really find “a new way of being Singaporean”）。霍尔这段话有助于理解文化认同和全球化的辩证关系，重新思考希尼尔与英培安的文化焦虑：

> 认为全球化时代的认同注定要终结在某个地方也许是诱人的看法：或者回归本源，或者通过同化吸收和同质化而消失于无形。但这是一个虚假的困境。因为还有另一个可能性“翻译”。这描述那些穿越和交错自然边疆的认同形成（identity formations），这些是由永远背井离乡的人群所组成的。这样的人与他们的出生地和他们的文化保持着强烈联系，但是并没有回归往昔的幻觉。他们被迫适应他们生活于其中的新文化，没有简单融入过去而完全失去他们的认同。他们背负塑造他们的那些特定的文化、传统、语言和历史的踪迹。差别在于，他们并非、也永远不是旧意义上的统一，因为他们无可改变地是几种环环相扣的历史与文化的产物，同时属于几个家园。属于这种混杂文化（cultures of hybridity）的人，不得不放弃重新发现任何失落的文化纯粹性或族裔绝对主义的梦想或抱负。他们无可挽回地被“翻译”了。像拉什迪（Rushdie）这样的移民作家同时属于两个世界，他们是由后殖民迁移所创造的新离散者。他们必须学会栖居于至少两个身份中，说着两种文化语言，在其间进行翻译和斡旋。杂交文化显而易见是在晚期现代性的时代中产生出来的一种新形式的认同，并且，会有越来越多的例子留待发现。①

新加坡华人之文化认同的“混杂的居间性”（hybrid in-betweenness）既

---

① Stuart Hall，“The Question of Cultural Identity，” in Stuart Hall，David Held and Tony McGrew eds.，*Modernity and Its Futures*，p. 310.

非真正的西方,亦非本真的中国性,而是介乎两者之间的灵活性。罗伯特·杨(Robert Young)指出,混杂是一个关键性的术语,因为它无论出现在何地,都总是暗示本质主义的不可能。回过头来看,英培安、希尼尔等人的父辈作为离散华人,从唐山过番南洋,在新加坡落籍后,他们所拥有的文化正是一种翻译的文化、混杂的文化,这种文化失去了纯粹性,既不是中国本土的文化,也不是马来亚的原生文化或者舶来的西洋文化,这正是新加坡之国族文化的特性。我们要认识到,华族要维持"文化认同",不能甄别、排斥和分化其他族群的文化,不能企图回到纯粹的、不被扰乱的、原始的、静态的文化原点,不要奢望保持不被西化风气所污染的血缘正统性,而要正视新加坡作为全球城市之文化混杂的现实,承认所有文化的不纯粹性以及所有文化边界的可渗透性,解构本质主义思维方式,迈向宽广开放的、更具包容性的"差异共存"(together-in-difference)[①]。也许我们可以期待,新世代作家能够超越前贤,开辟更有深度、更具批评性的思考方向?

三　本真性伦理与自我认同

英培安的前两本诗集是《手术台上》(1968)、《无根的弦》(1974)。其中一些诗作如《手术台上》《四月》《墓穴内》《天竺鼠哀歌》《成年人的游戏》等,受到T. S. 艾略特和痖弦的影响,以表现青春爱情的哀怨感伤、现代文明的罪恶为主题,其中的"自我"总是孤独苦闷、支离破碎的形象。进入1990年代以后,英培安告别青春抒情,转向中年心境,从日常生活的感受出发,抒发他对文学志业不移的信心,这些诗篇有圆融自在的意境和苍茫浑厚的风格,令人欢喜赞叹。这些诗作收录在第三本诗集《日常生活》当中,其优雅精致的抒情笔调,明

---

① Ien Ang, *On Not speaking Chinese: Living Between Asia and the West* (London: Routledge, 2001), p. 43,

显见出台湾诗人杨牧的影响。[1] 这种对个人内在性的关注,是否意味着抒情自我摆脱了政治的牢笼,重回审美自主性的老套?吉登斯说过:“在政治学理论中,习惯上都承认存在狭义和广义的政治概念。前者指的是国家的政府领域中的决策过程;后者则把用以解决利益对立和价值观抵触上的争论和冲突的任何决策方式,都看作是政治性的。”[2]这对我们理解政治概念的多重含义,不无帮助。六七十年代的女性主义理论家提出过激进的口号:“个人的即是政治的”(the personal is political),强调个人经验和更大的社会政治结构的关联。桑多罗扎克也说过:“我们生活在这样一个时代,个人认同的找寻及个人命运的实现的私人体验本身,都变成是一种主要的颠覆性政治力量。”[3]确乎一针见血。

(一)个人主体与自由意识

诗集《日常生活》展示了抒情主体对自我的承诺与确认,对个人主体性的建构,以及对生活政治的追寻,是故,诗集(尤其是后半部分)洋溢着深邃的智慧和抒情的欢乐。请看这首诗的精彩片段:

> 他在地上
> 无论天空灿烂或者阴霾,他的
> 风景一样美好,每日每日
> 都适宜他挥汗劳作,推门上路
> 提醒他记住沿途的每一朵花,每一株
> 小草,每一棵大树

---

① 英培安对杨牧的作品非常熟悉,曾写过一篇评论《〈凝神〉——在上帝的胡须丛中和胡须丛外》,收入英培安:《阅读旅程》(香港:普普出版社,1997年),第89—132页。按:题目中的《凝神》当为“《疑神》”之误。

② 安东尼·吉登斯著,赵旭东、方文译:《现代性与自我认同》,第306页。

③ 转引自安东尼·吉登斯著,赵旭东、方文译:《现代性与自我认同》,第296页

而且记住要结算
每日不同的账目:完成或未完成的
人情、事势、物理
琐碎真实,一如微汗泛在他的额上
一如启程与归途时阅读的
诸种风景
变换的脸色

每一步前人的足迹,每一块泥土
的感觉;每一页
大力用笔划下的沉思
每一行
激动的眉批

都提醒他记住
无论翻阅到的是火
是雪,是懊恼、羞愧、伤痕
造次颠沛,爱或憎恨
他坚决而且毫不犹豫
背叛或者遗忘
绝不是困惑他的

论题。①

此时的英培安,没有了早年的文化认同的危机感和自我迷失感,他返归平淡真实的日常生活,孜孜不倦于读书写作,这是他矢志不渝的志业。英氏明确知道“我是谁”“我在哪里”“什么是有意义的生活”“我

① 英培安:《日常生活》,收入英培安:《日常生活》,第53—54页。

们该如何活着”等问题伦理，他明白什么是好的、有价值的、值得追求的事物，他恢复了日常生活的内在深度、丰富性和意义，获得了道德空间中的方向感。所以，从情感基调来说，这首诗没有我们所熟悉的愤懑怨怼，而是体现出令人敬佩的安静从容。这种对自我的承诺、确认和再发现，在诗集中成为一个反复吟咏的主题，有时还借助对文学经典的重写而表现。例如《如果在冬夜，一个旅人》①，题目借自意大利作家卡尔维诺，这首诗中出现一个漂泊者形象（“你”），尽管总在流浪路上，经常遇到陌生人，忍受冬夜的寒冷和失眠的痛苦，但是，抒情主人公无怨无悔，一如既往。《不存在的骑士》的写作灵感也来自卡尔维诺的同名小说，但是赋予了崭新的意义，那就是对于“自我”作为创造性源泉的发现、确认和坚守：

> 骑士不存在
> 当其他的骑士都忙着
> 赶赴皇上的宴会，纷纷背诵
> 自撰的族谱
> 互赠勋章
>
> 不存在的骑士
> 在皇家收编的队伍之外
> 你看不见他
> 除了一身随时对邪恶应战的
> 盔甲，除了盔甲里
> 孤独但完整的灵魂。骑士
> 不存在，除了他的

---

① 英培安：《如果在冬夜，一个旅人》，收入英培安：《日常生活》，第65页。英培安写过一篇评论文字《如果在冬夜一个旅人——与卡尔维诺一起写小说》，收入英培安：《阅读旅程》，第149—166页。

精神,守则,他对公理
与正义的
爱。

骑士
不存在 ①

诗中出现两种类型的骑士:"不存在的骑士"和"其他的骑士",前者热爱公理和正义,对抗邪恶,尽管孤独无助、被众人视若"不存在",但有完整的灵魂,傲然自得;后者人数众多,欺世盗名,追名逐利,愿意被强权收编而放弃道德原则。"不存在的骑士"显然是作者的自况,这个语象重复四次,加强了孤芳自赏、遗世独立的情调,带有"堂吉诃德"式的悲剧英雄气概,令人想到丹麦剧作家易卜生的名言"世界上最强壮有力的人就是那孤独的个人"。在这里,不屈不挠的"骑士"是孤独自我的象征,他被赋予绝对的价值尺度,自我成了道德的源泉,这让我们想起现代诗人的经典形象:英雄、先知、殉道者、狂人,见证了个人与社会的冲突作为现代世界的结构性特征。

那么,对于个体生命而言,"自我认同"的意义到底何在?泰勒深刻指出:

> 知道我是谁,就是知道我站在何处。我的认同是由提供框架或视界的承诺和身份规定的,在这种框架和视界内我能够尝试在不同的情况下决定什么是好的或有价值的,或者什么应当做,或者我应赞同或反对什么。换句话说,这是我能够在其中采取一种立场的视界。……当然,某些人已出现了这种处境。这就是我们称之为"认同危机"的处境,一种严重的无方向感的形式,人们常用不知他们是谁来表达它,但也可被看作是对他们站在何处的极

① 英培安:《不存在的骑士》,收入英培安:《日常生活》,第67页。

端的不确定性。他们缺乏这样的框架或视界,在其中事物可获得稳定意义,在其中某些生活的可能性可被看作是好的或有意义的,而另一些则是坏的或浅薄的。所有这些可能性的意义都是不固定的、易变的或非决定性的。这是痛苦的和可怕的经验。这个经验所显示出来的是认同和方向感之间的本质联系。知道你是谁,就是在道德空间中有方向感;在道德空间中出现的问题是,什么是好的或坏的,什么值得做和什么不值得做,什么对你是有意义的和重要的,以及什么是浅薄的和次要的。①

按照泰勒的分析,"自我认同"使个人主体获得一个框架和视界,由此获得道德空间中的方向感,能够自我决断、自我主宰、自我实现,实现心灵的解放和精神的自由。英培安通过《日常生活》《如果在冬夜,一个旅人》《不存在的骑士》表达了一种坚强笃定的信念:自我不仅是创造性的源泉,也是一个维持稳定意义的道德原则。这个信仰贯穿在英培安的《树上》中。此诗充满超现实主义的奇思异想,通篇由戏剧性独白和少许对话构成,它构思两个人物:一个是源于卡尔维诺小说的"我",生活在树上,代表的是本真自我;另一个是追逐世俗成功的现代人"你",两人的生活截然不同,都认为对方执着于一面,过的是有缺憾的生活。在"我"的心目中,"你"是务实、理性的人,为生计奔波,错过了大自然的良辰美景(斑鸠的歌声、夜晚的星光、树上的飞鸟):

从一枝树丫飞跃
到另一枝树丫(你虚拟的树影
正在我颊边摇晃),我确实是在
你所谓的树上,你却不知道我
在那儿注视着树下的你
你正迷惑地张望,焦虑地计算、收集

① 查尔斯·泰勒著,韩震等译:《自我的根源:现代认同的形成》,第37—38页。

与囤积,背囊越背越沉重,步伐谨慎
但犹疑,所以你从未注意
我在土地上留下的汗水
与鞋迹,以及飘忽在
我关注的虫鱼草木
间的体味(那时你许是
困在一条高速公路的车龙里,烦躁地
摁着手机)。我继续从一棵树的枝桠
飞跃至另一棵树
的枝桠,利落轻盈如
一只快乐的松鼠,如河流对土地
的书写,如风、如云对天空
的描述(而你忙于计算、收集与囤积,背囊
越背越重)。我再次见到你的时候
你正困在你急切盼望提升
的电梯里,在苍白的电脑屏幕前
诠释(或者过度诠释)
一群焦虑如你的
数据①

这首诗的创意来源于卡尔维诺的小说《树上的男爵》,讲述18、19世纪之交的意大利热那亚共和国,一位名叫柯西莫的12岁小男孩,为了反抗虚伪的礼节,追求真正属于自我的生活,愤然离家出走,终生在树上过活,离群索居,不向世俗妥协,他说出了一句令无数读者怦然心动的名言:“一个人只有远离人群,才能真正和他们在一起。”②在这首诗中,抒情自我带上人格面具,化身为树上的男爵(“我”)发声,与大自

① 英培安:《树上》,收入英培安:《日常生活》,第61—62页。
② 卡尔维诺著,吴正仪译:《树上的男爵》(南京:译林出版社,2012年)。

然中的生灵亲密接触,没有世俗礼法的约束,自由自在。相比之下,生活在树下的"你",充满焦虑、迷惑,疏远了大自然的美景,忍受都市生活的折磨。《树上》是一则现代寓言,它形象化地描述了,自我独立的观念和自由意识的觉醒,如何挑战了现代社会的流行意识形态,在与他者的对话中产生了作为道德原则的新个人主义。

(二)本真性伦理与自我认同

对比英培安三部诗集,可以发现从单一人称到双重人称的变化。《手术台上》和《无根的弦》中的多数诗篇都采用第一人称"我"的内心独白(inner monologue),有时诉诸"你"或"他"的视角。到了《日常生活》那里,一些诗作出现了"我"和"你"的人称并置,说话人向在场的对象倾诉,其实是抒情自我的分身,仍然属于内心独白。英培安偶或采用"戏剧性独白"(dramatic monologue)的手法以展开故事新编,例如《良宵》《悲歌》《怀人》等,但并不多见。关于双重人称的运用,首先应该引起注意的是《无题》:

> 我习惯深夜走入这偏僻的
> 小径。我熟悉它,犹如熟悉我
> 孤寂的心跳,郁郁的香草、树叶
> 翻飞的流萤。我习惯深夜
> 轻叩你虚掩的门,访你,在你
> 的文字与文字的回廊
> 与你一起思辨、探索分享
> 你的谦虚与成熟
> 我的固执
>
> ……
>
> 我还知道此刻
> 你正在清晨的海边

为一朵诡谲的云,一只
稍纵即逝的海鸟,发怔
惊愕;犹如我正在
辗转反侧的星夜,竭力
追寻、捕捉、重构
一组飘忽不定的
诗句。[①]

在此前的诗中,我们看到英培安对自我的坚守,通篇是单一人称的表白。在《无题》里,出现了第一人称的"我"与第二人称的"你"并置,前者是现实自我,等同于作者;后者是宇宙间的诗心、神秘灵感、文学理想或艺术境界。上面的引文是第一节和最后一节,以浓烈的抒情亲密感和回旋自如的文字虚拟两个戏剧性场景,写"我"常在深夜写作,辗转反侧,无法入睡,沉醉于"一首诗的完成"中的发现,迈向心仪已久、自我期许的境界("你")。诗人习惯了孤寂,不求社会人群的理解,坚信自我的创造力量,对文学志业一往情深,在精神世界中沉潜内敛,追求艺术新高度。在诗集《日常生活》序言中,作者以委婉精致的文字,说出他对文学理想的关怀。下面是其中几段:

我模糊地认识到什么是诗的时候,即意识到你的存在。你存在于先辈诗人对你的回应中,于我对你的反复思索中。

于是我开始学习诉诸文字的技艺,细心地组织词语,经营意象,孜孜不倦地追寻你的踪迹,捕捉你的身影,描述你,呼唤你,回应你。

我所有的诗,都是我不同的生命阶段对你的回应与呼唤。我时而欣喜,时而颓丧,时而愤怒,时而哀伤,我像恋人那样地沉溺在对你的思索与怀念里,强韧而且绵密。我希望时刻都能触碰到你,体验你。我希望你听到我的声音。

① 英培安:《无题》,收入英培安:《日常生活》,第49—50页。

> 或许你不知道，只要我感受到你的体温，感受到你擦身而过，仅仅是擦身而过，我就会欣喜若狂。不仅欣喜若狂，而且心安理得。我心安理得，因为你是我追求的理想与完善。①

相信自我是具有内在深度的存在，对自我价值的承诺和确认，对文学志业的追寻与坚守，最后获得了道德空间中的方向感，这亦体现于堪称压卷之作的《我对你的固执》中：

> 我对你的固执在远古的时候已定型。在幽暗的
> 子宫，于开始听到呼吸
> 的胚胎中，在
>
> 认识泪和血之前，在开始阅读书写你
> 的时候，我是如此惧怕遗忘
> 你肌肤中的隐喻，语言的结构
> 虽然你的体臭不可摹拟
> 如午后初识我体温的第一滴雨
>
> 我到处漂泊如置身异乡，离去，归来
> 归来，离去，我是如此固执
> 地寻找你，固执地
> 记住你的声音与颜脸，一如记忆
> 我的家园。我是如此忧心忡忡
> 欲望与荣誉会吞噬我
> 的记忆，逐渐腐蚀、模糊
> 我对你的固执与爱恋②

---

① 英培安：《序》，见英培安：《日常生活》，第7—10页。

② 英培安：《我对你的固执》，收入英培安：《日常生活》，第73页。

2003 年 9 月,英培安荣获新加坡文化界最高荣誉“文化奖”,很快,《联合早报》和新加坡国际电台也采访了他,一时之间,掌声、鲜花和荣誉纷至沓来,这迟来的正义让默默耕耘数十年的他,稍感心灵的慰藉。杜诗有云“庾信平生最萧瑟,暮年诗赋动江关”,其是之谓乎?这首诗写于 10 月 26 日,创作缘起正是有感于奖项带来的压力。诗中的“我”在生命开端,即已对“你”产生前生有缘的执着,对语言结构和象征隐喻,念兹在兹,怀着敦诚敬谨的态度,勤勉写作,不敢造次。在漫长岁月中,“我”在文字世界中四处漂泊,恍如离去归来复离去的异乡人,固执地追寻文学志业,视之为精神的家园。然而在获得最高荣誉后,英氏没有志得意满,反而产生“君子终日乾乾,夕惕若,厉无咎”的危机意识,他担心欲望和荣誉会腐蚀个人的情操。昔日那位“不存在的骑士”,是否也会“赶赴皇上的宴会”,沦为“皇家收编的队伍”之其中一员?

综而观之,诗集《日常生活》大宗的篇幅,表达孤独个人坚持理想以及自我实现后的尊严感,在英文成为文化霸权的社会气候之下,一位华族知识分子热爱中华文化,不屈不挠地从事华语文学写作,自我期许达到经典的高度,这本身就是一种承诺和抗争的姿态,一种对文化认同的自觉追寻。然则,我的一个疑问由此而生:英培安的这些抒情诗流露的生活态度,是否隐含了自我孤立、自恋、自我正义的倾向呢?如是,这种具有自我封闭倾向的唯我论,能够为自我认同的实现提供坚实的基础吗?在此有必要介绍泰勒的分析。他认为,“现代性”产生了三种隐忧:一是反常和琐碎的个人主义导致个人的参与热情的匮乏,生活的英雄维度和崇高感的消失,自我沉迷于平庸、狭隘、无意义的世界;二是工具理性的优先性导致利益权衡的至上,社会共同体变成了实现彼此欲望的“需要的体系”;三是现代福利国家的柔性专制(soft despotism)使得政治自由丧失,个人放弃了对于政治生活的热情参与，失去了对于自身命运的掌控，在政治生活中产生无助感。① 准此，泰勒提倡一种面向根源存在的“本真性伦理”（the ethics of authenticity）。独立存在的个体只有基于他者的承认才是可能的，自我认同离不开与他者的互动交流。其实，论及自我认同形成中的自我与他者的关系，黑格尔指出，自我意识是自在自为的，这是因为只有在一个别的自我意识里才能获得它的满足，它存在只是由于被对方承认。泰勒亦有类似观察：“我对自己的认同的发现，并不意味着我是在孤立状态中把它炮制出来的。相反，我的认同是通过与他者半是公开、半是内心的对话协商而形成的。提出一种内在发生的认同的理想必然会使承认具有新的重要意义，原因即在于此。我的认同本质性地依赖于我和他者的对话关系。”②有论者指出，泰勒提出这种面向根源经由对话而获致的本真性伦理，能够保证我们在“我是谁？”这个问题上的肯定回答，表达人类在现代社会中对自我认同的无限渴望。或者换言之，人们有必要以真正的自我意识从容地生活于各种共同体之中，以完全自决的自由来理解自身的存在方式，在平等主体的彼此承认中实现自我认同。进而言之，本真性问题的呈现及其外化为的个人本位文化的崛起，并不意味着个体可以脱离于固有的社会关系和政治秩序而存在。自我认同的形成离不开与有意义的“他者”的对话，那种自我封闭的唯我论是对本真性伦理的幻觉。③

回到英培安的诗集《日常生活》上来。当我们阅读这些诗篇的时候，需要保持一种“必要的张力”：一方面要认识到，诗人把自己的价值选择和精神追求与个人的文学志业、华族文化共同体联系起来，从中获得了自我承诺和心灵的慰藉，这自有其可敬的合理性和动人可感

---

① Charles Taylor, *The Ethics of Authenticity* (Cambridge, MA: Harvard University Press, 1991), pp. 8 – 10.

② 泰勒著，董之琳、陈燕谷译：《承认的政治》，收入汪晖、陈燕谷主编：《文化与公共性》（北京：生活 · 读书 · 新知三联书店，2005 年），第 298 页。

③ 韩升：《查尔斯 · 泰勒：面向根源存在的本真性伦理》，《华中科技大学学报》2013 年第 2 期，第 21—26 页。

的抒情声音;另一方面我们也要看到,真正的自我认同不能走向完全的自我封闭和自我孤立,相反,它必须在一定的社会文化结构中,通过与有意义的他者的良性互动和对话交流,才能于焉形成。在"一切坚固之物均化为乌有"的后现代社会当中,我们需要的正是这种"本真性伦理",它才是确立自我认同的坚实基础。

王德威论述华语语系的人文视野与新加坡经验,认为英培安、希尼尔属于其中的"十个关键词"①,良有以也。两人对新加坡华语语系社群的历史记忆与文化认同之关切,其实都起源于一个核心问题:我(们)应该怎样生活?什么才是真正有意义的生活?这个问题伦理反映了新加坡华人的存在性焦虑。英培安、希尼尔把历史记忆、文化认同、自我认同等置于中心关怀的位置,从"想象的乡愁"转向"本土的诱惑",从对于语言、权力、主体的再现中探讨族群与国族的紧张,再到思考从日常生活迈向道德空间中的自我定位,其终极关怀在于:把个人主体从各种压迫情景(历史的/现实的、异国的/本国的、全球的/地方的、现实的/隐喻的)当中解放出来,重新安置在现代性、全球化、后殖民的脉络中,寻获一种真正有意义的、有内在深度的生活。

长期以来,人们都认为"寓言"作为一种叙事文体,通过构造人物、情节,有时还包括场景的描写,构成完整的字面意义,同时借此比喻、表现另一层相关的意义。② 英培安、希尼尔等人的上述诗篇,可以说是寓言性的抒情诗或曰"抒情的寓言"。在全球化冲击民族—国家的地理、语言与文化疆界的时代,对于本土性的迷恋是否会夸大空间/位置的认同政治?如何超越针对文化认同的本质主义思考方式,把"混杂性"这个第三空间视为新加坡这个全球城市的重要特质,从而激发出一些更有生产性、批评性的想法?当个人主体从公共领域回归日常生

① 王德威:《华语语系的人文视野:新加坡经验》(新加坡:南洋理工大学中华语言文化中心,2014年)。

② M. H. 艾布拉姆斯著,吴松江等译:《文学术语词典》(北京:北京大学出版社,2009年),第11页。

活，在文学志业和艺术新高度的追寻当中，实现心灵的解放和自由，获得道德空间中的方向感的时候，又该如何安置自我与他者、与社会共同体的对话，为建构自我认同准备坚实的思想基础？毫无疑问地，英培安、希尼尔在表达个人洞见之外，也启发了后之来者去思考新加坡华文现代诗的经验和前景。

第五章　新加坡：文化与怀旧的政治

——梁文福小说新论

引言　怀旧的魅影

英语中的"nostalgia"意谓对过去的地方、时间与生活的怀念，这是一种由时空距离造成的心理感受，经常被人翻译为"乡愁"或"怀旧"。不过，乡愁指的是空间或地理上的分离，而怀旧更准确地说指的是一种时间上的分离，因而具更宽泛的意义。研究者指出："怀旧就像与它一同运作的经济一样，无所不在。但它是一种文化实践而非一个既定的内容；它的形式、意义以及效果，随着语境而变化，它取决于发言者在当前图景中占据的位置。"①新加坡的英语文学、华语戏剧与视觉艺术中的怀旧现象，近年来已得到有心人的关注②。怀旧也是华文作家梁文福喜好的题材。梁氏，笔名文符，祖籍广东新会，1964 年出生于新加坡，先后获得新加坡国立大学的学士和硕士学位、南洋理工大学的博士学位，现任学而优语文中心总监、南洋理工大学中文系兼职副教授。梁氏兼擅多种文体，富于实验精神，出版 12 部文学作品，荣获青年艺术家奖、书籍奖、金狮奖、文化奖，是本土文学的典范。他还是

---

① Kathleen Stewart, "Nostalgia—A Polemic," in George E. Marcus ed., *Rereading Cultural Anthropology* (Durham: Duke University Press, 1992), p. 252.

② Sonya Wong Pei Meng, *Nostalgia in Singapore Mandarin Theatre*, Department of English Language & Literature, National University of Singapore (hereafter abbreviated NUS), 1997; Dorcas Tan Towh Liang, *Nostalgia in Singapore Literature*, Department of English Language & Literature, NUS, 2003; Low Jat Leng, *Nostalgia in Singapore Visual Arts*, MA thesis, Department of Southeast Asian Studies Program, NUS, 2001.

闻名东南亚的音乐人，出版过大量的歌词与曲谱，为大众耳熟能详；他并且身体力行，举办了许多个人演唱会，成为"新谣"（新加坡校园歌曲）的奠基者之一。①

梁的散文集《最后的牛车水》、诗集《其实我是在和时光恋爱》，莫不流露怀旧情调。小说集《梁文福的21个梦》和《左手的快乐》中的怀旧抒写，亦可圈可点。詹姆斯说过："小说家的优越的地位，他的奢华的享受，如同他的痛苦和责任一样，在于作为一个创作的实践者，可以供他尝试的东西是没有限度的——他的各种可能的实验、努力、发展、成功，都是没有限度的。"②这句话移用来评价梁的小说艺术，也颇恰当。两本书共收录72篇微型小说，对比来看，从题材主题到技巧风格都有显著的变化；合而观之，"怀旧"情调一以贯之，而且超出个人心理意识，呈现出不断深化和扩展的迹象，这正如孙爱玲在序言中的观察："文福的作品回荡在六七十年代怀旧的情意和新时代的社会模式里，因此读者在他的作品中找到旧的情怀，也看到新的生活上的印证，可以说那些都是我们一路走来的片段，似曾相识或也十分熟悉。"梁文福是如何叙述怀旧的？我们该如何理解这种怀旧情调？除了个人心理外，怀旧之得以产生的社会—文化机制何在呢？所谓怀旧的政治到底是一种什么样的政治？以下章节，以这两部小说集为主，从对具体文学现象的分析入手，提炼出"怀旧"这一核心的分析范畴，然后

---

① 关于梁文福的传记，参看骆明主编：《新加坡华文作家传略》（新加坡：文艺协会、作家协会、锡山文艺中心，2005年），第214—215页。梁的散文集有《曾经》（新加坡：冠和制作，1987年）；《最后的牛车水》（新加坡：冠和制作，1988年）；《眉批情》（新加坡：心情工作室，1993年）；《自然同窗》（新加坡：心情工作室，1994年）；《半日闲情》（新加坡：莱佛士书社，1997年）；《散文@文福》（新加坡：大众书局，2001年）；《越遥远，越清晰》（新加坡：八方文化，2011年）；诗集有《盛满凉凉的歌》（新加坡：文学书屋，1985年）；《其实我是在和时光恋爱》（新加坡：心情工作室，1989年）；《嗜诗》（新加坡：云南园雅舍，1996年）；小说集有《梁文福的21个梦》（新加坡：心情工作室，1992年）；《左手的快乐》（新加坡：八方文化，2006年）。

② 亨利·詹姆斯著，朱雯等译：《小说的艺术》（上海：上海译文出版社，2001年），第11页。

将其放回到历史视野和理论框架中,以求展开多角度多层次的批评探索。

一　童年的消逝,成长的烦恼

怀旧是人类社会中常见的一种心理感受和文化现象。根据西方学者的研究,"nostalgia"这个概念最初来自医学而非诗歌或政治学。1688年,为了寻找一个恰当的医学术语来描述一种极度思乡的病症,瑞士内科医生乔纳斯·霍弗(Johannes Hofer)在其医学论文中首次把希腊文nostos(还乡)和algos(痛苦,悔恨)结合在一起,发明了这个词汇。怀旧被诊断为一种悲哀的心情,源于回归个人故土的渴望;这名医生强调说,此类疾病必须得到正视,因为它有可能是致命的。在大多数病例中,这种新发现的疾病的字面含义就是"乡愁",患者主要是士兵、水手以及刚刚离家的青年男女,他们由于强烈的还乡冲动而导致了肉体病痛。怀旧不但很快被视为一种器质性的疾病,而且被与爱国主义特别是瑞士人联系在一起——后者对自己国土的渴望据说显示了他们国家有更大的自由。一百多年后,康德在提到这种"瑞士病"时强调,怀旧依赖的是时间而非地方,还乡治愈了思乡病,因为前者只不过驱散了它所创造的幻觉而已,他从经验上把怀旧当作一种对于往昔或者旧家园的渴望,而不是那个时代盛行的关于爱国主义和思乡病的理解。后来,怀旧越来越多地成为诗的主题,十八九世纪的旅行书写都把怀旧看作在探险者和殖民者当中常见的疾病,也看作一种渴望和期待,这使得缺席的家园弥足珍贵。①

不仅如此,怀旧也关系到人类的身份认同。因为怀旧是一种手段,它把我们的过去与我们的当前和未来联系起来,它隐含在"我们是

---

① Tamara S. Wagner, *Longing: Narratives of Nostalgia in the British Novel*, 1740 - 1890 (Lewisburg: Bucknell University Press, 2004), pp. 14 - 17.

谁”“我们往哪里去”的意识当中,是最容易使用的心理透镜之一,在永无穷尽的建构、维持、重构我们身份的过程中被使用。[①] 在某个时刻,一个人忽然对过去的生活发生兴趣,这往往起源于他/她对当下境遇的不满以及对未来的憧憬和期待。怀旧积淀了个人的情感体验,有时甚至是一个社会的集体记忆或一个时代的时尚趣味,在所谓“世纪末情绪”中,怀旧与颓废的密切关系不言而喻。三十多年来,学者从病理学、心理学、社会学和文化人类学的角度诊断怀旧,探勘乡愁,业已产生了一批相当可观的成果。[②] 进而言之,随着现代性、全球化和大众传媒的崛起,怀旧经历了“去军事化”(demilitarized)、“去医学化”(demedicalized)、“去心理化”(depsychologized)的过程,被大众和商业用法所点染,变成“媚俗”(Kitsch)的消费文化。因此可以说,怀旧之风古已有之,于今尤烈。

巴什拉说过,成年人都有一种理想化的童年情结,这为一己的生

---

① Fred Davis, *Yearning for Yesterday: A Sociology of Nostalgia* (New York: The Free Press, 1979), p. 31.

② George Steiner, *Nostalgia for the Absolute* (Toronto: CBC Publications, 1974); Fred Davis, *Yearning for Yesterday: A Sociology of Nostalgia* (New York: Free Press, 1979); Susan Stewart, *On Longing: Narratives of the Miniature, the Gigantic, the Souvenir, the Collection* (Baltimore: John Hopkins University Press, 1984); William Stafford, *Socialism, Radicalism, and Nostalgia: Social Criticism in Britain* 1775 – 1830 (Cambridge: Cambridge University Press, 1987); Christopher Shaw and Malcolm Chase eds., *The Imagined Past: History and Nostalgia* (Manchester: Manchester University Press, 1989); Ackbar Abbas, *Hong Kong: Culture and the Politics of Disappearance* (Minneapolis: University of Minnesota Press, 1997); Jean Pickering & Suzanne Kehde eds., *Narratives of Nostalgia, Gender and Nationalism* (London: Macmillan, 1997); Phil Powrie, *French Cinema in the 1980s: Nostalgia and the Crisis of Masculinity* (Oxford, U. K.: Clarendon Press, 1997); Nicholas Dames, *Amnesiac Selves: Nostalgia, Forgetting, and British Fiction*, 1810 – 1870 (New York: Oxford University Press, 2001); Helen Groth, *Victorian Photography and Literary Nostalgia* (New York: Oxford University Press, 2003); Vera Dika, *Recycled Culture in Contemporary Art and Film: the Uses of Nostalgia* (New York: Cambridge University Press, 2003); Janelle L. Wilson, *Nostalgia: Sanctuary of Meaning* (Lewisburg: Bucknell University Press, 2005); Judith Broome, *Fictive Domains: Body, Landscape, and Nostalgia*, 1717 – 1770 (Lewisburg: Bucknell University Press, 2007); Alastair Bonnett, *Left in the Past: Radicalism and the Politics of Nostalgia* (New York: Continuum, 2010).

命历程提供秩序和意义:“一种潜在的童年存在于我们身心中。当我们更多的是在梦想中而不是在现实中重寻童年时,我们再次体验到它的可能性。我们梦想着这一童年本可以成为的一切,我们梦想着历史及传说的极限。为达到对我们的孤独的回忆,我们使我们在其中曾是孤独孩子的世界理想化。”①《梁文福的21个梦》关注童年的消逝和成长的烦恼,挪借和重写神话传说、历史故事、文学经典,这些重生的幽灵客串起角色。作者巧施夸张变形的笔触,讽喻人生,嘲弄现实,富于魔幻现实主义和荒诞派文学的乐趣,②中心主题是对生命意义的探索。众所周知,微型小说由于文体限制,无法在时间流动中展示人物性格的发展和社会历史的变动,塑造的难免是单一、静态的人物类型,有时连故事发生的时代背景也无法描述。《梁文福的21个梦》与传统小说不同。它没有写实主义的典型人物,完整连贯的情节,多样化的叙事技巧,故事和细节的真实性,抒情小说对情调氛围的强调。从叙事层面说,每一个梦讲述的都是松散简单的故事,拼接若干个隐喻的戏剧性处境,在扑朔迷离的梦境中编排机智的人物对话,放弃背景描写而着重于风景、事物的象征意义以及人物对它们的感受。这些小说的素材有的来自作者的个人经验,但是他并不将其转化为小说形象,而是像T. S. 艾略特的“客观对应物”(objective correlative)理论那样,为个人的感受、情绪和观念寻找到恰当的载体,这些载体就是古今中外的神话传说和历史故事。这些小说有的选取一个场面,有的截取一个情节,有的甚至铺叙一个完整曲折的小故事,或者安排人物对话,在对话

---

① 加斯东·巴什拉著,刘自强译:《梦想的诗学》(北京:生活·读书·新知三联书店,1996年),第126页。

② 早在1995年,王润华就正确地指出:“近年来,荒诞、魔幻现实主义小说非常流行,像马奎斯的《百年孤寂》风靡一时,这种外来的小说,打破虚构与事实的界限,小说与新闻报道相混,真实与荒诞不分,小说与非小说不分。我国近几年出版的小说集如张挥的《十梦录》、希尼尔的《生命中难以承受的重》、梁文福的《梁文福的21个梦》,就呈现了许多后现代的文学因素。”参看王润华为韦铜雀的诗集《孤独自成风暴》(新加坡:点线出版社,1995年)所写的序言。

中推进情节,表现主题。有的小说淡化社会背景,而以情调描绘和氛围渲染为主,带有明显的抒情气质。这部小说集中有一些是对人生、爱欲、教育、政治有哲理寓意的描述,有时也被称为"寓言小说"。纵览21个梦,就会发现,叙事者采用第一人称视角,但是这个年青的男性"我"很少充当故事主人公,他经常是入戏不深的线索人物,作为旁观者、见证人以及有限的参与者出现,耳闻目睹了些荒唐古怪的人与事,但萦绕于他心中的,还是对纯真年代的眷念和对成人世界的疑虑,流露出浪漫感伤的怀旧气息,切合"成长小说"(Bildungsroman)的要旨。有论者指出:"21个梦以梦中的'我'同寻猫少年的相逢、失散首尾相应,在同各色人物的对话中,夹杂以现实的生活场景,正是他对'生命的意义'的寻求。作者织梦的笔调妙思纷集,机巧屡见,其嘲讽、调侃、戏谑,却又都在机锋中透出真诚。"①这是不错的论断。

怀旧的情调和氛围贯穿了21个梦,每一个梦都是一则独立的小故事,而这些小故事连贯起来构成的一个首尾连贯的大故事,是对人生这部大书的整体隐喻。弗洛伊德指出:

> 梦并不是代替音乐家手指的某种外力在乐曲上乱弹的无节奏鸣响;它们不是毫无意义,不是杂乱无章;它们也不是一部分观念在昏昏欲睡而另一部分观念则刚刚醒来。相反,它们是完全有效的精神现象——是欲望的满足。它们可以被插入到一系列可以理解的清醒的心理活动之中;它们是心灵的高级错综复杂活动的产物。②

可以说,梁文福的这21个梦表现了他的潜意识或隐秘的心理世界。开篇是《梦到猫的小孩我的梦》。一个小男孩和一只猫,像幽灵一般游荡在每一个梦中,瞻之在前,忽焉在后,经常是不速之客,而又倏忽消

---

① 黄孟文、徐迺翔主编:《新加坡华文文学史初稿》(新加坡:新加坡国立大学中文系、八方文化出版公司,2002年),第310—311页。

② 弗洛伊德著,孙名之译:《释梦》(北京:商务印书馆,2001年),第119页。

逝,让人莫名所以。前者是人的“内在自我”,天真未凿,涉世不深,对眼前的人世充满好奇;后者宛若《爱丽丝漫游仙境》中的柴郡猫,机智过人,默然不语,对人世抱着旁观的态度,常有神秘莫测的微笑,代表人性中“社会性”的一面。不少篇章嘲讽了成人世界的虚伪和自私,对失落的童真充满深沉的缅怀。《一条长街梦到我》[1]的主人公穿越时空,漫游于异乡长街,寻访失落在童年的旧梦。他从一连串事件中体悟到生命的荒谬感和无意义感,他的背包中跌出数不清的手表,隐喻不同的人生阶段,滴答滴答的声音代表岁月流逝和童年的终结。《我的梦穿了别人的衣服》[2]将道德品质予以人格化处理,揭示人格面具无所不在。它讲述“诚实”和“虚伪”对调位置,前者坐在后者的位置上,充当裁判员。他违心地处理了几宗案例,反而赢得了掌声。当他看到人群中站着的那个小男孩时,忽然良心发现。讽刺的是,他这次遭到民众围攻,被从代表正义的座椅上推翻。这篇小说暗示民众由于长期被蒙蔽,习惯于颠倒是非,混淆黑白,虚伪欺诈成了成人的专利,只有恢复赤子之心,才有可能接近真相,而这是大众群氓所不愿正视、不敢接受的现实。《我看到自己躺在梦里》[3]中的叙述主体分裂为两个,一个“我”躺在平台上,任人观瞻,另一个“我”隐身幕后,扮演观察者。主人公发现自己的葬礼变成了露天吟诗会,本该庄重悲痛的场合,却出现了虚假可笑的一幕:偷偷赚外快的提琴手,演奏着不伦不类的曲子;昔日的情人如今坐在观众席上,一边吃零食一边流眼泪;贾宝玉在人丛中忙着募捐初恋情人抛弃了誓言,嫁入豪门之际,表演滑稽剧;侍应生旁若无人地派发传单;教授在满头大汗地修理麦克风。结果,这场葬礼变成了乱哄哄的嘉年华,主人公从梦境中忽然醒来,若有所失,怀旧之情,于焉而生。《裸梦》讽喻文明的虚伪和成长的烦恼。小说中,在热闹的广场上出现了这样一幕场景:

---

① 梁文福:《梁文福的21个梦》,第11—14页。

② 同上书,第27—32页。

③ 同上书,第33—38页。

我看到父母在为子女买衣，老师在为学生买衣，丈夫在为妻子买衣，大家忙得不可开交。到后来，人人身上已添了不止一件衣，但人人都在继续为身边的人添自己满意的衣，一件，一件，又一件，层层叠叠，仿佛人只是衣服的架子，晃来晃去的都是衣。[①]

衣服是礼仪和身份的体现，衣服作为礼物在父母/子女、老师/学生、丈夫/妻子之间进行流通与交换，这其中蕴含着一系列不平等的权力关系。一方主动给予而另一方被动接受，实际上包含着前者对后者的劝诱、规训和期待。在此前提下，"裸体"是回归人的原始天性，也是对虚伪文明的抗议。一个"裸男"不满于这种陈规陋习，拒绝穿衣，结果被众人"衣葬"而死。小说结尾出现一群裸体的儿童，起初在花园中嬉戏，不知衣服为何物，最后被"孩子王"勒令穿衣。小说表达对礼俗的不满，希望回归无拘束的自然、童真以及没有等级的社会。"21个梦"结局是《最初的梦》[②]，重回小说的开端。奇怪的是，原先沉默微笑的猫此时开口说话了，当初的寻猫男孩如今已长大成人。岁月消逝，男孩变得成熟、世故和冷漠，失落了天真热情。这个带有悲观调子的结尾，演奏的是一曲"天真与经验之歌"，它表现的是梦如人生，而人生是一个难以选择、无法规避的过程，这就意味着必然的结局：童年消逝，个人踏进社会染缸，戴着面具过活，被迫与虚假为伍，接受各式礼仪，而在他们的潜意识深处，时时缅怀梦中童年，渴望自由自在的生活。Rubenstein 指出，怀旧包含的不仅是对字面上的地方或实际人物的怀念。即便能够回到他/她在那里长大成人的字面上的宅邸，一个人也永远不能真正回到最初的童年家园，因为它主要是作为一个地方(place)存在于想象当中。尽管"怀旧"一词本身的含义随时代而变化，但从本质上说，它表示的不仅是一个人的家园丧失，而是童年本身的消逝。因此在某种意义上，怀旧(或者意义与之密切联系的乡愁)是

① 梁文福：《梁文福的21个梦》，第131页。
② 同上书，第141—144页。

成年人的生存状态;尽管"流放"一词是在后殖民语境中流通的术语,然而我们所有的人——不管性别、家园或出生地如何——都是从童年而来的流放者。[①] 从这个意义上说,怀旧是本体论意义上的人类存在困境,以及与生俱来的宿命。

弗洛伊德的名著《梦的解析》认为,梦无非是个人之被压抑的潜意识的流露;庄子强调的是人生如梦、梦与醒的辩证关系。梁文福对此心领神会,他的21个梦从多个角度讽刺成人世界的虚伪不堪,对寻猫少年的纯真眷念不已,充满感伤的怀旧情调。众所周知,寓言是一种包含道德训诫的叙事文体,在简洁的篇幅中传达超越时空的普遍真理;寓言故事是一个本体性的象征,即便是动物故事也被人格化了,带有道德说教味道。寓言作者是阅尽人间沧桑的人,例如古希腊的伊索、法国的拉封丹、德国的莱辛、俄国的克雷洛夫。黑格尔说:"同一句格言,从年轻人(即使他对这句格言理解得完全正确)的口中说出来时,总是没有那种在饱经风霜的成年人的智慧中所具有的意义和广袤性,后者能够表达出这句格言所包含的内容的全部力量。"[②]《梁文福的21个梦》有来自个人生命史的本事,洋溢着简单明了的智慧哲理,但也仍有青涩单薄之处。这里的吊诡之处在于:一个成年人眷恋童年,由于他的心理情感受到过长者的伤害,所以对成人世界抱有焦虑和恐慌;但是,这位伪装成儿童的叙事者虽然渴慕童年,但是他不愿意积极参与儿童游戏,而是保持着超然的成年人的姿态,他通过讲述带有童话色彩的传奇故事,传达一个个关乎成人世界的寓言。考利(Colley)通过分析英国作家史蒂文斯的诗集,发现了怀旧经验的困境,这同样适用于梁文福小说的悖论:不能充分进入游戏世界的成年人,类似于怀念过去的成年人,对于缺席事物的想念也陷入了自我意识的

---

① Roberta Rubenstein, *Home Matters: Longing and Belonging, Nostalgia and Mourning in Women's Fiction* (New York: Palgrave, 2001), pp. 4 – 5.

② [俄]列宁:《黑格尔〈逻辑学〉一书摘要》,见《列宁全集》第38卷(北京:人民出版社1986年),第98页。

枷锁,并且绊倒在雅努斯的双重视界当中。[1]

怀旧在梁文福那里至少有两种形式,一个是小说人物的怀旧,另一个是作者的怀旧,有时两者交叉起来。博伊姆区分了有实质意义的两种类型的怀旧:一是修复型怀旧(restorative nostalgia),试图重建失去的家园和弥补记忆中的空缺;二是反思型怀旧(reflective nostalgia),关注人类怀想和归属的模糊含义,并不避讳现代性的种种矛盾,在废墟、时间、历史和梦境中低徊流连。[2] 如果说《梁文福的21个梦》表达的是一种缅怀童年、不欲长大的修复型怀旧的话,那么,《左手的快乐》则把批评的笔触直指高度理性化的现代体制,揭示了都市生活旋涡和科技进步神话如何加速了"童年的消逝",暴露了现代性、全球化和消费主义对家园的侵蚀,这显然是具有批判精神的反思型怀旧。这个小说集中,一些篇章批评现代世界对速度和效率的病态崇拜,使得人的童年过早丧失。例如,《星期七和动物园》[3]描述的是快速的都市生活节奏戕害了儿童的天性。孩子希望父亲在"星期七"带领自己去非洲看狮子、大象、长颈鹿,但是父亲推脱说没空,希望儿子长大一点,找个星期天带他去动物园。结果,很多年过去了,父亲没有兑现诺言,"非洲"始终是一个想象的地理空间,父子把六天的光阴各自耗费在无休止的工作或学业中,只有到了星期天,两人才能在电视机前短暂相聚。儿童正当的娱乐和游戏时间被无情剥夺了,他变成了一个被忽略的、物化的人(小说以"它"字指代儿子)。《象来了》[4]表现都市生活的压力和无趣。"她"一天到晚在家对着电脑做翻译,无暇顾及儿子的情感需要,儿子那充满想象力的话引不起她的兴趣。只有当"地铁列车"这种与实际生活有关的东西出现时,她才忙中偷闲,放下手中的

---

① Ann C. Colley, *Nostalgia and Recollection in Victorian Culture* (London: Macmillan Press, 1998), p. 120.

② 斯维特兰娜·博伊姆著,杨德友译:《怀旧的未来》(南京:译林出版社,2010年),第46—63页。

③ 梁文福:《左手的快乐》,第149—150页。

④ 同上书,第171—172页。

工作,与儿子来到窗前,快乐地张望很久。《关于爷爷和爸爸童年的风》将时间予以空间化地处理,避免传统小说的线性叙事模式,指向怀旧主题。小说的结构是三个场景和童年经验的并置:祖父时代的真实的风景,父亲绘制的风景画,我的电脑图片,这是一个从自然到艺术再到科技的转变。结尾处写道:

> 直到今天,当我代表公司来到陌生的中国设厂,在郊区生平第一次看到一头水牛低头吃草,我的眼泪,竟然簌簌留了下来。夏天的风静静吹过,我好想念,那一台早在10岁那年,宣告永远当机的个人电脑,还有那早已当机的,我的童年。①

在过去的日常生活中,儿童亲近的是真实广阔的大自然,快乐自由的生活占据了祖辈的童年记忆。然而,新加坡现代社会的儿童面临先天的困境:乡土景观被都市环境取代了,见不到真实的自然风景,整日与电脑电视为伍。叙事者在这种环境中长大后,他在遥远的异国第一次见到了只有在祖辈的童年生活中才会出现的生动画面,伤逝怀旧的情绪,油然而生。不过,正如周蕾所说的那样:"尽管这种对过去的怀恋,似乎在这个强调理性与消费的高科技社会中,提供另一种身份认同的途径,但是,怀旧却并不是企图真正回到既定过往的一种情感,而是一种时间上的错位——一种在时间中某些东西被移位的感觉。"②或者换言之,梁文福的怀旧,与其说是回归往日生活的冲动,不如说是他对当下生活的困惑和不满。怀旧情绪在急切地捕捉它的客体,透过"稻田""青山""蓝天""白云""低头吃草的牛"等图像,表达出自我的主观境况。

---

① 梁文福:《左手的快乐》,第170页。

② 周蕾:《写在家国以外》(香港:牛津大学出版社,1995年),第59页。

二 现代性、新加坡与怀旧的风景线

往深一层看,梁文福小说的怀旧情结,还起因于对现代性(modernity)的批评,这是全球范围内的现代性批判在新加坡的一个表现,有本土化和个人化的一面。何谓现代性?作为西方文明的一个阶段,现代性与民族—国家、科技进步、产业革命以及资本主义生产密切相关,被启蒙思想家规划为人类发展的蓝图。后来,"现代性"概念在西方历史进程中获得了错综复杂的含义,不同的知识体系演绎出复杂的历史叙事。吉登斯指出:"现代性指的是社会生活或者组织模式,大约17世纪出现在欧洲,并在后来的岁月里,程度不同地在世界范围内产生着影响。……现代性以前所未有的方式,把我们抛离了所有类型的社会秩序的轨道,从而形成其生活形态。在外延和内涵方面,现代性卷入的变革比过往时代的绝大多数变迁特性都更加意义深远。在外延方面,它们确立了跨越全球的社会联系方式;在内涵方面,它们正在改变我们日常生活中最熟悉的和最具个人色彩的领域。"①伯曼发现,现代性冲击人们的思想世界、价值判断和日常生活,所到之处,一切坚固的东西都烟消云散了。② 现代性意味着一种直线向前、不可重复的时间意识,一种与循环、轮回的时间框架完全相反的历史意念。现代性被一种历史区分的行为所标示,不但改变了对过去的态度,也改变了对现在和未来的态度。1850年,作为西方文明的一个发展阶段的现代性,与作为美学观念的现代性之间产生对立。这两种现代性截然不同:前者体现为对历史进步、理性、科学技术和自由理想的信仰,是一种"实用/社会现代性"(practical/social modernity);后者具有反对资产

---

① 安东尼·吉登斯著,田禾译:《现代性的后果》(南京:译林出版社,2000年),第1—4页。

② Marshall Berman, *All That Is Solid Melts into Air: The Experience of Modernity* (London: Verso, 1982).

阶级世俗化(secularization)的倾向,可以称之为"审美现代性"(aesthetic modernisty)。在另一场合,加利尼斯库指出:

> 无法确言从何时开始,人们可以说存在着两种截然不同却又剧烈冲突的现代性。可以肯定的是,在十九世纪前半期的某个时刻,在作为西方文明史一个阶段的现代性同作为美学概念的现代性之间发生了无法弥合的分裂。(作为文明史阶段的现代性是科学技术的进步、工业革命和资本主义带来的全面经济社会变革的产物)从此以后,两种现代性之间一直充满不可化解的敌意,但在它们欲置对方于死地的狂热中,未尝不容许甚至是相互激发了种种相互影响。关于前者,即资产阶级的现代性概念,我们可以说它大体上延续了现代观念史早期阶段的那些杰出传统。进步的学说,相信科技造福人类的可能性,对时间的关切(可测度的时间,一种可以买卖从而像任何其他商品一样具有可计算价格的时间),对理性的崇拜,在抽象人文主义框架中得到界定的自由理想,还有实用主义和崇拜行动与成功的取向——所有这些都以各种程度联系、迈向现代的斗争,并在中产阶级建立的胜利文明中作为核心价值观念保有活力、得到弘扬。相反,另一种现代性,将导致先锋派产生的现代性,自其浪漫派的开端即倾向于激进的反资产阶级态度。它厌恶中产阶级的价值标准,并通过极其多样的手段来表达这种厌恶,从反叛、无政府、天启主义直到自我流放。因此,较之它的那些积极抱负(它们往往各不相同),更能表明文化现代性的是它对资产阶级现代性的公开拒斥,以及它强烈的否定激情。①

社会现代性提倡的是社会进步与发展主义的意识形态,迷信工具理

① 马泰·卡利尼斯库著,顾爱彬、李瑞华译:《现代性的五副面孔:现代主义、先锋、颓废、媚俗、后现代主义》(北京:商务印书馆,2001年),第47—48页。

性，奉行实用主义，对速度和效率抱有盲目崇拜，这是东西方共同存在的问题。现代性思维方式还表现为，认为从现代到传统应该有根本性的断裂，对新事物和新观念充满迷恋①。在这种认知模式之下，旧有的文化符号、信仰、景观、建筑被认为是不合时宜的、阻碍进步和繁荣的消极力量，不再被细心保存，而是遭到忽视、弃置和摧毁，社会生活中弥漫着浅薄愚蠢的时代欣快症，以及自认为达到了历史顶点的幻觉。在直线前进的现代性意识和历史目的论之外，怀旧文学逆流而上，利用时间逆转，重访往日的空间，为日益流动、充斥戏剧性变化、无法命名的社会生活赋予必要的秩序和意义。

现代性对新加坡的冲击在所难免。梁文福生于1964年，是新加坡共和国的同龄人，他见证了新加坡的兴国历程：甘邦（马来文 Kampung，意谓“农村”）景观的消逝，都市化进程和商业金融业的繁盛，交通、住房、医疗卫生与生活条件的大幅度改善，新加坡崛起为“亚洲四小龙”之一，地缘政治占据重要位置。随着殖民统治在东南亚的彻底终结，新加坡从一个“殖民地都市”（colonial city）变成一个“全球都市”（global city）。根据文化研究者的观察，新加坡同时也变成了一个没有个性和独立身份的城市，新事物的数量完全压倒了旧事物的数量，殖民历史恢复了地位，各种焦虑感小心翼翼地浮现了；不仅如此，“在80年代，全球的消费狂热将新加坡的形象歪曲成一幅令人作呕的漫画：整座城市被看成是一个购物中心，一场欧亚风格的粗俗不堪的狂欢，一个真实性与高贵性荡然无存的城市”②。为凝聚国家认同、提升公民道德，儒家文化被推广到中小学教育中，以抵御颓废堕落的西

---

① Antoine Compagnon, *Five Paradoxes of Modernity*, trans. by Franklin Philip (New York: Columbia University Press, 1994).

② 莱姆·哈库斯著，余莉译：《新加坡的版图：波将金式大都市的画像——抑或一张白纸的三十年》，见汪民安等主编：《城市文化读本》（北京：北京大学出版社，2008年），第417页。

方文化对青少年的腐蚀。[①] 另一方面,由于自然资源贫乏,都市化进程快速,发展主义流行,生活节奏紧张,新加坡人尽管生活在“花园城市”之中,但幸福指数却走向低迷,“新加坡人为什么不快乐”竟成媒体热议的话题。前辈作家对本地动植物的消逝、老式建筑的拆迁、华族文化的衰微等现象,充满困惑与忧心。这代人对太平洋战争、新马分治、殖民统治的终结、国家独立、城市化拥有共同的集体记忆,怀旧是这代人共享的“感觉结构”(structure of feeling)。[②] 西方学者戴维斯(Davis)指出,在现代世界,具体位置含义上的家园——以及本质意义上的乡愁——的存在显著性(existential salience)缩减了。旧式意义上的家园的消逝,起源于人们在其职业、住地、位置、出生国家的巨大流动,这是现代西方工业秩序的特征。到1950年代前,这种在社会地理空间中的持续运动,开始剥夺人们对一个特定位置和地区中的特定家屋的依恋感,而后者正是在过去的世纪中由农业和乡镇社会的固定计划安排所培育的。[③] 所以,怀旧不再指向实际的家园而是指向对过去或未来生活的憧憬。在梁的笔下,现代社会中人的异化,体制对人性的压抑,科技对人的影响,现代人的主体性、激情、想象力和创造性的消逝,常有淋漓尽致的表现。身心疲惫的都市人怅然回首,怀旧油然而生。有些作品表现都市人感到的时空错置感。《海/孩》中的“我”每天拎着沉重的公文包,下班后回到公寓,发现楼梯口坐着一个小男孩,他身上带着海水和阳光的味道,正在把一个大贝壳贴近耳朵,似乎在聆听美妙的音乐。“我”受到感染,从小男孩手中接过贝壳,放到自

---

① 梁元生:《新加坡华人社会史论》(新加坡:新加坡国立大学中文系、八方文化出版公司,2005年),第133—157页。按:德里克的《边界上的孔子:全球资本主义与儒学的重新发明》对东亚儒学复兴的现象有深入的分析,见德里克著,王宁译:《后革命氛围》(北京:中国社会科学出版社,1999年),第227—263页。

② “感觉结构”指生活在同一种文化中的人们共同享有的经验和独特的生活感受,参看雷蒙德·威廉斯著,王尔勃、周莉译:《马克思主义与文学》(开封:河南大学出版社,2008年),第141—142页。

③ Fred Davis, *Yearning for Yesterday: A Sociology of Nostalgia*, p. 6.

己耳边，听到童年的声音，看到久违的大海和沙滩。小说结尾出现了情节的翻转：

> 第四天，小孩不见了，地上留着那个大贝壳。我捡起来，翻过来看，那贝壳原来是个电动玩具，里头的电池干了。谁遗弃了一个玩具呀？什么时候，天地和海，又失去了一个小孩？重重的公事包拎着我，在下班后回到自己住的公寓。[①]

被生存焦虑纠缠的成年人缅怀起童年时光，从前与儿童亲密相处的自然风景现在被电动玩具取代了，人与自然的疏离让都市人产生了时空错置感。也许，那个扑朔迷离的小孩只是主人公在精神压力下产生的幻觉而已。表面上看，怀旧是对某个地方（“大海”“沙滩”“蓝天”等）的乡愁，实际却是对一个消失了的时代的眷恋，因为“从更广泛的意义上看，怀旧是对现代的时间概念、历史和进步的时间概念的叛逆。怀旧意欲抹掉历史，把历史变成私人的或者集体的神话，像访问空间那样访问时间，拒绝屈服于折磨着人类境遇的时间之不可逆转性”[②]。这篇小说写的“幻视”现象，到了《蟋蟀》中被置换成“幻听”，这既是生理疾患和心理冲突的表征，也是现代人和都市文化的寓言。“他”属于上班族，每日在电梯里遇到目无表情、忙于上班和上学的邻居。某天早上，他突然在电梯里听到蟋蟀的叫声，惊喜莫名。夜里，他疲惫地乘电梯回家，再次听到蟋蟀叫声，精神为之一震。从此，蟋蟀打破了他原先的生活轨道，变成他隐秘的情感寄托和快乐源泉：

> 从那天起，他开始拥有了一桩秘密——属于他和一只蟋蟀之间的秘密。他仿佛因为这个小小秘密，背叛了整栋公寓大楼，不，应该说，是整座城市。每天早上，目无表情的邻人，继续上班和上学，没有看到他嘴角的微笑，那是他和蟋蟀之间的默契。每天，他

---

① 梁文福：《左手的快乐》，第144页。

② 博伊姆著，杨德友译：《怀旧的未来》，第4页。

> 赶着回家——不,应该说,是赶着在回到家之前,独自享受电梯里和蟋蟀——应该说,和蟋蟀声约会的快乐。①

都市不是一个开放自由的空间,而是一个封闭压抑的地方,多数人可悲地沦为工作机器,不曾拥有自然风景,感觉钝化之下,听不到蟋蟀的叫声;很少(或者不愿意)与他人有精神交流,情感贫乏,灵肉分裂,以至于有人只能从与蟋蟀的约会中获得短暂的快乐。某日,“他”原来坚信的那个稳固可靠的价值体系,突然坍塌了,空间破碎,时间断裂,自我从社会旋涡中抽身,重寻秩序和意义。蟋蟀这种带有乡土气息的渺小生灵,现在成了他日思夜想的牵挂,以至于当他从蟋蟀消逝的梦魇中醒来,失落感伤的情绪涌上心头:“醒来的时候,庆幸自己还在——黑暗的电梯操作间里,一只蟋蟀,不知道为什么,困在某个目无表情的城市,某个目无表情的大厦里,出不去了。”②现代人在都市迷宫中失去灵魂的归宿,犹如迷失于电梯里的蟋蟀,不得其所,无法突围。主人公由蟋蟀的鸣叫联想到了父辈“小时候在故乡捉蟋蟀的日子”,发现自己已经没有可回归的故乡,以至于“电梯成了某种故乡”。这是时间与空间的双重错置,与其说是蟋蟀引发了“他”对自己不曾经历过的旧家的乡愁,不如说是指向一种理想化的生活方式,这就是博伊姆的洞察:“现代的乡愁是对神话中的返乡无法实现的哀叹,对于有明确边界和价值观的魅惑世界消逝的哀叹;这也可能就是对于一种精神渴望的世俗表达,对某种绝对物的怀旧,怀恋一个既是躯体的又是精神的家园,怀恋在进入历史之前的时间和空间的伊甸园式统一。”③

与现代性关系密切的是消逝、断裂、碎片化、新奇性,现代性讲求的是科学主义、速度效率、制度规范化、数字管理、工具理性,它不但塑造了都市生活和社会生产的整体布局,而且重构了人们的情感、欲望

① 梁文福:《左手的快乐》,第131页。
② 同上书,第132页。
③ 博伊姆著,杨德友译:《怀旧的未来》,第9页。

与看待世界的方式。梁文福有的小说讲述现代人吃惊地发现自己变成了机器人,父女之间、母子之间互相隐瞒真相,苟且因循地生活,例如《怎么办》[①]。有的小说表现了教育市场化、管理体制的官僚化,导致师生之间的脉脉温情消逝,例如《排队》[②]。有的描述了科技进步给人带来事与愿违的效果,例如《点名》[③]。《点名》由四个片段构成:开始,是一则关于全国中小学准备采用感应器点名的新闻,接着是一位临终教师对往日的点名活动的内心独白,然后是感应器经过刷卡后呈现的一连串数字,结尾处是秘书向校长报告感应器由于学生的喊到而发生故障,这个喜剧性的细节辛辣地讽刺了科技神话。有的小说叙说在城市化的催逼下,人们熟悉的景观建筑逐一消逝,新建筑不断涌现,稳定的空间分崩离析,人的日常生活世界变得陌生。例如《憋》[④],它讲述的是一位老人在家属陪同下外出游玩,发现克拉码头变成了他陌生的外国风景,他过去经常光顾的厕所如今成了一个歌台。由于国家在向"优雅社会"迈进,日常口语中的"上厕所"被人改成了"去唱歌"。这一切变化让老人困惑不已。晚上他做了一个奇怪的梦:梦中如厕,发现里面的男士居然在齐声歌唱,吓得他忍住了小便,从窘迫中醒来。有的小说描写现代人的无家可归以及城市飞速发展给人带来的困扰,例如《第一次回家》。巴舍拉认为,家屋是人类思维、记忆与梦想的最伟大整合力量:"在人类的生命中,家屋尽力把偶然事故推到一旁,无时无刻不在维护延续性。如果没有家屋,人就如同失根浮萍,家屋为人抵御天上的风暴和人生的风暴,它既是身体,又是灵魂,是人类存在的最初世界。"[⑤]这篇小说描述家屋丧失、无家可归的情形。主人公是一家建筑公司的助理,由于工作劳累,睡眠不足,他在回家的车上多次

① 梁文福:《左手的快乐》,第23—24页。

② 同上书,第59—60页。

③ 同上书,第85—88页。

④ 同上书,第5—6页。

⑤ 巴舍拉著,龚卓军、王静慧译:《空间诗学》(台北:张老师文化事业有限公司,2003年),第68页。

睡过站,迷失在这座熟悉的城市里。坐在令人昏昏欲睡的车厢中,进入他眼帘的,是让人感到困倦、压抑、单调的都市风景:有节奏地打哈欠的人,数不清的表情一致的住宅区,同样的车站、多层停车场和组屋,同样的电梯,同样的目无表情、熟视无睹的邻居,以及电视机里同样的播报员、同样的语速和表情。这一次,"他"决心回到自己家中好好休息,然而,他又一次迷路了。可笑的是,他在一家陌生人的客厅中小憩,而两个家庭成员(一个做家务的老妇,一个放学的男孩)竟对他视若无物。他醒来后惊觉自己又一次下错了车、走错了路、进错了家门。他从这座外表相像的组屋中迷茫地走出,发现无家可归已是他的宿命:"第一次,在这个整齐规划的城市里,第 N 个整齐规划的住宅区中,作为过着整齐规划人生的第 N 个市民的他,在第 N 个回家的傍晚,面对万家灯火,找不到回家的路。"①这个结尾有回肠荡气的苍凉情调,深于一切言语、一切啼笑。

现代性的后果是什么?宇宙间神秘事物的祛魅,对大自然无穷的盘剥,社会繁荣和进步,科技和商业不停息的发展,严密整齐的制度,对充满温情的过去事物的告别,对工作时间的剥削利用,对休闲娱乐的剥夺,对人的内在性的科学化管制,凡此种种,莫不与现代性息息相关。这一切最终造成了"人的异化"。梁文福对此有他自己的观察。实际上,他的《第一次回家》和《蟋蟀》表现的都是存在的孤独感以及对人与人之间相互关情的渴望,这里的怀旧呼之欲出。不过,这种怀旧不是对个人经历过的某个地方或时代的眷恋,而是指向一种从来不存在的、更加合乎人性的生活方式。广义而言,在时间中流动、变形、衰朽和消逝的现象,不仅存在于物质现代性的层面,它也延伸到语言、文化和艺术领域。《反正是史》②采用魔幻荒诞的技巧和讽刺幽默的手法,叙写与华语文学相关的一系列"消逝"现象。小说中,诗人在

① 梁文福:《左手的快乐》,第 34 页。
② 同上,第 43—44 页。

2004年重生,发现修订出版的文学史著作与20年前的旧版本相比,关于自己的资料被大幅度删改了,真确的出生地和就读的学校改为“不详”,他的一本诗集没有被提到书名,甚至连“诗”也被改成“某文体”。他向编者抗议,后者解释说,由于都市化进程,旧有景观和建筑被拆迁,更改校名司空见惯,“诗”早被人们遗忘了。在后殖民境遇中,消逝与怀旧其实有复杂的面向。由于现代性的价值尺度和发展主义的流行,拆迁、涂抹、改名、遗忘等行为构成了历史本身的内容,商业消费和拜金主义大行其道,后之来者无法从历史遗存中唤回集体记忆、建构文化认同、培育对文学艺术的热爱。

在描写现代人的时空措置、价值迷失和精神流离失所之外,《左手的快乐》中也有不少对于疾病和反常行为的描述。例如:幻视(《海/孩》),幻听(《蟋蟀》),梦(《憋》),失聪(《右边的耳朵》),遗忘(《文化交流》),迷路(《第一次回家》),失声(《舅舅说话的那一天》),超现实(《反正是史》《怎么办》),魔幻变形(《鳍》),这些都是生存困境的隐喻。《右边的耳朵》的主人公必须带耳机听音乐,才能专心工作,变成了一个焦虑症患者和工作狂。为了赶制一份报告,他连续三天三夜带着耳机,结果出现了失聪和幻听。更离谱的是,他右边的耳朵最后竟然失踪了,惊恐的他到处寻找:“世界可以暂停,报告还是要赶。启动电脑,荧光屏上,孤伶伶地,出现了我右边的耳朵。我居然还听得到,它在轻轻啜泣。”[①]这个荒诞的故事,可能是从果戈里的《鼻子》得来灵感,但表达的主题截然不同,它批评现代管理体制和工作方式给人造成的难以修复的伤害,讲求速度效率的意识形态加剧了现代人的生存困境,患病、异化、迷失、无家可归都是征兆。准此,这构成了梁文福小说的常见主题:由于现代性和全球化导致的城市地理学意义上的集体家园的消逝,一个孤独的、健康受损的现代人,在生存困境中挣扎,徒劳地寻找自己的身份归属和精神故乡。生活在这个历史记忆和

---

① 梁文福:《左手的快乐》,第92页。

日常事物不断消逝和遗忘的时代里,作家心中涌起的最强烈的感情,必然是牢不可破的怀旧和乡愁。

三　全球化、后殖民与文化悲悼

梁文福小说的怀旧主题溯源于新加坡华人的历史记忆;祖辈辛苦辗转、筚路蓝缕的离散经验,回响在年轻华人的血脉中。梁文福具有敏锐的离散感性和历史想象,他的怀旧抒写是族群记忆的折射和投影。

新加坡属于东南亚11国中的海洋国家之一,长期处于华、巫、英、印四大种族与多元文化的混杂状态。在这个主要由跨国移民构成的新兴国家和离散城市中,华人占据了全国人口的78%,他们的祖籍地多是华南省份,其中福建人、潮州人、广东人、客家人、海南人又占华人人口结构的优势。由于商贸、战乱、饥荒、贫穷等原因,中国人从宋元时期就开始向东南亚迁徙;19世纪后期,由于中国境内帝制倾覆和军阀混战,社会流动更加频繁,马来亚的橡胶工业和采矿业又非常发达,在这种"推拉作用"下,中国人向马来亚的移民很快达到了高潮。二战结束后,新马华人由于在本地生活了较长时间,增加了对居住地的国家认同意识,于是由侨居模式向定居模式转变。[①] 20世纪后期尤其是"文革"终结后,中国与新加坡的经济交流和文化合作重新火热,南下狮城的移民增加了。从这个历史视野看,离散感性已深深嵌入新加坡华人社群的集体记忆和情感结构当中。

梁文福,祖籍广东新会,曾祖父为晚清官员,在战乱中携家迁移到马来亚。到了梁文福这里,已经是第四代了。离散感性蔓延开来,渗

---

① 关于东南亚华人的移民史,参看王赓武著,张奕善译:《南洋华人简史》(台北:水牛出版社,2002年);崔贵强:《新马华人国家认同的转变(1945—1949)》修订本(新加坡:青年书局,2005年);刘宏:《战后新加坡华人社会的嬗变:本土情怀·区域网络·全球视野》(厦门:厦门大学出版社,2004年)。

透到他的小说、诗、散文、歌词等不同文体当中,构成了一道非常醒目的怀旧风景线。例如,《年糕的味道》写祖辈的移民经验和亲人之间的情谊。《左手的快乐》中,大伯当年南下讨生活,把年轻的伯母留在家乡;伯母赶做了年糕,让他带到南洋,度过异乡的第一个春节。谁知,从此天各一方,历经丧乱,彼此音讯断绝。数十年后,他们终于辗转取得了联系。之后,伯母每年都亲自做年糕,委托外派到广州工作的"我"在春节时带回狮城,送给大伯品尝。这几乎成了一个庄严而亲密的"仪式",也给迟暮之年的大伯带来很大的安慰,以至于他虽然病情加重,但仍然等待这个赠礼。小说出现了一个欧·亨利式的结尾:远在广州的伯母在半年前就已去世了,她临终前嘱托家人保守秘密,不让新加坡的大伯知道真相。"我"为了安慰老病的大伯,就在邻里商店买了一盒年糕,谎称是伯母所做,成功骗过了视力衰退、味觉丧失的大伯。[①] 在这篇构思精致的小说中,离散、乡愁、食物、味觉紧密联系在一起,巧妙配合了情节的起承转合,刻画了狮城老人的怀旧情绪。关于这种离散和怀旧的情形,博伊姆说得非常中肯:

> 怀旧的功能发挥是通过一种"联想的魔幻",亦即,日常生活的全部的方方面面都和一种单一的着魔连接了起来。在这方面,怀旧近似于偏执狂,不同的仅仅是,怀旧者不是总怀疑受迫害的妄想狂,而是怀想狂。另一方面,怀旧者具有惊人的能力,牢记各种感觉、味道、声音、气味、那失去的乐园的全部的细微末节,这是那些留在故乡的人们所从来注意不到的。[②]

与离散经验有关的,还包括华人的母语乡愁。语言代表一个人的身份印记,又是维系文化认同的重要载体,在新加坡华人从侨居到定居的生活模式之转变中,华语起到了凝聚身份认同、保存文化记忆的作用,

---

① 梁文福:《左手的快乐》,第25—28页。

② 博伊姆著,杨德友译:《怀旧的未来》,第4页。

也构成了价值的中心地带和意义的源泉。在殖民地时代,华人当中出现了一种社群意识和身份认同,他们通过集体记忆和文化创伤来想象一个离散社群。[①] 在新加坡成为主权国家之后,华族遇到了新挑战。双语教育得到贯彻,作为外来语的英文变成了"第一语言",而华人的母语反倒成了"第二语言"。包括南洋大学在内的一大批华校走入了历史,"变流教师"(converted teacher)举步维艰,华校生面临巨大的生活压力和阶级歧视。华文教育被边缘化,也伤害了华人的情感和尊严,这种情绪记忆在新加坡华人作家的笔下一再流露出来。华文遭遇了日甚一日的危机,文化传统和价值观念被忽略和遗忘了,文化认同的危机浮出水面,这可说是新加坡文化的结构性危机。梁文福对此有精彩的描述。这当然也是一种另类的怀旧,只不过它缅怀的对象不是有形的器物、景观、生活方式,而是指向语言、文化、礼俗和价值符号。小说《子孙》[②]的开篇出现一个华文课堂,一名小学生在作文中风趣地解释了他一家三代人的姓氏为何有三个不同的拼法,带出了祖辈们令人难忘的离散经验。滑稽的是,他的华文老师在告诫学生不能"忘本"后,就在黑板上郑重其事地写下了"淡黄子孙"的字样,这个笔误的细节暗示着文化遗忘症已经蔓延到华人的知识群体了。

进而言之,文化认同的危机和迷失,以及梁文福小说的怀旧情结之出现,不仅来自现代性的冲击和教育政策的变化,而且包括全球化浪潮的无所不在的冲击,这使得岛国的民族文化的主体性面临严峻挑战。如果说现代性体现了时间维度上的现代与过去的根本性断裂,那么,作为现代性的极致的全球化则从空间维度上抹平了区域差异,掩盖了各种不平等的权力关系,制造了世界大同的幻觉和假象。阿帕杜莱深刻指出,全球化包含跨越国界的人种图景、金融图景、观念图景、

① 类似的研究成果,参看 Anh Hua,"Diaspora and Cultural Memory," in Vijay Agnew ed., *Diaspora, Memory, and Identity: A Search for Home* (Toronto: University of Toronto Press, 2005), pp. 191 - 208。

② 梁文福:《左手的快乐》,第 103—104 页。

媒体图景、技术图景，这五个方面相互交织，以前所未有的速度、规模和深度，冲击现代民族—国家的地理、语言和文化的疆界，塑造着国际政治经济的新秩序。[①] 全球化罔顾发达国家与后进国家从历史传统到现实状况的种种差异，竭力把西方的经济制度、文化模式和价值观念推行到全世界，在沃勒斯坦所谓的“现代世界体系”中重新制造中心与边缘、霸权与弱势的等级关系。按照阿明的“依附理论”，由于全球化的影响，弱小国家、发展中国家和第三世界国家臣服于新殖民主义的经济—文化的宰制。全球化对地方知识的冲击和历史记忆的涂抹，使人们对地方事物——语言、文化、器物、习俗、礼仪以及日常生活——萌发出强烈的怀旧情绪。梁文福对华文与文化的衰落非常敏感，他为“黄皮肤、白面具”的社会怪现状唱出了一曲无尽的挽歌。譬如，《文化交流》就是一个很好的样本。一批美国中学生来到新加坡参加文化交流，本地的中学生很高兴，华文教师鼓励他们写下最想推荐的景点的名字，以便在课余时间带领新朋友去参观。结果，一个名叫“贾汉仁”（“假汉人”的谐音？）的华人学生，第一次上交的小纸条上写的是英文，遭到教师批评之后，第二次交上了汉语拼音，还可怜兮兮地表示自己不会写华文，这让教师大为光火。后来，这个华族学生借着字典的帮助，终于呈交了景点的华文名字：“高岛屋”“麦当劳”“驳船码头”。教师满意地称赞学生寻回了自己的文化之根，然后，顺便问他带领新朋友去驳船码头做什么，于是，小说出现了一个充满喜剧性的结尾：“他回过头来，笑得很灿烂：‘去那里吃墨西哥餐。’”[②]“高岛屋”是遍布全球的日本连锁店，“麦当劳”代表了美国消费文化，和这两个跨国企业并列的是新加坡本土的标志性建筑“驳船码头”。小说揭示的主题至少有两个：席卷全球的消费主义改变了弱小国家的日常生

---

① Arjun Appadurai, “Disjuncture and Difference in the Global Cultural Economy,” in Jana Evans Braziel and Anita Mannur eds., *Theorizing Diaspora: A Reader* (Malden, MA: The Blackwell Pub., 2003), pp. 23 – 48.

② 梁文福：《左手的快乐》，第29—30页。

活;在后殖民境况中长大的青少年,由于受到日甚一日的西化风气的影响,对自己的文化表现出淡漠和隔阂。梁文福忧心忡忡的是,跨国资本主义对商业利润贪婪攫取,全球化冲击着弱小国家的主体性,英文成为难以撼动的语言霸权,年轻华人几乎把自己的母语遗忘和抛弃了。

考虑到新加坡走过的历史道路,在全球化冲击之外,我们有必要把梁文福小说放回到"后殖民境遇"中阅读。全球化固是大势所趋,但各国的历史境遇迥然有别,其中之一端是殖民地和非殖民地之别,它的冲击力和反应不尽相同。马来亚自16世纪以来惨遭葡萄牙与荷兰的侵略,新加坡在1819年沦为英国殖民地,在太平洋战争中遭受日军蹂躏,至1959年才成为自治邦,1965年脱离马来西亚,宣告为主权独立的新兴国家。有学者认为,肇始于欧洲的帝国主义侵略的整个历史过程,本身其实有着统一连贯的关注,因此,"后殖民"一词包括自"殖民化"开始到今日的所有被帝国殖民过程影响的文化,包括新加坡、马来西亚在内的许多国家的文学都是"后殖民文学"。[①] 王润华认为:"新加坡1965年独立,1964年才出生的梁文福完全没有在英国殖民主义统治下生活的经验,但是后殖民的迷思,正是他成长的岁月所形成的道路。所以《梁文福的21个梦》具有典型的后殖民文学的特点。在后殖民的社会里,一切都是多元的、驳杂的存在,历史如此,文学更加多元。他的21个梦,都是后殖民社会各族文化传统与本土文化的交融(syncreticity)与驳杂(hybridity)的产品。"[②]因此可以说,在现代性和全球化之外,后殖民是解读梁文福小说的关键词之一。怀旧是这两部小说最显著的精神气质。新加坡的文化在多元混杂的表象之下,隐藏一个不难识别的"怀旧文化"的核心。怀旧是前殖民地人民的集体

---

① 阿希克洛夫特等著,任一鸣译:《逆写帝国:后殖民文学的理论与实践》(北京:北京大学出版社,2014年)。

② 王润华:《新加坡小说中本土化的魔幻现实现象》,新山《南方学院学报》第3期(2007年11月),第47—60页。

无意识,是新加坡作家的情感结构,而扫荡一切旧事物的现代性,以及冲击一切地方知识的全球化,加速了风景消逝的速度,使得人们的怀旧心理愈发强烈了。《没了 LP 之后》从有关的新闻中汲取题材,融入超现实技巧,让唐代诗人"L 君"(李白)重生,走入新加坡华文课堂,由此产生了戏剧性反响。作者嘲讽了华文教育中一系列反常现象:以玩成语纸牌为内容的教学改革,为了达到"少教多学"的目的而大幅度删减华文教材,华文学习出现了只会读不会写的现象,高雅严肃的文学教育被流行文化所排挤。梁文福的讽刺才华还体现在,他把西方汉学家对李白的称呼(Li Po 或 Li Pai)简称为"LP"(在闽南话中指"卵葩",阳具),有庄谐并出的效果;一个男生直率感言:"没了 LP 以后,华文课果然更轻松有趣了",具强烈的弦外之音:华语和文化是华人的命根子,而对华文教育的粗暴做法,无异于对男性的阉割。这里出现的"阳刚气质"(masculinity)的损毁,以及呼之欲出的"阉割焦虑"正是华人之文化认同迷失的隐喻,对此,作者感慨系之。[①]《历史之一日》是梁文福精心结构的一篇小说。导演甲在制作一部名叫"历史之一日"的影片,在戏中,作为万世师表的孔子正襟危坐,阅读《鲁春秋》,背后的导演甲催促他删减章节,他无奈同意了。收工的时候,一直在旁边拍摄纪录片《历史之一日之制作》的导演乙,要求导演甲就指导孔子删《春秋》补上几个镜头,他还坦承,为了呈现纪录片的真实感,他已经删去了其他镜头。于是,结尾出现了一副意味深长的画面:"说着,说着,该补拍的也拍完了。孔子,《历史之一日》的导演,还有《历史之一日之制作》的导演,一起喝酒去。账,是由后面的人来付的。"[②]小说巧妙地重写了历史典故,借电影花絮的形式,嘲讽了任意删减华文教科书、制造强制性文化遗忘症的行为,充满后现代的游戏感和入木三分的讽刺力道。在历史、现实、文艺之间,作者制造了具有张力感

---

① 梁文福:《左手的快乐》,第 163—167 页。

② 同上书,第 4 页。

的隐喻。历史上的孔子之删减《春秋》,乃是自觉主动的个人行为,目的是宣扬礼乐教化。现实社会中的华文教师,一再删减教材,美其名曰"减轻学生负担",却暴露出轻率粗暴的底细,不免把严肃的教育问题娱乐化了,犹如由多个导演合谋制作的一出荒诞派戏剧。小说亦暗含新历史主义的信条:所谓信史和纪录片标榜的权威性和客观性其实并不存在,一切都无非是权力运作的产物而已,任人篡改和涂抹。删减华文教科书与孔子删订《春秋》一样,不得不由后人来承担代价。

在表现这类怀旧情绪的时候,梁文福有时采用魔幻手法,批评作为后殖民现象的语言政治把华人社会分化瓦解和阶级化了。《鳍》中的一个家庭,回顾祖辈的离散经历而得出的经验是,讲"易利易利语"(English,英文)是阶级身份高贵的标志,身上一定要长出"鳍"才算得上成功的进化,祖辈无此物,子孙生而有之,这是一定要珍惜的优良遗传。小说中的父亲固执地相信:"只有真正忘了哔啦哔啦语(Chinese,华语——引者注)的人,才会长鳍。我和妻约定,为了下一代,一定要长鳍。人前人后,我们努力地说服自己,我们不懂哔啦哔啦语,连梦里也要说易利易利语。"[①]更加荒唐的是,由于讲英语的人和讲华语的人,带上了深刻的阶级分化的烙印,身为华人的父亲竟然丧失了尊严感,自惭形秽,产生了可悲的卑贱感,他出于可笑的虚荣心,偷偷买了一个假鳍戴上。专卖假鳍的店主揭发说,其实满街走着的人,有一半是在摇摆着做工精细、难以识别的假鳍。根据印度学者查特吉的研究,在殖民统治时代,被殖民的知识精英,努力复制殖民者的语言、文化和礼仪,以自我殖民化的方式制造自己的身份认同,在自己的族群当中维持着高高在上的阶级地位和虚幻的满足感,而民族主义者则自觉地疏离和批判这套虚浮不实的价值观。[②] 虽然新加坡独立建国数十年了,但在后殖民的生活世界中,在某个特殊的历史时刻,华族文化的

① 梁文福:《左手的快乐》,第57页。

② 查特吉著,范慕尤、杨曦译:《民族主义思想与殖民地世界:一种衍生的话语》(南京:译林出版社,2007年)。

主体性有丧失之虞。一部分华人缺乏明确的自我意识和必要的族群归属感,相反,他们高傲地认为,自己已经进化到了"白人他者"的境界,以此作为傲视同侪的符号资本,这岂非一种自欺欺人的"精神胜利法"? 梁文福的另一篇小说《獍有此事》表达了同样的文化忧思和怀旧情绪。它发表于2004年新加坡《联合早报》文艺副刊,带有魔幻写实、意识流和象征色彩,在文体、语言、叙事技巧上,无疑是对《狂人日记》的重写。"獍"乃中国上古神话传说中的怪兽,又名"破镜",状若虎豹而身形较小,生性凶残,幼兽生而吞噬其母。古人把"枭""獍"对举,认为枭是食母恶鸟,獍为食父恶兽,都是对残酷无情、忘恩负义之人的喻指。新加坡素有所谓"精英"(英校毕业生)与"精华"(华校毕业生)的区分。语言无非是一种交流的媒介而已,然而在新加坡,这种语言霸权和语言歧视居然造成了严重的社会等级。所谓"精英分子"指的是这群黄皮肤、白面具的年轻华人。作者利用"獍"与"精"的谐音,讲述了南洋版的《狂人日记》。他一针见血地指出,所谓"社会精英"在一个极端意义上无非是正常人类的退化和变种,一个人面兽心的"獍",如此而已。表面上看,新加坡华人由第一代移民至今,早已落地生根,历经国家独立、现代化乃至全球化,终于进化到"第一世界",然而付出的代价是:一部分华人的历史记忆断绝,文化认同丧失,母语受到冷落和排斥。梁文福的才华,不仅在于他把关于鱼尾狮和獍的神话诗学转化为超现实主义的日记体小说,并对人物和主题做了象征化、寓言化、反讽的处理,而且在于他以机敏过人的洞察力和知识人的凛然风骨,戳穿了无所不在的虚假的作为意识形态的"进化论"。试想,华人社会中以精英自居的年轻一辈,却变成了半人半兽的"异形",这不是让人啼笑皆非的"退化"么?[①]

华族文化危机不仅表现在华文被冷落,还体现在华人的生活伦理

---

① 关于《獍有此事》的详细分析,参看张松建:《国民性、个人主义与社会性别:新马华文作家对鲁迅经典的重写》,北京《中国现代文学研究丛刊》2012年第4期,第17—37页。

被抛弃。《奉养》提出两种怀旧:一个是隐含的叙事者的个人怀旧,一个是官方设置的国家文化历史博物馆,这是怀旧的制度化,过去不再是没有被认知的或者不可认知的,过去的器物通过被挖掘、整理、编排和叙事而变成国族遗产。在申请成为博物馆藏品的时候,有两个物件落选了。一个是某子女邀请众人观瞻自己在大酒店公开给父母签发支票的"请柬",另一个是律师信,内容是敦请养老院中的某位老人规范自己的支票签名。① 小说揭露华族传统美德"孝道"被拜金主义侵蚀了。通过对这种行为的否定,作者从反面带出了自己的怀旧情绪。反讽的是,这种具体而微的"文物"不被博物馆所接纳,暗示了这种负面现象在社会中广为蔓延、世人见怪不怪,在表层的制度化怀旧与深层的个人怀旧之间制造了张力,加重了小说的怀旧情绪和反讽意味。《舅舅说话的那一天》②也是表达作者对失落已久的华族风俗的怀旧。其中提到政府提倡华语而废止方言,年轻华人对母语、习俗、节日和景观抱着冷漠的态度,公共场合禁止放鞭炮已达 34 年之久,一旦解禁之后,竟有 20 万人一下子拥挤到牛车水,热情观看烟花爆竹燃放的场面。小时候由于受到鞭炮惊吓而患上失语症的舅舅,目睹此情此景,居然开口说话了。研究怀旧文学的学者发明了"cultural mourning"(文化悲悼)这一术语,表示个人对那些带有社群联系特征的"丧失之物"的反应:一种生活方式,一个文化家园,对较大的文化集团具有意义的一个地方或地理位置,或者整个族裔或文化集团——他/她自愿或不自愿地被与之切断联系和被流放——的相关历史。因此,文化移位或被流放的人,会悲悼他们远离了家园/土地、社区、语言以及/或者有助于形成其身份认同的文化实践。③《舅舅说话的那一天》的叙事者是一名接受了英文教育的华族中学生,通过他的淡漠的观察、感受和叙述,小说对比了两代人对华人的习俗、语言和文化记忆的不同反应,凸

① 梁文福:《左手的快乐》,第 17—18 页。

② 同上书,第 13—15 页。

③ Roberta Rubenstein, *Home Matters*, pp. 5 - 6.

显的不仅是心理体验而且是一种文化经验,即,文化实践的迷失和文化认同的危机造成的怀旧和悲悼。

结语　怀旧的政治及其未来

"怀旧"的字面含义指的是一个人对自己经历的时代、生活和人事的记忆和怀恋,这在纪实性文学作品当中体现出真实性的一面。但是,梁文福的两部虚构性作品则指向怀旧的隐喻和象征层面,不拘泥于有限的个人经验,而是反思现代人尤其是新加坡(华)人的境遇。在稍纵即逝、支离破碎、充满焦虑感的都市环境中,微型小说以其特有的优势成为表述都市经验的体裁,这也与它所发挥的怀旧功能有关。近来,对怀旧的研究产生了林林总总的成果,怀旧反复出现在大众文化和批评话语中,提醒人们去重新认识它的隐秘复杂的运作机制。詹明信认为,在风格创新不再可能的一个世界中,所留下的就是模仿死去的风格,通过面具说话,带着想象的博物馆中的风格的声音说话。在后现代文化景观中,怀旧的电影表现的是一种精神分裂式的兴奋。①有的批评家强调,怀旧作为对过去的党派性的曲解,导致了对怀旧的商业化处理,或者,更有破坏力的是,怀旧充当了一个经常保守的政治方案。文学批评家走得更极端,他们修正怀旧的定义,以突出其反动和压抑的倾向,把怀旧视为一种令人恐惧的、反女性主义的冲动。但是也有人认为,怀旧绝不是与生俱来的保守,它的确经常具有乌托邦构成和灵活性的因素,它创造性地培育了一种充满想象力的个人记忆,因此有必要在新历史主义和文化唯物主义的议程内,重评怀旧的

① Fredric Jameson, "The Nostalgia Mode and Nostalgia for the Present," in Peter Brooker and Will Brooker eds., *Postmodern After - Images: A Reader in Film, Television and Video* (London: Arnold, 1997), pp. 23 - 35.

文化史,尤其是它的文学史。①

依靠着时间意识的逆转和断裂,“怀旧”叙述的是一个充满魅力的、失落的、非现实的世界,它呈现多重的参差对照:在自然和社会之间,在过去和现在之间,在都市与乡土之间,在儿童与成人之间,在家园与异邦之间,在情感与理智之间……怀旧在梁文福的想象和记忆当中扮演了组织力量的角色,彰显其反思批判的特质。如前所述,这种怀旧其实是多重原因的纵横交织。童年的消逝,激发了作家的怀旧心理和对成人世界的忧惧。弱小国家的现代性追求,不可避免地导致了喜新厌旧的风气。老式的景观建筑的消失,象征文化传统和历史记忆的器物的破碎,强化了怀旧的心理。全球化抹平了区域差异和地方知识,掩盖了不平等的权力关系,也对文化多元主义的价值观构成威胁。这些都是一般性的社会状况和人类境遇。新加坡的特殊性还在于以下两个事实。第一,作为一个主要由移民构成的新兴国家,华人的离散记忆带出了一部分人的故国想象和历史缅怀。第二,长达140年之久的后殖民境遇召唤人们重建国族文化的主体性,吁请人们正视华族社区文化认同的迷失。借用阿巴斯的说法,新加坡的文化空间就是一个消逝的空间(Space of Disappearance),这种国族文化在急切地寻找自己的主体性。② 因此,梁文福的怀旧小说把批判矛头指向现代性、全球化、后殖民,在这个重叠境遇中,作为华人的个人由于遭遇了一系列的丧失、危机、迷失和消逝——童年、过去的时代、景观、建筑、语言与文化,而产生了严重的心理冲突和文化悲悼。

梁文福小说中的怀旧作为一种形式的文化实践,也打上了种族、阶级与性别的烙印,这其实就是怀旧的“政治学”。怀旧是弥漫在华族社区的普遍心态和情绪,其中心关怀是族裔的语言和文化危机,在全

---

① Tamara S. Wagner, *Longing: Narratives of Nostalgia in the British Novel*, 1740 – 1890, pp. 19 – 22.

② Ackbar Abbas, *Hong Kong: Culture and the Politics of Disappearance* (Minneapolis: University of Minnesota Press, 1997).

球化和后殖民的语境中，这一问题愈加迫切了。其次，《左手的快乐》中的怀旧主人公都是社会下层人士、政治上的无权者、经济上的受压迫者，他们是处在弱势、底层和边缘的群体。在现代性和全球化境遇中，他们由于生存压力而艰于呼吸视听，缅怀消逝了的童年时代、梦中的遥远的家园、乡土社会的礼仪习俗，以及一种乌托邦式的生活方式。饶有趣味的是，两部小说中的怀旧主体大多数是男性，作者经常是从男性视野、立场和经验，去叙述怀旧的冲动，例如《年糕的味道》中的大伯，《舅舅说话的那一天》中的舅舅，《憋》中的"他"，《未完》[1]中的爷爷；而在《蟋蟀》《海/孩》《第一次回家》《关于爷爷和爸爸童年时代的风》等篇章中，怀旧主体转换成了都市男性。当男主人公的心神暂时离开苦闷压抑的当下，沉湎于怀旧的时候，女性的声音处于喑哑的状态。当然，女性主人公也出现在《找狮子》《滴》《象来了》《贞操》《街景》《关键时刻》等作品中[2]，但她们并不是怀旧主体。《象来了》通过对都市的批评表达作者的怀旧，但在小说中，作为母亲的"她"，没有流露丝毫的怀旧或者乡愁的冲动，相反，她为生计所迫，把本来应该轻松惬意的家居空间变成了忙碌的办公场所，她在家办公的同时还负责照顾年幼的孩子，因此是不折不扣的双重负担。对女性主义来说，家庭是一个压抑女性的个性、埋没女性的创造力的空间，为了自我发现和个性独立，家园必须是女性由此逃离的一个出发点。《滴》关注家庭妇女受到的多重压迫：来自丈夫的性掠夺、无休无止的家务劳动、来自男性邻人的语言暴力。《贞操》在笔误当中刻画了大龄女性的性压抑。《街景》从相对论和宿命论的角度展示女性经验的轮回。《关键时刻》对充当了20年替身演员的"她"表示深沉的同情。也许，只有在《找狮子》当中才真正出现女性怀旧的话题，这个小说表现的是女主人公对雄健刚强的狮子般的男性气质的渴望。

---

① 梁文福：《左手的快乐》，第173—177页。

② 关于《找狮子》《滴》《贞操》《街景》《关键时刻》的主要内容，分别参看《左手的快乐》，第139—142、7—11、11—12、37—38、71—73页。

然则,使得梁文福小说的怀旧焕发出魅力的,在于作者的“边缘意识”。萨义德说过:“即使不是真正的移民或放逐,仍可能具有移民或放逐者的思维方式,面对阻碍却依然去想象、探索,总是能离开中央集权的权威,走向边缘……”[①]文学史上的确有这样一些人,他们一生从未长久地离开故土,但是被周围环境的巨大变化连根拔起,就产生了一种另类的放逐体验和怀旧情绪。[②] 作为移民后代,流亡放逐对梁文福来说是一个隐喻情景,他怀有的是这种放逐者的心态和边缘人的思考方式。新加坡是梁文福的小说人物的原乡故土,但是,他/她们在这里并没有如归家园的安适自在之感,而是感到迷惘失落,怀旧和悲悼的情绪于焉浮起,缭绕不散。根据周蕾的论述,与其说边缘是临时性的东西,到底要归化于永久性的事物,倒不如说边缘其实是一种基本生存状态,而“永久性”本身才是一个虚构的意念。离散意识不但是历史上的意外,而且是一种知识现实,一种作为知识分子的必经之途。[③]梁文福的怀旧抒写之所以能够产生创造性的、批判性的能量,在于他在现代性、全球化和后殖民境遇中,坚持边缘意识,把自己从流行的意识形态中解放出来,像不断跨越疆界的旅人和过客那样,从另类的视角去观察本土社会的历史变迁。借用萨义德的话说,他“回应的不是惯常的逻辑,而是大胆无畏;代表着改变、前进,而不是固步自封”[④]。

---

① 萨义德著,单德兴译:《知识分子论》(北京:生活·读书·新知三联书店,2002年),第57页。

② Ann C. Colley, *Nostalgia and Recollection in Victorian Culture*, pp. 73 - 104.

③ 周蕾:《写在家国以外》,第21页。

④ 萨义德著,单德兴译:《知识分子论》,第57页。

第六章　族群与国族的变奏

——鲁白野的文化—政治论述

引言　乡愁的归宿

在出版于1954年的《马来散记》的序言中，马来亚华人作家鲁白野回顾自己的跨国流亡生涯，有感而发，写下一段动人的抒情文字：

> 我是诞生在吡叻河的岸上的。
>
> 吡叻河在它自己的记忆中，是一个时常搅起了满江波浪在发怒的巨人。在雨季中，人们就会害怕吡叻河的突然愤怒，滚起了混着浓黄泥浆的高潮在大力泛滥。幼时在育才学校读书，就曾经见过发自吡叻河的洪流，把整个怡保镇都淹没了的情景。父亲还得雇人划了一叶小舟，到学校带我回家。
>
> 之后，自己也像吡叻河的流水，从未间断过地在流浪：到拿乞、万里望、金宝、红毛丹、槟榔屿、马六甲、星加坡。就是到了印尼之后，自己的生活亦从来不曾在土地上牢牢地长了坚强的根，还是萍踪四处，在做一个青年漂泊者。兜了足足十二年的圈子，我又回来了；回到星加坡，一个英勇的城；回到马来亚，一个还是丰沃的善良的土地。①

霹雳河地景带出遥远温暖的童年记忆，育才学校铭刻马来亚华人的文化认同，河水流动隐喻漂泊流徙的生命成长史，连接着在时空变化中

---

① 鲁白野：《马来散记》（新加坡：星洲世界书局，1954年）序。

塑造的自我认同。最后,“浪子还乡”让人想起《圣经》中的著名典故,这消除了个人主体与现代世界的结构性冲突以及海外华人在文化失根后的焦虑感,唤出对家园故土的情感依恋,还有扎根南洋本土的自觉意识。海德格尔论及荷尔德林诗歌时,指出肉体和精神还乡的意义:“家乡中最内在最美好的东西,只存在于对这泉源的接近中。因而很自然,在故乡中对这泉源的接近才是内在的。”[①]作为浪子的鲁白野,当返归霹雳河畔,他寻获的不仅有道德空间中的方向感,甚或还有美学和哲学人类学的含义。

鲁白野(1923—1961),原名李学敏,别署李华、李福民,另有“威北华”“楼文牧”“越子耕”“华希定”“范涛”等笔名。祖籍广东梅县,客家人,生于马来亚霹雳州的怡保,只念过小学五年级,在印尼的苏门答腊流亡12年后,在1948年移居新加坡,担任报馆记者和法庭译员。1958年,鲁白野率领《星洲日报》代表团访问印度,归来后出版报告文学《印度印象》,在“亚洲觉醒”的浪潮中欢呼一个现代民族—国家的诞生。1961年4月,鲁白野在新加坡报馆中猝然病逝,享年38岁。[②]

鲁白野有短篇小说集《流星》(1955),散文集《春耕》(1955),小说、散文、新诗合集《黎明前的行脚》(1959),历史散文《狮城散记》(1953)、《马来散记》及其续集(1954)。他通晓中文、英文、马来文、日文,在文学翻译和历史研究上有所贡献,出版有学术专著《马来亚》(1958),游记和报告文学《印度印象》(1959),编辑马来文诗集《爱诗集》《马来亚的情诗集》与《日本现代诗选》,独立完成了一千多页的《实用马华英大辞典》的编纂工作。鲁白野还主编过《马来语周刊》,创刊与主编《星洲日报》之副刊“国语周刊”,可惜不及一年,即告病

① 海德格尔著,成穷等译:《海德格尔诗学文集》(武汉:华中师范大学出版社,1992年),第237页。

② 关于鲁白野的传记资料,参看赵戎编著:《新马华文文艺词典》(新加坡:教育出版社,1979年),第185页;马仑主编:《马华写作人剪影》(柔佛:泰来出版社,1979年),第93页;方修:《记鲁白野》,收入方修:《游谈录》,吉隆坡:大马福联会暨雪州福建会馆联合出版,1986年4月再版。

逝。他的才华受到后人肯定,作品入选了方修主编的《马华新文学大系(战后)》,黄孟文主编的《新加坡华文文学作品选集》,柏杨主编的《新加坡共和国华文文学选集》,李庭辉主编的《新马华文文学大系》等各种文学选本,在马华文学史上占有一席之地。方修对他的"方物志"和"历史散文"深表赞赏。[①] 苗秀补充指出,鲁白野居留棉兰时即开始文艺创作,曾和骆起东等人为推动印华文学而共同努力。[②] 赵戎认为鲁白野散文的成就高过其小说,盛赞"他的旷世才华与热情的笔端,在篇什上的字里行间处处显露出来"[③]。

一　族群景观与文化认同

(一)新马历史的主体重塑

鲁白野的历史散文《狮城散记》《马来散记》及其续集,学术著作《马来亚》,都有关于离散华人的论述。这些著作出版后广受好评,作者声名鹊起。[④] 此外,他的文学作品集《春耕》《流星》《黎明前的行脚》描述印尼华人的历史和现状,从个人经验去思考文化认同。关于他的文化—政治论述,下面逐一研讨之。

鲁白野在马来亚与中国的互动结构中理解前者的文化演变,在叙述马来亚的历史沿革时有意采用"华人视角"。譬如,《马来散记》共26篇文章,或以华人及历史事件为中心,予以浓墨重彩地描绘;或在典章制度、物产风俗的介绍中点出华侨华人的伟岸身影。在序言中,鲁白野回顾中国人垦拓南洋的历史,将其划分为三个阶段:从远古到

---

① 方修:《战后马华文学史初稿》(新加坡:T. K. Goh,1978年),第103—104页。

② 苗秀主编:《新马华文文学大系》小说二集(新加坡:教育出版社,1971年)导论。

③ 赵戎主编:《新马华文文学大系》散文一集(新加坡:教育出版社,1972年),第10页。

④ 马摩西:《狮城与马来散记》,新加坡《蕉风》第5期(1956年1月),第30—32页;黄孟文、徐迺翔主编:《新加坡华文文学史初稿》(新加坡:新加坡国立大学中文系、八方文艺创作室,2002年),第150—152页。

明朝,郑和下西洋的时代,19世纪以来华侨劳力输入南洋从事种植和采矿的时期。鲁白野认为,在这三个阶段中都可发现中马两大民族的亲密友谊。此书开篇是《中国与马来亚的古代交通》。作者发现,从汉武帝遣使南下开始,中国与南洋已开始商贸往来、朝贡献礼;隋唐时代,中国进入开拓南洋的黄金时代;明朝郑和七下西洋,扶助满喇加王朝立国,促进中国与南洋的贸易和移民。最后,他做出如下总结:

> 研究中国与马来亚的古代交通和外交关系,我们可以得到一个很宝贵的总结。这就是:中马历史的交通是建立在和平的基础上的。基于这个历史事实,中马两大民族更应该和平共处及加紧合作。这是必然的事。①

接下来的历史事件更加精彩纷呈。鲁白野介绍郑和五次率众到达马六甲,誉之为"创写马来亚现代史首章的第一人"②。之后,马六甲古城先后被葡萄牙人和荷兰人攻陷。马礼逊牧师在马六甲创建英华书院,主办第一份华文刊物《察世俗每月统记传》,对南洋的华侨教育做出贡献。陈旭年、林亚相、陈开顺等潮州人辛苦开发柔佛州。"港主"制度的由来及其被取消的经过。叶亚来如何在乱世中崛起,主导霹雳州的"拿律之役"和雪兰莪州的内战,他如何翻云覆雨,合纵连横,最终成为吉隆坡的开埠者。"甲必丹"制度在马来亚和印尼的盛衰,华人领袖如何斡旋于多方势力之间,捍卫华社的合法利益。林文庆、陈齐贤如何在星洲植物园试种橡胶树苗获得成功,促进马来亚橡胶种植业的蓬勃。从中国大批南下的华侨,致力于锡矿开采、胡椒和甘密的种

---

① 鲁白野:《马来散记》,第7页。

② 关于东南亚、马来亚、马六甲王朝与明帝国的关系,参看王赓武:《明初与东南亚的关系:背景论述》《中国与东南亚1402—1424年》《中国与马六甲关系的开端1403—1406年》,收入王赓武:《移民与兴起的中国》(新加坡:八方文化创作室,2005年),第39—136页。

植,有的艰苦谋生,有的发财致富。[①] ——值得深思的是,所有这些历史叙述都是从“华人”的视角展开和诠释的。只有到了《马来散记》的“续集”当中,鲁白野才开始介绍马来族和印度族的风土人情、文学艺术、物质文化。显而易见,这种“先华后巫”的历史叙事的主导模式,自有作者先入为主的定见。即使在《马来散记》续集当中,论及马来亚历史,鲁白野也老调重弹:

> 在古时候,中国和马来亚的关系,非常密切。英国人要写马来各州的历史,首先要参考中国史书,像汉书,宋史,梁书等。他们的著作,差不多每一部的首章,就是写该州向中国朝贡或通商的史略。
>
> 马来亚在今日的繁荣是最近二百年来的发展结果,依靠华侨的大量移殖和勤劳开荒。这个决定因素,是马来人和英人都不得不承认的。所以,一部马来亚现代史就等于一部马来亚华侨史。这个结论,用不着我再去夸张或渲染。[②]

这里仍从马来亚与中国的互动结构中反观前者的历史起源和发展趋势,凸显华侨华人对于马来亚开发的巨大贡献。

再比如《狮城散记》。此书共有 55 篇文章,6 辑,涉及华族历史、莱佛士开埠、马来民族、典章制度、文物古迹、街道地景、历史事件、风土民情。在序言中,鲁白野深情回顾他在印尼流浪的日子,那时,当地人听说他来自星加坡(“一个英雄的城”)而表示羡慕和敬意,然后他抚今追昔,诉诸热情洋溢的文字,表达对华侨华人的由衷赞美:

> 从一个荒芜了的小岛,在一百多年间,我们的祖宗是如何恩爱地开垦岛上的处女地。在今天,地方是繁荣极了,人口也突破

---

① 鲁白野:《郑和与马六甲》《古城两题》《马六甲英华学院》《柔佛州的开发》《潮侨开发的柔佛》《柔佛州的港主制度》《吉隆坡开基人叶亚来》《拿律之役》《甲必丹制度的盛衰》《马来亚胶业史的发展》《马来亚的锡》,参看鲁白野:《马来散记》,第 8—79 页。

② 鲁白野:《谈马来亚的历史》,收入鲁白野:《马来散记》续集,第 153 页。

> 了百万大关,其中有八十巴仙就是华侨。是他们用巨大的有力的手,在沿海岸的两边捏成了一行一行的黑巷,一排一排的鸽子屋。是他们在披星戴月,刻苦经营,狮子岛上繁荣之花才能够发芽茁壮。①

这里充满对新加坡的地方之爱,其关键点是记述华侨的移山填海的功勋。此前关于新马的游记与地方志数量不少,例如,李钟钰的《新嘉坡风土记》、阙名的《南洋述遇》、魏源的《海国图志》、张燮的《东西洋考》以及《郑和航海图》等等,②都是从局外人、游客、异乡人的角度来描述或想象,只有像鲁氏这样的土生华人才更有深切体会。《狮城散记》第一辑中的九篇文章全与华人有关。第一篇文章《十九世纪的星洲华侨》开篇第一段话就是:"人家说,无华侨便无马来亚。我说,无华侨便无星嘉坡。人家说,华侨是(中国)革命之母。我说,华侨是星嘉坡之母。"③开宗明义,为全书定下基调。何以如此?一是由于华人在新加坡人口结构中占据绝对优势,二是为了贯穿作者的"华族中心主义"的写作意图。接下来,他溯源追流,发现在14世纪的淡马锡时代就已有中国人到星洲垦拓。1819年,英国军官莱佛士与天猛公签订条约,把星洲变成殖民地和自由港,开埠的消息迅速传遍东南亚,移民大量涌入。莱佛士又设置市政会,筹划城市建设和法律建制,19世纪的星洲已有华人担任市长了。虽然马来人、印度人也前来淘金,但是只有华侨愿意永久地在此邦居住,加上胡亚基、佘有进、陈金声、陈明水、陈金钟等华商侨领的纵横捭阖,使得英国官员、作家和商人都异口同声地称赞坚忍勤劳的华侨才是星洲开埠的最大功臣。鲁白野在文章末尾盛赞道:"这千万名的劳工,就是开拓星马的无名英雄。他们的名字在马来亚史上是永远辉煌光荣的。谁想抹杀他们的功绩,便会

---

① 鲁白野:《狮城散记》(新加坡:星洲世界书局,1953年)序。

② 饶宗颐:《新加坡古事记》(香港:香港中文大学出版社,1994年);梁元生:《新加坡华人社会史论》(新加坡:新加坡国立大学中文系,八方文化创作室,2005年)。

③ 鲁白野:《十九世纪的星洲华侨》,收入鲁白野:《狮城散记》,第1页。

成为历史上的罪人”①,那座竖立在星洲博物馆门前的华族老人的铜像,见证了两百年来华侨华人的丰功伟业。

在这篇提纲挈领的文章之后,鲁白野介绍了陈泽生、胡亚基、太平天国运动、林文庆、峇峇社会、华侨庙宇和私会党、陈金声等,以赞美之词,频向先贤致敬,缅怀其筚路蓝缕、造福星洲的功勋。关于林文庆的事迹,值得在此稍作介绍。林氏一生投身政治、社会、文化事务,成就辉煌,载入史册,其中包括:荣获女皇奖学金,负笈英伦攻读医学;出任厦门大学校长;支持孙文领导的辛亥革命;为抗议美国歧视华工的条例,发动抵制美货运动;出任立法委员,仗义执言,维护华人利益;等等。至于林氏在文化事业上的贡献,鲁白野作出了详实的述评:

> 他虽然是个侨生,但从来不曾像别个侨生一样藐视祖国文化,相反地,他还能在公余拨冗致力推展国语教育及发扬孔子学说,他发起组织海峡英籍华人协会及华侨音乐会……他又创办了专为侨生子弟而设的国语学校及中华女子学校……与宋旺相合作,创办及编辑海峡华人杂志……他所著书籍计有孔教精华,李鸿章传,中国国内之危机,用孔教眼光看(第一次)世界大战,东方生活之悲剧,新的中国,离骚英译等书。……他努力提倡孔子学说,并向侨生华人呼吁,须受中文教育。十六年如一日,马华教育能有今日之巩固优秀的成就,林老先生的功绩是不能抹杀的。他似乎还嫌不够努力,特别跑到爪哇去宣传以国语为南洋华侨之普通话,把中文教育之工作在印度尼西亚群岛中大力展开。②

总之,上自莱佛士登陆开埠,下迄1950年代,举凡人物、事件、景观、物质文化,都被鲁白野巧妙编织,毫不马虎,一以贯之的轴线是:把离散华人塑造为历史主体,赋予崇高形象。

---

① 鲁白野:《十九世纪的星洲华侨》,收入鲁白野:《狮城散记》,第10页。

② 鲁白野:《和平老人林文庆》,收入鲁白野:《狮城散记》,第21—22页。

必须指出,《狮城散记》和《马来散记》中的"祖国"不是马来亚、英国,而是遥远的中国,鲁白野从未涉足的"想象的异邦",缺席的祖籍地,中国原乡和血缘神话的所在,所谓"国人"就是中国人。例如:"国人到马来亚开拓的历史,约可分为三大阶段。"[①]"延至隋唐时代,国人对南洋的知识更见丰富了。"[②]"国人南进开拓南洋的黄金时代是在唐朝。"[③]"从祖国来的船只,每帮载来五六千名'新客'。"[④]"十四世纪,国人汪大渊在旅星途中目睹海盗来袭。"[⑤]"1827 年,克劳福驻扎官从马来人古墓发掘出来的古物当中有我国北宋真宗(公历九六七年),英宗(一零六七年),及神宗(一零八五年)的铜钱。"[⑥]"这就是马来民族,不但与我国云南的边疆民族(像掸族,大西南的苗猺、台湾的蕃族等)具有相同的民族特质……"[⑦]"我国海南岛上的回民。"[⑧]"我国的第一座回教堂远在第八世纪便已在西安建立起来了。"[⑨]"国人研究南洋,始自汉朝。"[⑩]

按照安德森的说法,这种对故国的缅怀是一种"远程民族主义"[⑪],但反讽的是,它指向的不是眼前的马来亚而是遥远的神州。鲁白野的《马来散记》和《狮城散记》采用"族群视角"叙述新马历史,塑造华人眼中的马来亚,把族群景观作为中心,念兹在兹。这种"吾侨中心主义"和"文化沙文主义"发展到极致,不免问题重重。把华人塑造为南洋历史的主体和文明播种者,就会忽视其他族群的功绩。在马来

---

① 鲁白野:《马来散记》序。

② 鲁白野:《中国与马来亚的古代交通》,收入鲁白野:《马来散记》,第 3 页。

③ 同上书,第 5 页。

④ 鲁白野:《十九世纪的星洲华侨》,收入鲁白野:《狮城散记》,第 5 页。

⑤ 鲁白野:《海盗》,收入鲁白野:《狮城散记》,第 147 页。

⑥ 鲁白野:《钱底零篇》,收入鲁白野:《狮城散记》,第 155 页。"

⑦ 鲁白野:《马来民族的拓殖》,收入鲁白野:《马来散记》续集,第 144—145 页。

⑧ 同上书,第 147 页。

⑨ 鲁白野:《回教今昔》,收入鲁白野:《马来散记》续集,第 211 页。

⑩ 鲁白野:《谈马华字典的编辑》,收入鲁白野:《马来散记》续集,第 192 页。

⑪ Benedict Anderson, *The Spectre of Comparisons: Nationalism, Southeast Asia and the World*(London: Verso, 1998), pp. 58 – 76.

亚成为主权独立的国家后,鲁白野适时推出学术著作《马来亚》,尽管整体采用"国族叙事"的模式,但仍在开篇"马来亚史的发展"中讨论"中国古文化的痕迹",根据历年来重大考古发现,证明中国在政治、经济和文化上对古代马来亚的推动。① 他不主张激进的本土性论述,或者故意切割马来亚与中国的文化交流。不过,他也批评华侨的傲慢偏见,强调种族友好和相互了解的必要性:

> 马来亚华侨没有像印尼华侨一样,普遍地学习及使用马来语。不但如此,不少星马华侨对此地情形是不熟悉,对马来民族是不了解。因此,中马两大民族之间假如有隔阂存在的话,首先得怪我们自己。本来言语是沟通民族间文化交流的桥梁。我们如果还是固执地坚持着闭关自守的愚蠢态度,甚至表现着一些唯我独尊的自大作风,拒绝了解别人,拒绝学习他们的言语,不去设法搞好中马友好关系,那么,总有一天我们会发觉到,吃亏的还是自己。②

此处对"我侨中心主义""中国中心论"和"文化沙文主义"的批评,一针见血,语重心长。他还认为,不能把研究马来亚的重任寄托在遥远的中国学者身上,应该鼓励本地人士投身这个领域,因为这样更切实,有移情共鸣,避免与研究对象相隔膜。

(二)峇峇形象的除罪化

从历史上看来,马来亚和印尼都是殖民相遇的接触地带(contact zone),由此在殖民者与被殖民者之间产生了不平等的权力关系和文化的嫁接(transculturation)、混杂(hybridity)或克里奥尔化(creolization)现象。华人男子与马来女性通婚,生下的子女,男曰"峇峇"

---

① 鲁白野:《马来亚》(新加坡:星洲世界书局,1959年),第4页。

② 鲁白野:《谈马华字典的编辑》,收入鲁白野:《马来散记》续集,第191—192页。

(Baba),女曰"娘惹"(Nyonya),繁衍生息在三州府(新加坡、马六甲、槟城),是为"海峡华人"(Straits Chinese),以区别于来自中国的移民("新客")。毋庸置疑,一些著名峇峇做出过巨大贡献,如辜鸿铭、蔡忠良、宋旺相、林文庆、陈祯禄、陈金声、伍连德等。新加坡、马六甲和槟城建造了"土生华人纪念馆",旨在铭刻这个族群的历史渊源、文化特性和成就贡献,近年来还召开过"百年盘点:峇峇文化研讨会"。

在新马华语文学中,峇峇长期以来被歪曲否定,背负深沉的原罪感,没有得到公正合理的评价。例如,在废名(丘士珍,1905—1993)的中篇小说《峇峇与娘惹》(1932)中,老商人的儿子峇山与女儿娘惹,都是崇洋媚外、荒淫乱伦、穷奢极侈、坐吃山空的腐败家族的代名词。在流芒的剧本《觉醒》(1938)当中,海峡华人梁光俊是一名地道的奸商,他蔑视贫穷落后的"支那人",认同马来亚本土,打击华侨的抗日救亡运动,嘲笑回国抗战、英勇牺牲的侄子,甚至勾结日本商人佐藤山秀公然出售日货。小儿子阿九因为支持抗日,被佐藤的汽车撞伤住院,梁氏前往探望,竟然遭到佐藤的殴打和谩骂。终于,梁氏从因果报应中幡然悔悟,喊出同仇敌忾的民族主义口号。在方北方的中篇小说《娘惹与峇峇》(1954)中,从林娘惹到儿子林峇峇再到孙子林细峇的三代华人,由于抛弃中华文化,全盘西化,终于家道中落了。相比之下,归侨作家吴进则用阶级分析方法为峇峇造像:

> 在马来亚,严格讲来,"峇峇"一词并不适用于专受华文教育的"土生"华侨,也不适用于虽生于马来亚而却未有机会受教育,并尚有眷属在国内的劳工阶级。换言之,典型的峇峇应该是:他的父母已在马来亚很久,两代或五六代,与国内的关系几已断绝,自幼受英文教育,在家讲马来语或英语多过原有的闽粤方言,或甚至完全不能讲中国方言,母亲和妻子穿娘惹装(格峇雅和沙笼),吃饭不用筷子,而用手或半西式(用叉匙与盘而无刀),职业是政府公务员,洋行职员或经商。如一定要用一句简单的话来概

括，那就倒不如称为“西崽式的马来化华侨”更为恰当些。①

吴进对峇峇的定义是根据文化实践和阶级身份，凸显了作为后殖民现象的语言政治。他认为，峇峇的身份意识是殖民当局实施“去中国化”和“西化”的洗脑教育的恶果：

> 马来亚的殖民地教育，其目的是在制造绝对效忠英王的“英籍臣民”，他在校中所读的史地，主要的是英帝国发展史及维多利亚女王时代的光荣史，以及英帝国与马来亚的地理。他每天所学讲的是英语，所学唱的是英美的歌，所用的多是英国货，其生活也就是模糊地以英国方式为理想。事实上，如果欲在物质生活方面有所改善，也必须以使自己尽量英国化。这种倾向发展的结果——中国过去数十年连续战乱，国际地位低落，腐败政府又未能有效地护侨：这也都是原因——消极点的浑浑噩噩，积极点的则自认其“祖家”在英国，以能讲流利英语为“高人一等”的根据，以能吃“红毛头路”为荣，对中国表示绝望而轻视，并尽量表示他与普通华人不能相提并论，同时他们又自认与马来人的距离更近于“中国移民”Immigrants，或甚至称为 Aliens 外国人。因为他们都是“马来亚人”（Malayan，按在英语中，Malayan 与 Malay 有别，后者才是马来人），为英帝国的一员。②

根据吴进的看法，峇峇的产生是种族识别和阶级分化的结果，他们被英国殖民当局收编而产生了置身于精英阶层、认同宗主国的意识，而他们的真实处境反被掩盖和抹杀了。“海峡华人”和“中国移民”的鸿沟出现了，英国殖民者达到了分而治之的目的。

上述都是负面的峇峇形象，有关国族意识和文化认同的描述，暴露出作者对本真性神话和中国中心论的迷恋，打上了文化本质主义的

---

① 吴进：《峇峇》，收入吴进：《热带风光》（香港：学文书店，1951 年），第 67—68 页。

② 吴进：《峇峇》，收入吴进：《热带风光》，第 73—74 页。

深刻印迹。相形之下,鲁白野的峇峇论述显出多元文化主义的同情理解。一方面,他指出这样一群在生活上已充分马来化的混血人种还袭用中国人的姓氏和风习,阅读以拉丁化马来文翻译的中国小说和史略,“可是,他们却轻蔑纯粹的华侨,时常把自己比拟作白人,自称祖国在欧罗巴”①;另一方面,鲁白野根据身为峇峇的生活经验,以风趣幽默的语言,畅谈族群性格:

> “峇峇”原来是土耳其字,有“爷爷”,“先生”,或“孩子”之意。以后经由印度传至南洋,成为土生华人之名称。峇峇的特点是好客,具有乐天性格,慷慨,爱享乐,爱游玩。他们虽然有一部分不懂得中文,但其保守性比来自中国的同胞更来得坚强。……他们因为出生地关系,都成为英籍臣民,这并未使他们放弃其祖国带来的传统习惯。他们一样地在烧香拜神,孩子取的还是中国姓名,甚至穿唐装衫裤。在大家还在留辫子的时代,护卫这条辫子最力的,倒是峇峇。平日异常和气的峇峇,为了一条辫子甚至会打起架来,虽丢掉了性命也不会后悔。②

从词源学考据到日常生活的描述和轶文趣事的交代,字里行间充满赞赏的语气。鲁白野以“祖国”称呼峇峇的祖籍地“中国”,他发现峇峇虽归化入籍成为英国公民,但在日常生活上保持华族习俗。至于峇峇对文化认同的态度,鲁白野指出:

> 来自中国的华侨,时常藐视峇峇不懂中文,这只能是一个大错误。他们如果不了解祖国文化的可爱,那是因为懂得祖国文化的人没有帮助他们,还要使隔膜扩大。在峇峇社会中极力推展中文教育的林文庆博士于一九五零年英籍华人协会年刊中有言:

---

① 鲁白野:《新年怀古——写于一八三八年的新年》,收入鲁白野:《狮城散记》,第137页。

② 鲁白野:《峇峇社会》,收入鲁白野:《狮城散记》,第24页。

“我们虽然是英籍华人，我们同样感觉光荣的，就是我们也属于有着最古老文化的中华民族。中国文化遗产，是经历了数千年风霜保存下来的。”这一句话，可说是代表峇峇思想的精华。①

鲁白野并不掩饰土生华人与新客华人之间的冲突和隔阂，不过，他放下身段，以敦诚敬谨的姿态，呼吁华侨帮助峇峇去了解中华文化，并且引用侨领林文庆的证词，乐观地相信峇峇的文化认同仍会朝向华人族群。

在另一篇文章中，鲁白野以详实资料介绍了印尼和马来亚的峇峇在传播中华文化方面的努力。他认为，峇峇文学虽用马来文写就，但其核心还是宣传纯粹的中国思想，因此应该属于“华侨文学”的支流。根据鲁白野的研究发现，峇峇文学发源于17世纪印尼的爪哇，后来产生了马六甲、槟城等地的峇峇文学。13世纪末期，忽必烈远征爪哇失败，大批中国人侨居那里，几个世纪后，他们的后代成为土生华人，与祖国断绝了联系，母语忘却，除了姓名和习俗，完全印尼化了。不过，19世纪以来一些热爱中华文化的印尼峇峇，致力于翻译中国戏剧、神话、小说、诗歌，包括《红楼梦》《李世民传》《薛仁贵征东》《三国演义》《聊斋志异》《西游记》《封神榜》《镜花缘》等等，他们又多方搜求地方志和华侨史资料，编辑成丛书出版。许多中国历史名人都是最吃香的峇峇清谈对象，梁祝故事在爪哇海周围和马六甲海峡广为流传。鲁白野发现，马来亚的峇峇文学作者不但从事翻译工作，而且发明了厦门话拉丁化的拼音方案，据此，槟城的曾锦文翻译《三国志》，星洲华人牧师吴佛庆翻译《黑骏马》，李白、杜甫、王维、辜鸿铭的诗歌也被译成了马来文。准此，鲁白野正确指出：

我们要认识清楚的，就是过去建设峇峇文学的努力完全是自发的、自觉的，不是由中国出生的华侨所策动的。口口声声骂峇

① 鲁白野：《峇峇社会》，收入鲁白野：《狮城散记》，第24—25页。

峇不爱祖国文物的人们,知道了这些史实,对峇峇的观念应该有所改变吧。这些努力一方面促使峇峇与中国更加接近,一方面也促进了中国与印尼(及马来亚)的文化交流。

……

峇峇社会走了一个大圈子,已有回到纯中国文化怀抱的趋势。受中文教育的侨生已在大大增加,这使星洲峇峇的人数在锐减,只有马六甲和槟城的峇峇社会还保有坚韧的生命。像过去林文庆先生亲身到马来亚及爪哇各地大力推行国语教育运动,及今之陈祯禄先生在大声疾呼中国文化在马来亚必须受到保护,都是代表峇峇文化运动归队的主流。①

按照鲁白野的理解,峇峇的文化认同没有沦为“崇洋媚外”“数典忘祖”,相反,他们一直在进行艰苦卓绝的工作,从事文学翻译、改造马来文、保存中华习俗,因此应该给予积极正面的评价。

论及中华文化,鲁白野不偏执于正统性、纯粹性、本质主义的思维方式,而是包容异质性、差异性,把中国性予以历史化、空间化和本土化。显而易见,峇峇之文化认同的形成离不开离散华人的历史经验。霍尔指出,离散主体以混杂性和异质性为标志,包括文化、语言、族裔性、国族,横贯那些划分国族与离散的疆界,由此定义上述主体,“离散经验不是被本质或纯粹性所定义,而是被必然的异质性和多样性的承认所定义,被立足于差异性的身份概念所定义,被混杂所定义。离散身份通过变形和差异性而持续不断地重新生产和再生产它们自己”②。霍米·巴巴(Homi Bhabha)在介绍本雅明的“文化翻译”(cultural translation)这一概念时,否认先前的原初文化本质主义,认为所有形式的文化都持续不断地处于一种混杂的过程,混杂就是“第三空

---

① 鲁白野:《峇峇的文学》,收入鲁白野:《马来散记》,第57—58页。

② Stuart Hall, “Cultural Identity and Diaspora,” in Jonathan Rutherford ed., *Identity: Community, Culture, Difference* (London: Lawrence & Wishart, 1990), p. 235.

间"(The Third Space),它使其他立场得以出现。[①] 其实,马来亚的峇峇生活在英国殖民地,混杂吸收了马来文化、中华文化、英国文化;印尼的峇峇生活在荷兰殖民地,涵容印尼文化、华人文化、荷兰文化;因此我认为,峇峇的文化认同是一个更复杂的"第四空间"(The Fourth Space)。鲁白野的峇峇论述涉及文化认同的延异,超越了丘士珍、流芒、吴进、方北方的狭隘视野,洞察到峇峇的文化认同是在漫长复杂的历史进程中形成的,人们应该予以同情的理解。这是离散和混杂性的好处,一种有建设性和生产性的批评想象。

(三)印尼经验与华人性

王德威指出:"不论是行旅还是旅行,都必须在时间与空间的坐标下呈现意义之所在。……但在行旅所构成的时空坐标点中,更重要的是作为主体的行旅者如何移动、安顿或重新定义他们的位置。由中心到边缘,由故乡到异乡,由此岸到彼岸,只是有关行旅故事的开端。"[②]这对于理解鲁白野的离散诗学具有启发性。鲁白野出生在马来亚的怡保,少时家贫,十多岁开始与父亲四处流浪,后来流落到印尼,侨居 12 年。在那里,他居无定所,四处漂泊,当过农夫、教员、士兵、失业者、流浪汉、抗日志士、囚徒、报馆编辑。在战后,他来到新加坡,担任报馆记者、编辑和法庭翻译,再加上他的作家和翻译家的身份,真是五花八门。毫不夸张地说,漂泊、离散、迁徙、放逐、流亡构成了鲁白野之人生常态和心理结构。1948 年 4 月,他移居新加坡,结束流亡生涯,并撰文明志:

> 新加坡,我又回来了。十二年来,我走了一段艰苦悠长的路,在印度尼西亚的岛屿中间,对着山明水秀的苏门答腊,对着爪哇的大眼睛

---

① Homi Bhabha, "The Third Space: Interview with Homi Bhabha," in Jonathan Rutherford ed., *Identity: Community, Culture, Difference*, pp. 209 - 211; Homi Bhabha, "The Commitment to Theory", see his *The Location of Culture*(London: Routledge, 1994), pp. 28 - 56.

② 参看王德威、季进主编:《文学行旅与世界想象》(南京:南京教育出版社,2007 年)序言。

的姑娘,我便联想着你,想起你孕育我教育我的深邃之情。①

活跃在1950年代的马华作家马摩西,在为《狮城散记》和《马来散记》撰写的书评当中,充分肯定流亡生活之于鲁白野的重大意义:“有了旅行(著者谦虚为流浪),就有多见多闻,搜集写作资料的机缘,波折的生活,才能磨炼出多方面的人生见解。”②

散文集《春耕》是作者在印尼流亡生活的记录,是一个人的生命史,也是一个离散者的文化史,涉及个人主体的成长、爱欲的萌发、历史记忆、文化认同等问题。《高原短歌》写一群华人知青在孤寂苦闷中探索国家的出路,追寻个人主义之外的广阔世界。苏文力图挣脱狭小的生活圈子,面对劳动大众,她表示惭愧,憧憬民族独立与自由解放的到来。③ 在《春天的潮》当中,鲁白野自称是“初春的蜗牛”“一只信仰个人主义的蜗牛”,当年岁渐长,有了家累之后,他面对追求理想的热血青年(“年青的狮”),自感软弱和落伍,羞愧中有莫名的烦恼。④

小说集《流星》(1955)不乏流亡者的动人故事。《南燕北雁》写印尼华侨子青起初与秀虹相恋,后来参加反法西斯同盟,被捕受刑,可是他没有变节。出狱后,他被迫为一个日商和奸细做事,良心备受煎熬;后来,他与台湾女孩爱子结婚,有一次路上遇到秀虹,遭到对方的严厉谴责,他感到非常苦闷。⑤《一人的山》写一个名叫天风的土生华人,完全不懂华文,对中国原乡毫无印象,因此,他受到南来华侨的奚落,感到痛苦无奈。父亲去世后,天风自觉切断了与中国的关系,归化入籍,自认是印尼人。印尼沦陷后,天风英勇参加了地下抗日组织。二

---

① 威北华:《伸诉》,收入鲁白野:《黎明前的行脚》(新加坡:星洲世界书局,1959年),第100页。

② 马摩西:《狮城与马来散记》,新加坡《蕉风》第5期(1956年1月),第32页。

③ 威北华:《高原短歌》,收入鲁白野:《春耕》(新加坡:友联图书公司,1955年),第23—27页。

④ 威北华:《春天的潮》,收入鲁白野:《春耕》,第32—35页。

⑤ 威北华:《南燕北雁》,收入鲁白野:《流星》(新加坡:南洋印刷社,1955年),第21—36页。

战结束后,他又投入印尼的民族解放战争,反抗荷兰人的殖民暴政。最后,他在执行任务时,不幸遭到荷军伏击,伤重身亡。[①]《今天还不是春天》叙写出生在怡保的华侨海伦流亡到印尼后,积极参加抗日救亡。印尼沦陷后,她主动要求返归马来亚,参加地下抗日组织。她放弃个人的爱情,潜入泰国,刺探"死亡铁路"的修筑情况,偷偷把情报提供给联军。[②]《括风底春》写印尼青年画家华查起初在日据时代,专心画画,为艺术而艺术,后来在流亡者"我"的教导下,努力改造自己,增加了感时忧国的精神。[③]

合集《黎明前的行脚》(1959)中的《负伤兵》提到印尼华侨被利用、被劫掠、被杀戮的悲惨处境。[④]《战俘》写一个战后在印尼茂物发生的故事,作者一方面支持印尼人民发动的反抗荷兰军队的独立战争,另一方面谴责印尼的杂牌军和败兵大规模屠杀华侨。[⑤]《印尼印象》提到汉朝陶瓷曾在岺当哈利出土,占卑在两千年前就和中国有文化交流,作者在岺当哈利的夜晚,回忆中印民族的亲善关系而感到甜蜜。[⑥]《迟行草》写1950年代大批华侨北上中国,"我"收到他们的信

---

① 威北华:《一人的山》,收入鲁白野:《流星》,第46—53页。

② 威北华:《今天还不是春天》,收入鲁白野:《流星》,第94—110页。

③ 威北华:《括风底春》,收入鲁白野:《流星》,第111—121页。按:"括风"疑为"刮风"之误。

④ 威北华:《负伤兵》,收入鲁白野:《黎明前的行脚》,第14—19页。

⑤ 威北华:《战俘》,收入鲁白野:《黎明前的行脚》,第27—31页。威北华的《负伤兵》和《战俘》所透露的印尼华侨的悲惨命运符合历史事实。有学者指出,荷属东印度"尽量地限制华人参加中国政治,也禁止革命组织,当时他们也顾虑到印尼本地的民族独立运动。所以在印尼,反荷兰的组织根本不允许存在,因此各种政治运动都受限制"。参看王赓武:《海外华人的民族主义》(Singapore: Unipress, The Center for the Arts, National University of Singapore, 1996),第54页。根据维基百科的资料,1946年3月印尼军队以"焦土政策"抗击荷军,撤退时,焚烧万隆南区。事件中,部分暴徒乘机焚烧华人房屋、抢掠其财产、强迫他们迁离居所,甚至随意虐杀华人。1946年6月的文登惨案中,3天时间被杀的人达653名,403人失踪。此间还发生了1945年11月的泗水惨案、1946年8月的山口洋惨案、1946年9月的巴眼亚比惨案、1947年1月的巨港惨案。(https://zh.wikipedia.org/wiki/%E9%BB%91%E8%89%B2%E4%BA%94%E6%9C%88%E6%9A%B4%E5%8A%A8)

⑥ 威北华:《印尼印象》,收入鲁白野:《黎明前的行脚》,第108—110页。

笺而激动莫名:“延水河岸的草香,大江南北的花草,故乡的土制屋,稻的早穗,中国人民的苦难及英勇。”①

流亡过程中的鲁白野,与贫苦、孤独、疾病、失恋、刑罚为伍,饶是如此,他坚持携带文艺书籍,从阅读中获得安慰,进行自我启蒙和文学教育,从写作中获得动力、方向感与心灵的自由,维持离散华人的文化认同。他的作品中出现了许多作家作品的名字,如鲁迅、老舍、巴金、曹禺、艾青、沈从文、刘火子等。鲁白野的祖母是马来族妇女,他是土生华人,但是热爱中华文化,他在作品中提及曹禺的名剧《日出》《雷雨》,以及由巴金小说原著改编的话剧《家》《春》。他的合集《黎明前的行脚》之《写实的诗》论及艾青和中国的“街头诗”。他的散文集《春耕》中的《太阳的孩子们》等文提到老舍的作家自述《我怎样写小坡的生日》。

离散是一个饶富批判意义的公共领域,在强势文化的支配下,离散诗学隐含抗争经验,成为反抗政治的基础。鲁白野这些作品,根据自己在印尼的流亡经验写成,见证了离散华人作为弱势族群在历史漩涡中的苦难经历,蕴含着针对荷兰殖民者、日本侵略者、印尼人的批判性思考,既涉及本土性与中国性的曲折复杂的关系,也有对于文化认同、人类公义和尊严政治的憧憬。毫无疑问,这些纵横交错的文化形态,与鲁白野原本就有的马来文化、中华文化重迭交错,形成了宽广开放的历史视野和深邃复杂的心灵目光,在书写新马经验之外,补充和推进了他对南洋华人的思考。

二 四百年来家国

(一)解放政治与种族主义

在马来亚独立(1957年8月31日)前后,鲁白野之历史叙述的视角开始由“族群”(the ethnic)转向“国族”(the national),由“中国性”

① 威北华:《迟行草》,收入鲁白野:《黎明前的行脚》,第105页。

转向“华人性”和“公民权”，强调落地生根、种族融合的必要性，推动一个“想象的共同体”转化为现实。这方面首先应讨论的是《马来亚》。此书完成于1958年10月，适逢马来亚独立一周年。作者重溯国史，走笔所至，充满爱国主义的地方感，明确取代了中国原乡和血缘神话。此书扉页的上端，是以华巫两种文字写的马来亚国徽上的格言“团结是力量”，其下的一段话：“我国在今日的混乱动荡世界中，是一个和平的国家”，来自建国首相东姑·阿都拉曼的国庆一周年讲话。鲁白野在序言中动情地写道：

> 我爱马来亚。
>
> 不只是因为自己是在祖国芬香的土地上诞生，不只是因为自己喝过了吡叻河甘甜的河水，是在锡矿的红泥浆打滚过的一位野孩子；我爱马来亚，因为祖国已跟上了亚细亚历史的坚强脚步勇敢向前走，因为祖国河山已换上了新装，人民在呼吸着新鲜的自由空气。……我国的独立是来到了，和平建国的日子已降临在我们被祝福的土地。我们今后的生活重心，将是在建设。我相信，每个热爱祖国的人，都有献身给建设的壮志和热情，让我们万众一心，朝向最美好的方向挺进。

在马来亚独立之前，亚洲大陆的许多国家赢得了独立，包括印度、巴基斯坦、菲律宾、印尼、缅甸、越南，等等。因此在“亚洲觉醒”的时代浪潮中，马来亚的独立建国乃是历史发展的必然结果。准此，鲁白野的国族认同大跨度地转向了南洋本土，不再完全从“族群”角度诠释马来亚，而是从“国族”框架重新理解马来亚，强调多元种族、一体并存的政治愿景。这种思想立场的转变除了国家独立的因素之外，还有其他话语的支持。例如，在文艺层面，发生于1947—1948年的“马华文艺独特性”和“侨民文艺”的论争，有苗秀、赵戎、周容等作家的加入，使得本土意识深入人心。在社会历史层面，从1945年到1959年，新马华人社群的政治认同发生了急剧转向，由落叶归根的侨居模式转向落地生根的定居模式。

《马来亚》纵谈国家的历史渊源、地理境况、劳工风潮、政治精英等八个方面。关于人口结构、经济模式、物产资源、独立运动的四章,每章都以三四十页的篇幅,展开繁复精密的论述,是全书的重点所在,因为“多元种族”是客观事实,“经济制度”有民族特色,独立建国属于“时代精神”。在叙述三大问题时,鲁白野设置的还是“国族与族群”的叙事结构,分析三大种族的历史源流及其在社会结构中的位置,讨论他们在建国过程中的成就,朝向多元种族的平等政治和反殖独立的尊严政治。论及华人的历史贡献,鲁白野描述族群迁徙的事实,没有区分方言群体和地域认同(福建人、潮州人、广东人、海南人、客家人),而是笼统以“华人”呼之,突出“公民身份”与“国族认同”。鲁白野关注“去殖民化”和“解放政治”等宏大议题,特别提到马国人民党的政治纲领,对其激进政见表示赞赏。这些政见包括:与劳工党合并成为社会主义阵线,废除过去所有的殖民地法律,坚持独立自主、自力更生的建国道路,外国军队退出马来亚,拒绝外国势力干涉,通过符合独立精神的法律,废除不平等条约,提倡国际主义,呼吁亚非拉国家精诚团结,支持其他殖民地的独立斗争,没收私人财产,实行国有制,公民不分种族,实行同工同酬制度,反对种族主义,要求星马合并。[①] 在国族叙事的框架内研讨马来民族的本质,鲁白野回顾了过去四百年外来势力侵占马来半岛的沧桑历史,提到眼下在亚洲蓬勃发展的民族主义浪潮,给予积极评价:“政治觉醒,已使马来民族加强团结,汇成一股不可轻视的强大力量,这民族是有前途的,它的本质是优秀的。”[②]出于种族团结、合作共进的政治憧憬,鲁白野对建国伟业发出前瞻性的断言:“在民族自觉与反对殖民地主义浪潮汹涌澎湃的今日,我们的建国,是只许成功,不能失败的。”[③]在全书结尾,他特别指出,如果要追

① 鲁白野:《马来亚》,第 164 页。

② 同上书,第 194 页。

③ 同上书,第 212 页。

求国家的和平繁荣与社会的平等幸福,那么,独立后的马来亚不但要迈向政治独立,而且要争取经济自主:

> 我们当然不希望在将来再见到农人的贫穷,劳工失业,与农村破产的现象,我们盼望能见到数不清的工厂在祖国的原野上成排站起来,看到劳动人民过着幸福美好的生活,深山要向人民的劳动低头,原野要被人民的劳动去改造,新的社会与生产关系被建立起来,让马来亚三大民族继续大踏步地在历史的康庄大道上迈进!①

从华人的族群景观到种族团结与国族叙事,鲁白野的民族主义热忱,于焉达到高潮。

这种本土意识和国族认同不但彰显于鲁白野的历史散文,在其文学世界也同样展露端倪。《秋天寄简》作于1956年8月,"我"谈到知识青年的分化,反对一位名叫灼的知识女性归返中国,坚决主张她留在新马土地上:"让我们就在自己祖国的土地上痛苦吧。我们死也要死在这土地的胸脯上。"②《黎明前的行脚》作于1957年8月,马来亚独立的前夜,洋溢着爱国主义的情操:"人们在以兴奋心情激昂议论着祖国的新生,议论着应该来迎接这历史上最伟大的节目,要怎样好好地珍惜将要得到的自由,怎样好好地运用这宝贵的自由。……马来亚的心脏是在更剧烈地跳动。在山城,在海市,在大森林,在田野,默迪卡的吼声在飘扬。"③因此在鲁白野的笔下,海外华人的文化认同不是一个静止、固定、单一的事物,它发生了从"族群"到"国族"的转向。这当中既有客观历史的因素,也可以从西方理论得到支持印证。正如霍尔所说:"认同概念不是本质主义的,而是策略性的(strategic)、位置性(positional)的概念。也就是说,认同这个概念与其固定的语义学涵

---

① 鲁白野:《马来亚》,第213页。
② 鲁白野:《秋天寄简》,收入鲁白野:《黎明前的行脚》,第119页。
③ 鲁白野:《黎明前的行脚》,收入鲁白野:《黎明前的行脚》,第122页。

义直接相反,它不是标志着自我的稳定核心:从开端到终点,纵贯整个历史盛衰,毫无变化地展现着;只有小部分自我,经常已经保持相同,跨越时间而等同于自身。"①

不过,鲁白野很快就失望地发现,独立后的马来亚在宪法中设有不公正的条款,种族歧视事实上是被牢固地制度化了:

> 宪法是明文规定保护马来人的特权的,例如关于森美兰与马六甲的世袭土地,与丁加奴及其他各地的马来人保有地。关于联合邦政府的公务人员,五分四必须是由马来人来担任。马来人是有优先权可申请若干商业部门的营业许可证,例如公路运输业与巴示车之营业。马来人亦可优先领取奖学金或助学金。黎德调查团本提议此方法只可再实行十五年。但是,宪法并未有此规定,仅言明最高元首亦须保障其他各族的合法权利。②

尽管如此,鲁氏仍然文过饰非,对马国政府大唱赞美诗:"政府在施行公正与自由的,健全与进步的政策,永远在争取人民的福利与快乐的日子,维持世界万国间的公正和平,结果在国内是有安定的政治与巩固结实的贸易与商业。"③就在鲁白野逝世八年后,马国发生了震惊世界的"五一三事件",它对华人社会造成的创伤,迄今尚未抹平,鲁白野倘若九泉之下有知,不知该做何感想?这本书盛赞建国首相东姑·阿都拉曼的贡献:"独立的马来亚新国骄傲地站起来,成为新亚洲的骄子,成为亚洲人民的新希望。"④第八章"建国的工程师"描述东姑的传奇人生,将其塑造成种族主体、国族主体、男权主体,如此"三位一体"的光辉形象,亦不免有"造神"的嫌疑了。

---

① Stuart Hall, "Introduction: Who Needs 'Identity'?" in Stuart Hall and Paul du Gay eds., *Questions of Cultural Identity* (London: Sage Publications, 1996), p. 3.

② 鲁白野:《马来亚》,第161页。

③ 同上书,第161页。

④ 同上书,第169页。

（二）阶级、种族与性别

事实上，鲁白野的国族叙事不仅涉及马中两国关系，马国内部族群关系，独立运动与国族认同，还包括马英两国关系、马国内部的阶级冲突和性别政治。

吴进指责宋旺相的《星洲华人百年史》流露出英雄史观、精英主义和帝国主义意识形态，指出只有社会名流才是他心目中开拓南洋的英雄，那些默默耕耘、流血流汗的草根华人，根本进入不了他的法眼，这些普罗大众遭受“选择性遗忘”，沦为南洋的“没有历史的人民”。[①] 那么，和吴进的左翼立场相比，鲁白野的历史叙事有哪些独特处？鲁氏的中心关怀是族群景观和国族叙事，涉及阶级维度与社会正义。《马来亚》揭示阶级分化的社会现实，在历史叙述中带有阶级意识，在评价经济结构的历史性变迁中采用阶级分析方法，暴露贫富悬殊的社会现实，罗列劳工运动和工会组织，提倡社会主义的公理与正义。《马来亚》之第六章是“劳工运动”，纵谈劳工阶层的命运，呼吁弭平阶级鸿沟，落实平等政治和尊严政治：

> 劳动创作世界，创造了我国的经济繁荣。但是，在我国早期建设中立下最大功劳的工人阶级，不但没有享受这美好的成功果实，他们流血汗艰苦劳作，甚至是献出生命搏来的反而是悲惨与可怕的辛酸命运。
>
> 我国劳工的主要两大集团，印度与华人劳工，前者是以犯人

---

① 吴进（杜运燮）的原话如下：“他眼中的华人又只限于一百多个成功的头家，其他千千万万华侨劳工，当然不在他眼里，所以把这本书看做‘头家列传’，一点也不冤枉。星洲开埠一百年，华侨自二十人（也有人说莱佛士登陆时一个也没有）增加到三十多万，据一九二一年的人口总调查，华人总共315877人，其间死于‘七洲洋’帆船上的，赤道烈日下的，森林毒虫猛兽的，又不知凡几。但宋旺相书中曾特别提及并附列传的华人一共只有一百五十几个头家，其中有的用数页，有的只用数行介绍。”参看吴进：《头家列传》，收入吴进：《热带风光》（香港：学文书店，1951年），第108页。按：此处所谓的“南洋与没有历史的人民”的说法，套用美国人类学家埃里克·沃尔夫（Eric Wolf）的《欧洲与没有历史的人》（*Europe and the People Without History*，1982）的书名。

> 身份被解至星马,后者则被奸商欺瞒,当做“猪仔”贩卖以博厚利。当年的劳工披荆斩棘,冒瘴疠之险,终日辛苦工作,只换来菲薄的酬报,在监工严密监视下,连休息的机会都没有,那里还谈得到工会的组织。[1]

这里表现出鲁白野关怀普罗大众的人道主义温情。1899 年以后,海峡殖民地政府和马来亚各州设置“华民护卫司”,颁布法令,改善契约工人的工作条件和合法利益,结果,资本家在立法议会发表演说,强烈反对这个法令。鲁白野对此愤怒抨击道:“这种反动的要求,甚至连一个殖民地政府都不会接受。”[2]

《马来亚》强调劳工神圣,正视阶级压迫和阶级鸿沟的存在,仔细梳理了工会组织在马来亚的发展史略。新加坡在 1869 年成立的北城行,是马来亚最早的工会,代表广东建筑工友的利益。之后,各种工团相继成立,到抗日战争在 1941 年蔓延于马来半岛,马共在新加坡主持的总工会已经诞生,共计有 70 个工团参加,并且协助政府成立抗日军捍卫新加坡,给登陆作战之日军以重创。日军投降后,泛马职工联合会成立,劳工运动在马来亚蓬勃展开。到 1948 年,各地工会达到了 302 个,其中 129 个有左倾色彩,会员总数共 15 万人,几乎囊括了各种职业,但由于历史原因,工会组织内也有种族歧视,鲁白野对此深表遗憾。为捍卫工人的合法权益,1947 年新加坡出现的 35 万工人的大罢工,有强烈政治色彩。从 1947 到 1965 年,短短九年内,马来亚罢工次数高达 1114 次,参加人数达到 212324 人次。[3] 鲁白野在回顾历史的基础上提出了前瞻性的看法:马国工人阶级不能安于现状,必须抱负远大,如果要想把马来亚建设成为一个民主自由的国度,本国工人阶级必须发展一个强大独立的工会运动。不过,他虽然指明阶级斗争的

---

① 鲁白野:《马来亚》,第 132 页。

② 同上书,第 133 页。

③ 同上书,第 133—138 页。

合法性,但不鼓吹左翼思潮和暴力革命。鲁白野指出,劳工运动一方面蕴含平等政治和尊严政治的必然要素,另一方面具有超越自身的远大的解放动能:

> 在马来亚,宗教是不能使人民团结起来的,文化亦不能够,除了是经济的因素,因为经济活动是我国种族繁多的社会唯一的共同因素。在原则上,工会组织是完全没有种族或宗教信仰色彩的。因此,通过工会运动,是可能促使我国各民族的精诚团结。强有力的工会运动,不但能为马来亚人民谋幸福美好的前途,亦可能催促真正的社会主义在我国土地上萌芽壮大,甚至催促福利国家的诞生。①

"社会主义"作为崭新的社会制度和意识形态,鼓吹平等政治和尊严政治,在二战后流行于东西方世界。鲁白野盛赞社会主义的种种好处:

> 人民党的前途比较明朗,因为它是社会主义的政党。在过去,马来亚的社会主义政党之领袖与基层群众,一向都不是马来人。人民党的出现,也许将摆脱此一传统,消除了马来人的民族主义的狭隘圈子,开拓出一条新的康庄大道。②

> 唯有社会主义方能使马来亚摆脱其狭隘的种族主义色彩,形成真正的,与进步的民族主义。③

他还提到马国右翼联盟施行的政策近乎社会主义,颇得普罗大众的欢心,还谈到新近成立的社会主义阵线。④ 他当然也注意到,马来亚进入紧急状态后,英国殖民当局戮力打击马共势力,工人运动受到沉重打击。

值得寻思的是,鲁白野的历史叙述除了从族群到国族的焦点转

---

① 鲁白野:《马来亚》,第139页。
② 同上书,第197页。
③ 同上书,第165页。
④ 同上书,第163页。

移、本土意识和地方之爱的强化之外,他对莱佛士和英国殖民管控的观点,暴露出被殖民者的“西方主义”(Occidentalism)意识形态以及“爱恨交加”(ambivalence)的情感态度①。《狮城散记》是对新加坡历史的回顾,除了强调华侨华人的贡献之外,复制殖民主义者的历史叙事,把莱佛士登陆星洲的1819年作为新加坡历史的起点,这沿袭了流行已久的官方立场,对此前隐没不彰的“史前史”,鲜少论述。② 鲁白野在阐释历史事件时暴露了这种暧昧而矛盾的态度。《莱佛士登陆情景》详述新加坡开埠经过,提到当时的马六甲尚属荷兰殖民地,莱佛士在1819年1月28日在新加坡河口上岸,与柔佛州的天猛公缔结条约,割让新加坡为殖民地。③《莱佛士智取星洲》赞扬莱佛士“在南洋建立英属东印度的帝国版图”,肯定他率军在爪哇战役中击败荷兰人,为大英帝国的拓土开疆立下汗马功劳。鲁白野透露,莱佛士选中新加坡作为自由港和殖民地,不但引起荷兰人的强烈反对,而且招致远在槟城的英国殖民官吏的妒忌;莱佛士凭借合纵连横、折冲樽俎的政治智慧,终于在竞争中胜出。鲁白野对此称赞道:“莱佛士宣布星洲为自由贸易港口,不但打破了荷兰殖民者操纵南洋商业的专利权,且已刺激了本坡的商业及人口,以最大速度向前猛进。”④《英人取星之几个条约》提到当时星洲的主权属于驻扎在印尼廖内的苏丹胡新,由其部属天猛公管理星洲的行政事务,英国通过几个条约,胁迫利诱,巧取豪

---

① 关于“西方主义”概念,这里采纳陈小眉的相关论述,参看 Xiaomei Chen, *Occidentalism: A Theory of Counter - Discourse in Post - Mao China* (New York: Oxford University Press, 1995)。

② 开埠前的新加坡历史,学界有不少研究,例如曾铁忱:《新嘉坡史话》第2集(新加坡:南洋商报社,1962年),第1—35页;郑文辉:《开埠前的新加坡》(新加坡:新邦文化出版社,1974年);陈育崧:《一八一九年以前的新加坡》,收入陈育崧《椰阴馆文存》第1卷(新加坡:南洋学会,1984年),第47—65页。郑文辉说:“当莱佛士还未登陆新加坡时,新加坡曾一度是东南亚的贸易中心,那是十四世纪的‘单马锡’时候,很多华人已经到这里拓殖了。”参看他的《新加坡从开埠到建国》(新加坡:教育出版社,1977年),第43页。

③ 鲁白野:《莱佛士登陆情景》,收入鲁白野:《狮城散记》,第40—42页。

④ 同上书,第46—48页。

夺,终于完全吞噬了新加坡。[1] 作者在叙述这些历史事件的时候,往往缺乏批判和谴责,处处赞赏殖民者的智谋和仁政。毫无疑问,帝国主义和殖民主义是近代世界史的构造,鲁白野歌颂"温和仁慈"的殖民主义,但并不反对"殖民主义"本身,不免令人失望。

论及英国殖民当局与华侨华人的关系,鲁白野歌功颂德的调子就更高了。《狮城散记》的开篇即是《十九世纪的星洲华侨》:

> 他是一位很公正的,有远大眼光的政治家。他知道星洲在初初萌芽的时候,不但很需要华侨的培植,将来星洲的前途也是系在华侨身上,因此他在他的训令中屡屡指令优待华侨,给华侨在星享有一个合法的而又是平等的地位,举凡政治上,商业上,或是教育上的华侨权利,都由政府小心翼翼地保护着。以后,华侨地位的会被尊重,我们是应该特别感激莱佛士的。[2]

《莱佛士与华侨》老调重弹:莱佛士是一个眼光远大的政治家,他开拓星洲的努力遭遇了英伦政府大员的百般阻挠,但是他力排众议,知难而进,最终大获全胜。莱佛士鼓励华侨到此居住,赞扬华侨的勤劳节俭,邀请马礼逊博士前来办学,推广华文教育。[3] 鲁白野赞扬莱佛士以奴隶制违背英国传统的自由精神为借口,罢免了支持奴隶贸易的下属,释放武义士商人赠送给他的一批奴隶。[4] 此外,《初期的官民关系》[5]《星洲的总督》[6]《纪念莱佛士》[7]《创建槟城的莱德船长》[8]也是为英国殖民者涂脂抹粉、歌功颂德的作品。事实上,其他文化人对此

---

① 鲁白野:《英人取星之几个条约》,收入鲁白野:《狮城散记》,第 49—51 页。

② 鲁白野:《十九世纪的星洲华侨》,收入鲁白野:《狮城散记》,第 3 页。

③ 鲁白野:《莱佛士与华侨》,收入鲁白野:《狮城散记》,第 43—45 页。

④ 鲁白野:《奴隶之乡》,收入鲁白野:《狮城散记》,第 80 页。

⑤ 鲁白野:《初期的官民关系》,收入鲁白野:《狮城散记》,第 52—53 页。

⑥ 鲁白野:《星洲的总督》,收入鲁白野:《狮城散记》,第 58—61 页。

⑦ 鲁白野:《纪念莱佛士》,收入鲁白野:《马来散记》续集(新加坡:世界书局,1954 年),第 170—172 页。

⑧ 鲁白野:《创建槟城的莱德船长》,收入鲁白野:《马来散记》续集,第 173—176 页。

有更为客观、自尊的看法。譬如,崔贵强严正指出:

> 星马的进步和繁荣,并非统治者一手造成的。英政府占领星马后,为了实现经济剥夺的主观愿望,便不得不使尽各种法宝来开发星马,所以星马的进步与繁荣,只是英国人配合主观的愿望,制造出来的客观事实。再说,进步与繁荣,是华巫印三大劳动人民,用他们的血泪铸造出来的。是这些广大的劳动群众,推动了历史的发展。没有他们的牺牲,政府是无能为力的。英国的统治政策,其本质是维护欧人资本家的权益。在这大前提下,广大的劳动人民成了被利用的工具与被剥削的对象。在他们身上,政府取得那么多,却花得那么少。①

因此,崔贵强呼吁重写新马历史,把“颠倒”的历史重新“颠倒”过来。相比之下,鲁白野在西方主义的支配下,对于殖民主义缺乏反思、批评与抗议,他过分美化了莱佛士、莱特等殖民者的“慈父”形象,有严重的自我殖民化倾向。

进而言之,在历史叙事中暴露的这种价值立场,其实取决于鲁白野在殖民地历史境遇中形成的位置性(positionality)。从1511年开始,马来亚即沦为西方列强的殖民地,四百年来饱受荷兰、葡萄牙、英国、日本的轮番殖民统治,生活在这个地理空间中的华侨华人,很容易也很自然地把殖民者当作历史主体、拯救者和文明开化者。尤其是当英国殖民者与荷兰殖民者、西班牙殖民者、葡萄牙殖民者相比,显得较为“温和仁慈”的时候,南洋华人更倾向于自我矮化,主动抹杀被殖民者对于平等、尊严与人类正义的诉求。准此,幻象变成了“常识”或不言自明的“公理”,变成了一种流行已久的意识形态,或者说是“人同现实的想象性关系”(阿尔都塞)。在南洋社会的精英和“没有历史的

---

① 崔贵强:《透视英国统治星马的本质》,收入崔贵强:《星马史论丛》(新加坡:南洋学会,1977年),第168页。

人”那里,这种意识形态内化为无意识的结构,变成了历史叙事的价值准则。必须指出一点,新马华文文学,从1920年代的“新兴文学”,到1950年代的“爱国主义大众文学”,到1990年代的“后殖民文学”,例如,张挥的《十梦录》、张曦娜的《爵士、雕像与我爸》、希尼尔的《如何测量一根薯条的长度》,都把“去殖民化”(de-colonization)作为中心关怀。① 鲁白野与他们相比,不免相形见绌了。令人遗憾的是,鲁白野在写作《狮城散记》和《马来散记》时,“去殖民化”还不是他自觉意识到的思想内容。与他不同的是,巴素、崔贵强、郑文辉等人对莱佛士开埠的历史叙述,显得客观中性、稳健节制。② 当然,这其中有文学修辞和历史叙事的差异。

鲁白野的历史叙述还存在另一个有违“政治正确”的思想倾向,即遗忘了“女性”的存在,结果,他笔下的成功人士一律都是男性(华人、白人、马来人、印度人等)的光辉形象。无论族群景观还是国族叙事,女性都被有意无意地忽略、遮蔽和遗忘了,最终沉没于历史地表之下。这种性别政治意识暴露了鲁白野的男权立场。只有到《印度印象》这本书中,他才开始肯定女性的地位、贡献和潜力,所谓性别平等的意识才终于出现。③

总而言之,鲁白野的文化—政治论述,交织着从个人到族群、从国族到区域的主题变奏,蕴含丰富驳杂的内容:爱与死的罗曼司,奋斗与失败的记忆,战争与和平的轮替,现代民族—国家的兴起,亚洲觉醒的浪潮,国际主义的憧憬。本章企图突破小说、诗歌、散文与学术著作的

---

① 至少有两种类型的“去殖民化”,一个是殖民地人民为追求主权独立和尊严政治而展开的批评性想象与激进政治实践;另一种是殖民者以退为进,主动采取措施以缓和宗主国与殖民地的紧张关系,试图淡化和隐藏不平等的权力关系。对于后一种“去殖民化”,法农的《垂死的殖民主义》(*A Dying Colonialism*)和《朝向非洲革命》(*Toward the African Revolution*)有深刻的批判。

② 巴素著,刘前度译:《马来亚华侨史》(槟榔屿:光华日报社,1950年),第48—66页;郑文辉:《新加坡从开埠到建国》(新加坡:教育出版社,1977年),第21—38页;崔贵强:《新加坡华人:从开埠到建国》(新加坡:教育出版社,1994年),第9—10页。

③ 鲁白野:《印度印象》(新加坡:世界书局,1959年),第152—158页。

文类疆界,观察鲁白野如何辗转于马来亚、印尼、新加坡之地理空间与文化网络,评述他的(非)虚构文学作品如何再现个人经验和历史想象,如何表达族群景观与国族叙事;观察他的南洋图像在历史、文化与政治的层面如何发生碰撞、推移与嬗变,以及他在思考后殖民尊严政治时所流露出来的洞见与不见。希望上述的探讨证明:这些著述不但具有文学史价值,而且为东南亚历史研究、海外华人研究、离散研究、后殖民研究提供了丰富生动的第一手资料,值得后来者做进一步探索。

第七章　家园、离散与身份政治

——吕育陶的"地方书写"

引言　朝向"文学地理学"

1970 年代以来,文化地理学和人文地理学走向蓬勃。学者们将地理学从传统学科建制中解放出来,把空间(space)、地方(place)、位置(location)、地景(landscape)等范畴置于中心地位,而且与情感、体验、价值、意义等人文范畴相结合,通向记忆、种族、权力、政治、认同等思考方向,为重新理解地理学与文化艺术提供新的批评界面。[①] 如是,如何理解文学和地理的关系?英国学者克朗发现,文学中充满对空间现

① John Barrell, *The Idea of Landscape and the Sense of Place*, 1730 – 1840 (Cambridge: Cambridge University Press, 1972); Alan Gussow, *A Sense of Place: The Artist and the American Land* (New York: Seaburry, 1974); Yi – Fu Tuan, *Space and Place: the Perspective of Experience* (Minneapolis, MI: University of Minnesota Press, 1977); Barbara Bender ed., *Landscape: Politics and Perspective* (Oxford: Berg Publishers, 1993); W. J. T. Mitchell ed., *Landscape and Power* (Chicago: the University of Chicago Press, 1994); Chris Fitter, *Poetry, Space, Landscape: Toward a New Theory* (New York: Cambridge University Press, 1995); Simon Schama, *Landscape and Memory* (London: Vintage, 1995); Wendy Joy Darby, *Landscape and Identity: Geographies of Nation and Class in England* (Oxford: Berg, 2000); Pamela J. Stewart and Andrew Strathern eds., *Landscape, Memory and History: Anthropological Perspectives* (Sterling, VA: Pluto Press, 2003); Niamh Moore and Yvonne Whelan eds., *Heritage, Memory and the Politics of Identity: New Perspectives on the Cultural Landscape* (Burlington, VT: Ashgate Publishing Company, 2007); Attie de Lange et al. eds., *Literary Landscape: From Modernism to Postcolonialism* (New York: Palgrave Macmillan, 2008); Divya Praful Tolia – Kelly, *Landscape, Race and Memory: Material Ecologies of Citizenship* (Burlington, VT: Ashgate Publishing Company, 2010);迈克·克朗著,杨淑华、宋慧敏译:《文化地理学》(南京:南京大学出版社,2005 年);Tim Cresswell 著,王志弘、徐苔玲译:《地方:记忆、想象与认同》(台北:群学出版社,2006 年)。

象进行描写的诗歌、小说、故事和传奇,体现了对空间现象进行理解和解释的努力;文学不能简单地视为对某些地方的描绘,许多时候是文学作品说明、创造了这些地方;地理学和文学同样是关于地方和空间的写作,都有非常重要的意义。[①] 我认为,人文地理学与文化地理学的兴起,亦为马华文学研究贡献了进路和可能性。[②]

在人才辈出的马华诗坛,吕育陶颇负时誉。他祖籍广东顺德,1969 年出生于马来西亚槟城乔治市,现在就职于吉隆坡一家投资银行信息部。自 1980 年代至今,吕氏已经为马华现代诗奋斗了 20 多年。其诗集《在我万能的想象王国》《黄袜子,自辩书》《寻家》[③]无疑是马华诗坛最惊艳的收获之一,体现出惊人的创造力和批判性想象,被誉为"马华诗坛最富风华的标杆""当前马华诗坛最强的几位诗人之一"。吕氏的诗歌肖像迥乎时流:质地绵密坚实,气度雍容浩荡,自由出入于历史与现实之际,把抒情与反讽、弹性和张力作巧妙的综合。就主题来说,除了都市文明批判和对华族文化不移的信心之外,往往指向对民主文化、平等政治、尊严政治的诉求。吕氏一度醉心于都市风华,后现代诗风浓烈,语言、意象、理念借鉴台湾诗人林燿德、陈克华而有踵事增华之功[④],所幸他后来摆脱影响的焦虑而实现"风格的炼成"[⑤]。我认为,把吕氏三部诗集合而观之,"抗争政治"可说是他的中心关怀,无论是都市经验的再现还是童年故乡的追忆,乃至人情物理和生活感悟的描绘,常有政治讽喻在。本章探讨吕育陶如何透过"地方书写"以表达华人社群的历史记忆和认同政治,但是,在展开正式论

---

① 迈克·克朗著,杨淑华、宋慧敏译:《文化地理学》,第 39—42 页。

② 王德威以台湾作家陈映真和马华作家李天葆为例,说明华语文学的兴起及其动能,参看《文学地理与国族想象:台湾的鲁迅,南洋的张爱玲》,台北《中国现代文学》第 22 期(2012 年 12 月),第 11—38 页。

③ 吕育陶:《在我万能的想象王国》(吉隆坡:千秋事业社,1999 年);《黄袜子,自辩书》(吉隆坡:有人出版社,2008 年);《寻家》(吉隆坡:雪隆兴安会馆,2014 年)。

④ 参看张光达:《在我万能的想象王国》之序言"诗人与都市的共同话题"。

⑤ 参看陈大为:《黄袜子,自辩书》之序言"风格的炼成"。

述之前,有必要对相关的理论概念稍作介绍。

“空间”“地方”是两个高度相关的关键词。福柯一针见血地指出,长期以来,时间、历史、时段、序列在理论意识中占有不可摇动的霸权地位,扼杀了人们对空间、地理、区域和共时性的批判敏感性。[①] 勒菲弗尔(Henri Lefebvre,1901—1991)区分比较抽象的空间(绝对空间)以及有意义的生活空间(社会空间),在他的理论中,空间的生产介入了政治、权力、意识形态的争斗。[②] 苏贾(Edward Soja)把“第三空间”(Third Space)的概念发扬光大,认为作为社会过程的结果的物理学空间是第一空间,人的情感、欲望、价值、文化等构成了第二空间,至于人们的生活世界则构成“第三空间”。[③] 段义孚区分了空间和地方:地方表达了人类面对世界的态度,强调的是主体性和经验;空间适合空间科学和经济理性的抽象概念观察,地方适合价值与归属的讨论。[④] 提姆·克雷斯韦尔(Tim Cresswell)指出,地方是人类创造的有意义空间,人以某种方式而依附其中的一个有意义的位置。空间有别于地方,被视为缺乏意义的领域。当人将意义投注于局部空间,然后以命名等方式依附其上,空间就变成了地方。[⑤]

回到正题上来。本文对吕育陶诗中的地方想象展开分析。其一,认为它借以表现个体生命的自我认同和马华族群的离散经验,也批评全球化和发展主义如何抹平了区域差异、削弱了个人的地方之爱。其二,吕诗的地方书写再现了华族的创伤记忆,通向对制度化马来种族主义的批判,最终表达的是作者对民主文化、平等政治和普遍人权的憧憬。

---

① 苏贾著,王文斌译:《后现代地理学:重申批判社会理论中的空间》(北京:商务印书馆,2004年),第15页。

② Henri Lefebvre, *The Production of Space*, trans. by Donald Nicholson - Smith (Cambridge: Blackwell, 1991).

③ 苏贾著,陆扬译:《第三空间:去往洛杉矶和其他真实和想象地方的旅程》(上海:上海教育出版社,2005年)。

④ Yi - Fu Tuan, *Space and Place*, p. 6.

⑤ Tim Cresswell 著,王志弘、徐苔玲译:《地方:记忆、想象与认同》,第19页。

一　家园、自我认同与“地方感”

近代城市的出现建基于历史进化论和启蒙主义的思想遗产。在现代主义者那里,城市因为丧失了自然节律以及与大地的有机联系,其精神意义已荡然无存:“城市既容纳又组织生命能量。当这个容器在道德上处于完满状态时,物质的和精神的能量就以向心的方式和谐相处;当它在道德上有缺陷时,就离心离德,陷入一片混乱。在表面的秩序下面,总是藏着可能爆发出来的无序。”①都市生活的特质被认为是单调平庸、机械性的运动,缺乏激情、梦想和创造力。② 吕育陶的地方书写集中在他对吉隆坡和乔治市的文学想象。双城在吕诗中的形象不大相同。诗集《在我万能的想象王国》的不少诗篇传达诗人对吉隆坡的观感(虽然没有直呼其名),例如《末世纪寓言》《紫外线》《天地间只剩下无数根试管》《G公寓》。这个城市充满喧嚣混乱,置身其中的诗人感到疏离感和末世感挥之不去。科幻寓言、超现实主义和反童话的形式,配合反浪漫、丑陋的美学、语言魔术和去人性化的美学技艺③,表现城市人的情感空虚、道德缺陷以及诗人对失败政治的抗议。甚至连厕所、电梯、邮局、候机楼等空间都被形诸笔墨,这些都是以流动性、短暂、倏忽无常为特质的“非地方”(non-place)④。

---

① 利罕著,吴子枫译:《文学中的城市:(知识与文化的历史》(上海:上海人民出版社,2009年),第180页。

② 海默尔著,王志弘译:《日常生活与文化理论导论》(北京:商务印书馆,2008年)。

③ 关于丑陋的美学和语言魔术,参看弗里德里希著,李双志译:《现代诗歌的结构——19世纪中期至20世纪中期的抒情诗》(南京:译林出版社,2010年);关于艺术的“去人性化”现象,参看伊加塞特著,莫娅妮译:《艺术的去人性化》(南京:译林出版社,2010年)。

④ 人类学家Marc Auge提出“非地方”的概念,它包括流通空间(高速公路、航空路线),消费(百货公司、超级市场)与传媒(电话、传真、电视、有线电视网),它们是大家不必生活在一起就可以共存和同居的空间,与特殊历史和传统无关,是临时、短暂、瞬间的位置,是以移动性为特色的无根的地方,基本上是旅行者的空间。参看Tim Cresswell著,王志弘、徐苔玲译:《地方:记忆、想象与认同》,第78页。

诗集《黄袜子,自辩书》和《寻家》重现故园、家屋等更有情感归属的地方,乔治市的地景、风物和人情焕发出动人的声色。《餐桌》两首、《浮生》《透过祖父的骨灰阁望出去》是含有成长主题的自传性文本,地方感透过词与物的组合而彰显,在个人生命成长的回顾中展示时空坐标中的自我认同。段义孚说:“地方以各种规模存在着。在一个极端,一把最喜欢的扶手椅是个地方;在另一个极端,整个地球也是地方。”[①]按照常人的理解,“餐桌”作为日常生活中随处可见的对象,显然缺乏内在的诗意和美,但在吕氏充满温情的笔下,它凝聚着家庭成员的伦理情感,蕴含着个人从童年到中年的心路历程,可说是一个具体而微的地方。《餐桌Ⅰ》的大部分诗句是从儿童视角描写“我”之日常生活的内容:一日三餐,与长辈在餐桌边欢聚的时光,无忧无虑的游戏。诗的结尾是这样的:

> 迁离天真的时光以后
> 餐桌是一片发亮的光盘存盘所有记忆
> 是一颗安眠药、止痛药
> 想起云端的祖父
> 姑婆
> 缺角的大碟子
> 又仿佛是一颗纽扣
> 牢牢
> 钉在最靠近胸口的地方
>
> 钉住,永远饱满的梦[②]

语言简洁有力,围绕“餐桌”这个日常生活意象,编织有意味的细节,

---

① Yi－Fu Tuan,*Space and Place*, P. 149.

② 吕育陶:《餐桌Ⅰ》,收入吕育陶:《寻家》,第14—15页。

情感沉潜内敛,并无感伤浪漫之弊,结尾收束有力,带出哀乐中年的情怀。在《餐桌Ⅱ》中,大部分时间被单调乏味的工作所消耗,科技进步为生活带来方便,“餐桌”旁边再也没有童年时光和家园故土的欢乐,生活压力逼使人放弃了对理想事业的追寻:

角的锐气已被岁月
打磨得细滑
像巨木,被切割成板
压缩成餐桌
安守本分

日复一日
理想骰子般
在生活的棋盘一格一格滚动。①

“餐桌”这个中心意象反映主人公的生命成长、认识外部世界的过程,和调整自我和现实关系的过程。两首《餐桌》中“地方感”的形成,有赖于整体性的对比结构。其一,视觉性的物体形状的对比。第一首诗中,与圆相关的意象出现九次,强调“和谐圆满”的生活理想。第二首诗中,圆形意象被长方形、正方形取代。透过视觉形象的转变,诗人暗示时间感的形成和身体主体的成长。其二,儿童和成人的动作对比。在《餐桌Ⅰ》中,通过“我”的跑进跑出的动作,描绘儿童自由自在的身心特征,这种日常生活的身体移动制造出“时空惯例”(time-space routine),儿童对地方的情感依附由此产生。人文地理学家西蒙(David Seamon)说过,理解地方的关键成分之一是“身体移动性”(bodily mobility),或者说,身体在空间中的日常移动,“由个人自己展开的身体或身体局部的任何空间移置(displacement)”,身体移动性在空间与时间

① 吕育陶:《餐桌Ⅰ》,收入吕育陶:《寻家》,第17—18页。

里结合，产生了存在的内在性和强烈的地方感，那是一种地方内部的生活节奏的归属感。然而在《餐桌Ⅱ》中，成年的“我”被生活和工作中各种几何形状的物体和空间所限制，无法展开儿童般的身心自由移动，难以形成地方感。

再看《浮生》的家园想象。“浮生”一词源于道家哲学，意指人生短暂虚浮，相关成语有“浮生若寄”“浮生若梦”等。“浮生”较为陌生的含义是植物浮在水面上生长，这给人以空间、无根和流动性的视觉印象。诗题兼有人生短暂和漂泊无根两层意思，作为家园故土的槟城铭刻着生命成长中的生离和死别、眷念与忘却。开篇以不容置疑的判断句口气，陈说自我与故土的情感中断：“终于我确实有了不回岛城的理由/坚固，厚实如砖墙的理由”，“岛城”指的就是槟城，马国开埠最早的城市之一，也是离散华人的聚居地。1960—1970年代，吕育陶在这里度过了童年和少年时代。随着诗行推进，“葛尼道”“陇山堂邱公司”“浦种”“双威镇”等出现了；然而，“地方感”主要是地方的人与事激发出来的亲密体验：

在内心城府幽深的王国
停着一辆车篮装满蔬菜鲜肉
菜市回来的斑驳脚车

他帮13岁的侄儿洗涤
汗臭的校服
她召一辆三轮车
接割盲肠的19岁侄儿出院

而去年死神突然拔除
她微弱如腕表的呼吸

当我合十，插上最后一炷香

我确实知道这岛
随着最后的家园飘散
在袅袅遗烟中
已沉落成旅游地图一个景点
右腹那道割盲肠的伤疤竟隐隐作痛①

这首诗是一个自传性的文本。诗人描绘了生动的日常生活细节，姑侄亲情感人至深，抒情主体的强烈的地方感被塑造出来。然则，一个卑微而高尚的灵魂的离去，使得原先维系自我与岛城的那种坚实的情感纽带消逝于无形了，这是诗人“不回岛城的理由”。第一节描写“我”不愿在节假日回乡而是在异乡空房中回忆往事，忍受生命被孤独感所蚕食；结尾写到，亲友告别人世，健在者星散各处，诗人顿悟：“浮生若寄/我也有了不流动的理由。”“袅袅遗烟”是祭祀的现实场景，隐喻子孙、后裔、继承人。在东亚传统父系社会中，男性子嗣有优先继承权，“香火”多指男性后人，所以“最后的家园飘散”除哀悼亡魂的意思之外，也暗示生者（作为家族继承人的“我”）之辗转迁徙的生活方式。“右腹那道割盲肠的伤疤竟隐隐作痛”是最光彩的语象（verbal icon）。这个语象自个人无意识中唤起一种无法言喻的亲密体验（intimate experience）。正如段义孚所言，亲密体验难以言喻而且短暂易逝，缺乏语词和图片的坚实性与客观性；但是“亲密体验深埋于我们内心的最深处，所以我们不但缺乏给它们提供形式的语词，而且我们甚至没有意识到它们的存在。当它们出于某些理由而闪现于我们的意识表面的时候，它们表示一种如此强烈的感受，以至于那些更加深思熟虑的行为也无法与之匹敌”②。诗中的“疼痛”不仅是疾病和手术带来的生理感觉，而且隐喻亲人去世造成的心理痛苦，更把“乡愁，是最高贵的痛苦”这种普遍的人类情感寓言化了。

---

① 吕育陶：《浮生》，收入吕育陶：《黄袜子，自辩书》，第116—117页。
② Yi-Fu Tuan, *Space and Place*, pp. 136-137.

人对自己的家园故土(homeland)有深沉的依恋,怀旧和乡愁是诗人的感觉结构。这种情操的特质是什么?是什么样的经验助长了这种归属感?人类在各种规模上创造地方,也生产出某种"家园感"(homeliness)。家是一个在精神和物质上组织起来的空间单位,借以满足人类的基本生物和社会需求,此外,还有更崇高的美学政治渴望和道德意义,"它是古老的宅邸,古老的邻里,故乡或祖国"①。《从祖父的骨灰阁望出去》写作者在2010年清明节回乡扫墓的见闻和思考:

一如鲑鱼,每年总从遥不知名的远方
逆游到最初的出生地
我穿越槟威大桥
经过淡水港、槟榔律
回去那年你牵着我小小身影的
吉灵万山
带来鲜花和水果

带来我童年
关仔角的草香
和一座蒸汽氤氲的茶楼
喧哗的回忆②

这里运用远镜头手法,推出有可视性和公共意义的家园地景,它们经过回忆透镜的过滤而染上了一种温馨明朗的色调。诗人的喃喃独语有哀伤的调子,但是冷静克制,不流于滥情,因此更有感染力量。读者接触到包括语言、文化、信仰、习俗在内的槟城日常生活。"地方感"通过人群的日常生活而表演(performance)出来,只有真正参与这些表

① Yi－Fu Tuan, *Space and Place*, p. 3.
② 吕育陶:《从祖父的骨灰阁望出去》,收入吕育陶:《寻家》,第10页。

演,透过日常空间中的身体流动(mobility),人们才得以确认地方、觉得自己真正是地方的一份子,从而与地方建立起亲密体验。[①] 那些消失了的草香、蒸汽、喧哗,从时间川流中被召唤出来,这些气味、视觉和声音制造一种"浩瀚的私密感"和"修复型怀旧",诗人试图超越历史去重建失去了的故土家园[②]。无疑,作为地方的家园是建构个体生命之自我认同的物质基础。接下来的诗句,证实吕氏具有超越一般诗人的批评性想象:

> 四月,如是我回来
> 从你的骨灰阁望出去
> 小岛在渐次
> 改变脉络
> 海岸线填写得更偏远
> 许多高耸的理想林立
> 在局限的棋盘上
> 部分外商撤离
> 登陆不再是当年破落
> 灰蓝色的中国
>
> 1969 年之后的
> 许多年
> 思维停滞不前如
> 升旗山缆车

---

① P. Gustafson, "Roots and Routes: Exploring the Relationship between Place Attachment and Mobility," *Environment and Behavior* 33 (September 2001): pp. 667 - 686.

② 有学者发明"修复型怀旧"和"反思型怀旧"的概念,认为前者强调怀旧中的"旧",重建失去的家园和弥补记忆中的空缺,表现在对过去的纪念碑的完整重建;后者注重怀旧的"怀",亦即怀想与遗失,记忆的不完备的过程,怀旧者在废墟上徘徊,在时间和历史的斑斑锈迹上、在另外的地方和另外的时间的梦境中徘徊。博伊姆著,杨德友译:《怀旧的未来》(南京:译林出版社,2010 年),第 46—47 页。

压抑在内心谷底良久
一场怨气催动的热带风暴
两年前终于撤换了岛屿奴性的
政治生态

土库街、牛干冬、爱情巷
旧城区的路牌
添加中文后站得越发自信 ①

对家园地景的近观,转换为对整个地方的政经形势的回顾:实用现代性和发展主义侵蚀了槟城的地景,虚假的经济繁荣,外商撤资,“五·一三事件”后的族群撕裂,华社对尊严政治的要求,以及争夺话语权的初步胜利(林冠英当选槟州的首席部长后,下令把一些马来文的路牌添加中文名字)。“私密的浩瀚感”②原来一直隐伏在诗人的心间,现在通过孤独的沉思冥想而扩大助长,加上时间和空间、历史和地理在内心的集合冲撞,诗的主题从个人领域通向了充满紧张感的公共生活。然后,叙事视角又转到眼前,批判矛头指向了全球化浪潮:

故居面前
曾经舢舨出没的水道
已被覆盖成广场
冲泡星巴克的咖啡香

人们常对自己的住处或小时候住过的地方有种“地方感”,但是随着全球化势力对地方的侵蚀,产生了均质的全球空间;而哀叹“地方感”的丧失,是20世纪东西方司空见惯的事。在这里,吕育陶以神来之

① 吕育陶:《从祖父的骨灰阁望出去》,收入吕育陶:《寻家》,第10—11页。
② 巴什拉著,龚卓军、王静慧译:《空间诗学》(台北:张老师文化工作室,2003年),第279—311页。

笔,描绘跨国资本主义导致空间秩序的重整,家园地景开始让位于布尔乔亚的休闲消费活动,“地方”被还原成一个空洞无意义的“空间”,诗人对“地方”抱有的主观梦想和情感依附随之破灭,文化地理学家Ralph所谓的“无地方性”(placelessness)至此产生了。

二 离散感性与“地方”之爱

吕育陶诗中的“地方感”,一方面来自他对家园故土的抒写,另一方面来自他对马国华人之离散经验的表述。从历史上看,吕育陶的出生地——槟城乔治市——本身就是一座离散城市。槟城又名槟州、槟榔屿,马来语是Pulau Pinang,意为“槟榔之岛”,英语为Penang,1957年独立以来,它是马国13个联邦州属之一。槟城位于马来半岛西北,被槟威海峡分成两部分:槟岛和威省。1786年,英国人弗朗西斯·莱特(Francis Light,1740—1794)迫使吉打苏丹将槟城租借给英国东印度公司为海军基地,自任第一任总督,槟城从此沦为英国的远东殖民地上最早的自由贸易港。1826年,英国殖民当局将槟城、新加坡、马六甲整合为“海峡殖民地”,华人谓之“三州府”。[①] 19世纪末20世纪初,大批中国人自华南移民到马来亚,在政治意识、经济发展、阶级结构、社会流动、文化教育等方面,形成了复杂斑驳的种族图景。[②] 有些移民定居槟城,依靠地缘、血缘、姓缘、业缘、神缘的关系而形成了众多社团组织,遗留下大量的宗祠会馆、寺庙道观、文物古迹等文化资产。后来,槟城入选联合国教科文组织的世界文化遗产名录。从历史到当下,槟城华人的政治参与、文教事业、报章媒体、帮派政治、风俗民情经常成为学术研究的对象。[③] 槟州政府在乔治市(George Town),此乃殖

① 谢诗坚编著:《槟城华人两百年》(槟城:韩江学院、韩江华人文化馆,2012年)。

② 林水檺、骆静山合编:《马来西亚华人史》(吉隆坡:马来西亚留台校友会联合总会,1984年)。

③ 张少宽:《槟榔屿华人史话续编》(槟城:南洋田野研究室,2003年)。

民地时期为纪念英王乔治三世而命名，如今是马国第三大城市，华人占据总人口的40.9%。

（一）从离散到“地方”

哲学家海德格尔认为，作为寓居的“地方”，是一种在精神上与哲学上，将自然与人类世界统一起来的努力，严格说来，真正的“存在”乃是扎根于“地方”的存在。家通常充当了“地方”的隐喻，也是“地方”的典范，人们在此会有情感依附和植根的感觉，比起任何其他地方，家更被视为意义中心、价值源泉与关照场域（field of care）。[①] 吕育陶的《寻家》以简洁优雅的平静风格，叙述两代人在漂泊与定居、破碎与重建、死亡和生长的生命情景中，不断辗转挣扎，时时渴慕和追寻一个安稳的家。开篇叙述身体主体的跨国离散：

> 我们许诺中的杨桃树还没成形
> 它可以和荔枝
> 一起生长在岭南的气候
> 在增城或者顺德
>
> 但它没有荔枝娇贵的脾气
> 脱离那年黄花岗飞溅的鲜血和寒冬
> 来到暴晒、多雨的赤道 [②]

大量地名如“岭南”“增城”“顺德”“黄花岗”“赤道”（以及下面出现的“义福街”“港仔墘”），说明人物的身体经常处于流动状态，而正是通过日常空间中的身体流动以及经验感知，人与地方之间建立了亲密情感。套用人类学家达比的论述，这类描写特定地方的诗歌，“是个人

① Tim Cresswell 著，王志弘、徐苔玲译：《地方：记忆、想象与认同》，第38页。
② 吕育陶：《寻家》，收入吕育陶：《寻家》，第19页。

的地名记忆，是对个人内心疏离或异化的认知，诗人试图通过确定自己在风景中的位置寻求庇护。定位的特性使人对暂时性的感受更加痛切，而这种定位记忆的痛切感说明记忆战胜了时间”①。诗人动情地写道，“你”为生计奔波，结婚生子，经援中国抗战事业，表现“远距民族主义”，经历丧妻丧子之痛，为照顾孙子付出晚年的心血，忍受贫病的生活，直至生命的大限——“当突如其来的血栓在脑部/阻断你黑白电视的人生/一片叶子落下/打在我必须独自长大的肩膀”。《寻家》的成长主题一目了然，“展示的是年轻主人公经历了某种切肤之痛的事件后，或改变了原有的世界观，或改变了自己的性格，或两者兼而有之；这种改变使他摆脱了童年的天真，并最终把他引向一个真实而复杂的成人世界”②。接下来，作者转换了叙事角度，继续讲述“我”的成长史，最后以悲怆迷惘的情感结束全篇：

当我肩膀终于扛起
从前被米粒和成绩单拆散的房贷
飞升的地价却将住屋堆成
麻将细小的公寓，高举离地
赤道的日光如摩天轮，把阳台
恍惚布置成民初的天井
我们许诺中的杨桃树
还没寻获出生地 ③

在物价飞涨中购置的公寓部分实现了故人的心愿，但是高悬的家屋失去了与土地和自然节律的联系，又因为缺乏人伦温情而显得空洞寂

① 达比著，张箭飞、赵红英译：《风景与认同：英国民族与阶级地理》（南京：译林出版社，2011 年），第 86 页。

② 转引自张德明：《流散族群的身份建构》（杭州：浙江大学出版社，2007 年），第 140 页。

③ 吕育陶：《寻家》，收入吕育陶：《寻家》，第 21 页。

寞。赤道阳光制造出时空错置的幻觉，然而，过去习惯在天井生长的“杨桃树”，现在无法栖身于阳台上。杨桃树这个普通的热带树木，转化为文学地景和中心意象，在文本空间中不断游移，相互交织的多重涵义于焉浮起：它是日常生活中一种实惠方便的消费品，也凝聚着人们对安定幸福的家的渴望，还隐喻了南洋华人的离散身世，更象征着马国华人在种族主义化的社会结构中彷徨无地。此外，这首诗运用象征暗示、密集的意象和平稳沉着的诗句，叙说家族历史，思路清晰流畅，是其最吸引人的审美属性，也恰到好处地传达了思想主题。

所谓“地方感”，除了表达当事人的家园怀想之外，也包括把地方的历史沿革、离散华人的身世诉诸文学想象。《母亲的结婚照》并非自传，吕育陶以小说手法，虚构太平洋战争中一则家族故事，这是南洋万千离散华人的代表。回溯亲人之死、世事无常、日本侵略者的皇民化运动之后，叙事者调转镜头，写岁月流转，父母年迈，战争记忆即将断绝；结果，一幅讽刺性的浮世绘出现了：

多年以后，我们以三洋清洗
衣裤上的汗渍
假借东芝的咽喉卡拉 OK
万里长城龙的传人
用那申纽的微波炉烤焙番薯
以日本漆刷亮温柔的港湾
草原的尽头，零式战机随乌云远去之后
升起了
一群群孩子的遥控飞机
音乐声中
地球旋转成一个童年的
旋转木马

多年以后呵

向东的京城依旧
坚持以风粉饰往日的枪声
当人们疲于讨论
慰安妇与军妓的定义
掌声中,长老放起了2020个
热闹的气球——
就只有墙上那条路
可供捡拾一些时代的残骸①

战后日本经济迅速复苏,向东南亚弱小国家大举倾销商品。1970年,马国开始实行新经济政策,与日本发展密切的经贸关系,既为本国培养一批中产阶级,也为今后巫统的分裂埋下祸根。马哈蒂尔当选首相后,承诺让本国在2020年跻身于发达国家之列。吕育陶从个人角度叙写地方变迁,对照历史和现实,在批判日本军国主义的暴虐、新殖民主义的伎俩、官方机构对战争缺乏反省之外,也嘲讽了马国当局的历史健忘症和实用主义的新经济政策。这种批判性的历史意识和反思性的"地方感",扩大了诗文本的修辞容量,编织出深邃广阔的思想空间。同时,历史与现实的对比、对实用主义政治的反讽、虚构人物故事的小说化情景、戏剧性独白的运用,这些成功的写作技巧,也值得肯定。

大体而言,吕育陶可以说是一位"政治抒情诗"的写作高手,他书写"地方感"、历史记忆和身份认同,政治性渗透于诗的肌质,几乎无所不在②。为了达到政治批判的效果,他诉诸多方面的技巧,例如"小

① 吕育陶:《母亲的结婚照》,收入吕育陶:《在我万能的想象王国》,第114—115页。

② 这里所谓的政治既包括政党政治、国家政治、议会政治等传统政治学(politics)层面,也包括政治哲学家阿伦特和文学理论家伊格尔顿的看法,把"政治的"(political)理解为一群人言说和行动的生活方式,参看阿伦特著,王寅丽译:《人的境况》(上海:上海人民出版社,2009年),第14—17页;伊格尔顿著,王逢振译:《当代西方文学理论》(北京:中国社会科学出版社,1988年),第281页。

说化”。虚构叙事主体在他那里并不罕见。小说的叙事者不能完全等同于作者本人这个看法已被现代人普遍接受。小说倾向于“说谎的技艺”,而抒情诗中出现的“我”等同于作者本人,这是一种根深蒂固的阅读程序。但是吕育陶的现代诗,有时伪托“自传”的形式——例如《母亲的结婚照》中的“母亲”,以及下文将会讨论的《独立日》中的“父亲”都是虚构的人物——制造逼真性的幻觉,展开抒情叙事和批评想象。①

(二)空间位移的新视野

不管是历史还是现实,离散的经验都是繁复多元的,身体主体跨越语言、地理、文化、民族—国家等多重疆界,面对更加自由也更有挑战性的未来,必然经历生理、心理的协调和重整,也要针对根源和路径、祖籍国与居住国之间的纠葛,寻找新的思考方向。《寻家》和《母亲的结婚照》书写家族离散和“地方感”之间的微妙关系。在全球化后殖民的境遇中,作为有文化水平和技术专才的第三代移民,吕育陶没有离散海外的生活经验,他的离散感与长辈相比,别有一番滋味在。

吕育陶曾被派驻到中国广州公干,这个短期的离散经验使他能够在一个陌生超然的地理空间,从他者的角度重新思考离散华人和马来西亚的族群政治。先看《一个马来西亚青年读李光耀回忆录——在广州》。李光耀的自传,当年出版后引起巨大轰动。② 吕育陶身在广州,翻阅这部自传,回溯半个世纪前的南洋风云,也对马国当下的族群矛

---

① 因为这是文学写作而非纪实性的文献材料,以想象性(imagination)、虚构性(fictionality)和创造性(invention)为突出特征,通过文字组织而再现历史,它是意义自足的审美客体,一种“虚假陈述”(pseudo - statement),不可当作传记来阅读。参看韦勒克、沃伦著,刘象愚等译:《文学理论(修订版)》(南京:江苏教育出版社,2005 年),第 16 页;瑞恰慈著,徐葆耕编:《瑞恰慈:科学与诗》(北京:清华大学出版社,2003 年),第 8—45 页。

② 李光耀:《李光耀回忆录(1923—1965)》(新加坡:联合早报出版社,1998 年);《李光耀回忆录(1965—2000)》(新加坡:联合早报出版社,2000 年)。

盾有所思考。他的目光游走于马来西亚、新加坡、中国之间,一个三边互动的共时性结构,一种历史与现实的对话关系,在文本中悄然展开。他首先叙述的是1965年新加坡被逐出马来西亚联邦,走上独立自主的道路;接着是在风声鹤唳中,一部分新马华人返归新中国,更多人选择结束离散,在本地定居。南洋华人创造的文化奇迹被吕育陶作了浓墨重彩的描绘:

> 高温的年代
> 我看见整个半岛的工蚁放下不识字的自己
> 相约把一天的粮食扛往南方
> 用如砖的意志构筑
> 南洋海岛上唯一的方块字大学
>
> 时日茫茫,在说英语的海风吹荡下
> 方块字退缩不停退缩成方言
> 大学,终被破墙而来用英语思考的一支钢笔没收
> 干枯成岛屿上一个疮疤 ①

反讽性的隐喻、时空压缩、今昔对比、场景转换、反浪漫手法的自如运用,让这首诗产生强大的感染力。回顾历史,南洋各阶层华人同心同德,艰苦创办海外第一所华文大学——南洋大学,然而族群和国家的矛盾、文化和政治的冲突,导致这所大学最终被关闭,英文成为语言霸主,多变的教育政策让华族文化流离失所——这是新加坡华人、华文和华校所走过的崎岖复杂的历史道路。当然,诗人也没有忽视新加坡在政治强人治理下所取得的经济奇迹:"将领骑着岛屿在歧视的眼角下/长出广大的翅膀,盛大地飞翔……"那么,马来西亚的情形又是如

① 吕育陶:《一个马来西亚青年读李光耀回忆录——在广州》,收入吕育陶:《黄袜子,自辩书》,第72页。

何？从历史上看，这是一块缺乏平等的土地："草木不准自由生长；野兽不准公平觅食"，那名"充满芒刺的将领"当年正是被人从此驱离。数十年后，这种制度化的种族主义仍是华人无法逃避的现实："这是神赐给我们的土地/虽然我们，从不知晓如何使用锄头。"至于作为吕育陶之"祖籍国"的华夏神州，又是怎样一番风景呢？诗人从书本回到现实：

> 我合上不忍深究的年代
> 望着这急剧膨胀的都市
> 这世代，普通话和粤语不见得拦截
> 帝国般席卷过来的美元欧元日元韩元厂房
> 我深吸一口气，让帝国无边疆的空气
> 窜入我长期被压抑的肺囊
>
> ……我闭上双眼，一颗急速旋转的地球
> 逼近眼前，国界模糊不清
> 我听见大批轰隆的机群与船队绕过半岛
> 向东北挺进
> 一滴泪，掉落宁静的牧场
> 黄昏般慢慢转蓝 ①

在开放的中国，都市化和商业化的潮流来势汹汹，全球化制造出一个同质化的世界，金钱、技术、人力、商品的跨国流动越来越容易，民族—国家的主权正在衰落。眼前的这个"帝国"不再是传统的帝国主义而是全球化的政治经济新秩序。② 面对它的压迫和毁灭力量，诗人的态度模棱两可：一方面感觉到语言文化的无能为力，另一方面出于对马

① 吕育陶：《一个马来西亚青年读李光耀回忆录——在广州》，收入吕育陶：《黄袜子，自辩书》，第72—73页。

② 麦克尔·哈特、安东尼奥·奈格里著，杨建国、范一亭译：《帝国》（南京：江苏人民出版社，2005年）。

国政治的厌倦而憧憬全球化的解放力量。诗的最后写地球上的万国飞速发展,国家疆界模糊不清,区域贸易不分昼夜地进行;而马国仍旧是种族体制界限森严,毫无松动的迹象,宛如一片死寂的牧场。一念及此,诗人不禁洒下了感伤的泪水。从艺术技巧来看,诗人在新加坡、马来西亚、中国三国之间设置背景,产生历史纵深感。抒情主体的目光在纸上江山回顾前瞻,往返于历史与现实之际,文笔收放自如,感觉、情感、知性、象征与现实的创造性综合,使得诗歌具有雍容浩荡的气魄和绵密深邃的思考。

三 "地方"作为"事件"

1960 年代之后,"认同"从哲学和人类学的层面过渡到社会、国族和文化属性的层面。人们认识到,在身份和认同之间存在着不固定的、多元混杂的性格。保罗·利柯(Paul Ricoeur)指出,"认同"基本上有两种类型。其一是"固定认同",也就是自我在某一个既定的传统与地理环境下,被赋予认定之身份,进而由镜像式的心理投射赋予自我定位,这种"认同"基本上是一种固定不变的身份属性。另一种"认同"则是通过文化建构、叙事体和时间的积累,产生时空脉络中对应关系下的"叙述认同",它必须通过主体的叙述以再现自我,并在不断的建构与斡旋过程中方能形成。① 可以说,吕育陶的现代诗写作,追忆童年往事和槟城经验所形成的时空感受与自我意识,是一种相对比较简单的"固定认同",而他对离散华人之历史记忆和国家认同的描绘,则是一种含有文化象征意涵的"叙述认同"。

(一)反离散与认同悖论

马来西亚有热带雨林地景,多元种族与文化混杂,曾是葡萄牙、荷

① 廖炳惠编著:《关键词 200》(台北:麦田出版社,2003 年),第 135 页。

兰、英国、日本等殖民帝国与本地发生互动的接触区(contact zone),离散族群对文化、政治的辩难,常有繁复动人的故事。论及海外华人的"认同",王赓武指出,无论海外华人族群的规模是大或是小,也不管他们在居住国总人口中所占比例是多或是少,关键都在于他们如何运用历史来向本族群成员以及向非华人同胞或居住国政府表达自己的愿望和身份,换言之,关键在于海外华人族群是否有能力促使绝大多数的成员认同本族群,抑或认同于居住国,或者二者皆予以认同。[①] 二次世界大战后,东南亚民族解放运动和建国运动蓬勃。新马华人面临的一个抉择是:回归中国,还是定居本地?《南洋商报》和《星洲日报》等报章的民意调查显示,90%以上的华人选择落地生根,融入新马本地的社会文化,纷纷获得居住国的公民权。[②] 1947—1948年的马华文坛,南来作家和本地作家针对"马华文艺独特性"爆发了激烈的论辩。

马华文学的本土性确认经历了一个漫长艰难的历程。早期的"神州诗社"诸子,回望中国原乡,充满身份焦虑和回归冲动。黄锦树就此有准确的观察:"源于中国传统'血缘—文化—政治'三位一体的思考格局,华人与中国之间的关系很容易被理解为是一种本质性的'内在关系',包含了下列三项:历史性、民族性、文化性。一旦涉及血缘,'本质'就像基因一样无可移易,古老帝国的幽灵也因而先于存在而过早地附身了。"[③]到了吕育陶这里,本土认同更加自觉而且强烈,没有了回归故国原乡的热情。尽管吕育陶流露出强烈的本土认同,不过这是一种爱恨交加的矛盾态度。《后马来西亚人组曲》第三部分写友人准备移民外国,作者前往机场送行,他拒绝步其后尘,宁愿选择落地生根。诗中反复出现宣誓性的句子:"我还是选择定居于此""但我坚持不离弃这行星",结尾的四个字另起一行,

---

① 刘宏、黄坚立主编:《海外华人研究的大视野与新方向:王赓武教授论文选》(新加坡:八方文化创作室,2002年),第36页。

② 崔贵强:《新马华人国家认同的转向(1945—1959)》修订本(新加坡:青年书局,2007年)。

③ 黄锦树:《神州:文化乡愁与内在中国》,收入黄锦树:《马华文学与中国性》(台北:麦田出版社,2012年),第115页。

字与字中间空出一格，制造一字一顿的庄重语气：

C，我 决 定 留 守 于 此
让 我 生 于 斯、长 于 斯
葬 于 斯
当 我 死 后，亲 爱 的 C
如 果 你 回 来
不 妨 顺 手 摘 一 朵 木 槿 花
我，以 及 这 行 星 全 部 不 同 肤 色 的 居 民

都 在 里 头 ①

梅西（Massey）的《全球地方感》（*A Global Sense of Place*，1997）认为，“地方”是一个开放、混种、相互联结的流动的产物，它是路径（routes）而非根源（roots）。他因此质疑了“地方”作为关系到根深蒂固而且本真性之认同感的意义核心。② 史书美区分过“离散之为历史”和“离散之为价值”两个层面，认为前者是无法否认的历史事实，是中性的；后者则凸显了回归中心泉源的价值默认，因此问题重重。她提出“反离散”的概念，指出离散有其终时，文化和政治实践总是在地的，所有人都理应被给予一个成为当地人的机会。③ 这当然不错。不过，马国华人之本土认同的吊诡在于：尽管他们早已反离散、本土化了而且取得了公民权，成为第二、第三、第四代乃至于更多代的移民后裔，但他们的国家认同不被马国政府承认。吕育陶偏爱的两个意象：“盆栽”与“牧场”，最能说明这种认同悖论。下面是《一个马来西亚青年读李光耀回忆录——在广州》的两个片段：

那 时 我 谙 母 语 或 不 谙 母 语 的 族 人

---

① 吕育陶：《后马来西亚人组曲》，收入吕育陶：《在我万能的想象王国》，第 112 页。

② 参见 Tim Cresswell 著，王志弘、徐苔玲译：《地方：记忆、想象与认同》，第 24 页。

③ 史书美：《反离散：华语语系作为文化生产的场域》，收入香港大学中文学院编：《百川归海：文史译新探》（香港：中华书局，2013 年），第 1—15 页。

在各自多汗的梦境里
蒲公英般飘坠
一面巨大的红旗自东方缓缓升起
更多人选择盆栽
……
在半岛，我的上司、教授、邻人、情敌
仍困在一个防守森严的牧场
主人刻意回避狗看门、马拉车
经济学简单的道理
“内在的威胁，远胜于尊严……”
风暴后的牧场继续收留
大片长不出好风景的土壤
更多栅栏设立保护①

“盆栽”和“牧场”不是物质现实而是符号地景，隐喻着华人的历史境遇和现实状况。“牧场”就是马来西亚，它无视华人的贡献，奉行等级森严的马来人至上主义，资源分配实行种族配额（“固打制”）。针对这种制度化的种族歧视，吕育陶大加鞭挞：“……然而在这里/文明的最终目标/将是让黄牛和黑牛/也可以要求根据族群的多寡/分配粮草。”②“盆栽”这个微观的“离散地景”③投射一系列复杂的隐喻含义：被动性、无力感、平等自由的匮乏，以及主体性的丧失，它不止隐喻华人从祖籍地上被放逐，也暗示他们与出生地/居住国的剥离。“盆栽”不能像其他花木那样，自由置身于自然，享受阳光雨露，它们被园丁识别和挑选，切断了与大地的联系，被暴力之手肆意模塑，栖身在狭小的

① 吕育陶：《一个马来西亚青年读李光耀回忆录——在广州》，收入吕育陶：《黄袜子，自辩书》，第71、73页。

② 吕育陶：《后马来西亚人组曲》，收入吕育陶：《在我万能的想象王国》，第108页。

③ 关于“离散地景”的详细论述，参看 Divya Praful Tolia - Kelly, *Landscape, Race and Memory: Material Ecologies of Citizenship* 之第4章“Diaspora landscape”。

空间，默默接受别人居高临下的凝视、把玩和指指点点，任何自由生长的枝丫都会被毫不留情地剪除。这个意象深刻有力地揭露了马国华人被他者化、边缘化的命运。在"盆栽"和"牧场"等虚拟地景中遭遇的权力关系，证实了克雷斯韦尔的论断："大部分的地方书写都把重点放在意义和经验上。地方是我们使世界变得有意义，以及我们经验世界的方式。基本上，地方是在权力脉络中被赋予意义的空间。"①

（二）历史梦魇与"书写的力量"

在吕氏的诗中，"地方"不但是个人生命史的开端、家族血缘的纽带、归属感和自我认同的所在，而且也是不平等的权力结构中的事件/实践，所以不难理解，即使那些书写街市、道路、地方的诗歌，也往往蕴含着激烈的政治憧憬。克雷斯韦尔认为，"将地方设想成是被表演和实践出来的，有助于我们以彻底开放而非本质化的方式来思考地方，人群不断透过实践来争斗和重新想象地方。地方是认同的创作性生产原料，而不是先验的认同标签。地方替创造性社会实践提供了可能性的条件。就在这个意义上，地方变成了一种事件，而不是植根于真实性观念的稳固存在论事物。作为事件的地方，特征是开放和改变，而不是界限和永恒"②。从这个角度来看，吕育陶回溯历史长河，通过记忆的技艺（the art of memory），把吉隆坡乃至于整个马来西亚这些地方予以"事件化"地处理，这当然是一种更深邃的"地方感"。

马国政府宣称马来人是受命于神的土地之子（土著），这种建立在种族主义基础上的本真性论述，把种族配额、差别待遇予以合法化了，处处宣扬马来种族主义，马来人享有制度化的特权，华人、印度人和其他少数族裔都被他者化、边缘化了，这种"差别化的公民权"让马国华人大受其害，他们萌生出对于平等政治和尊严政治的强烈渴望。吕育

---

① Tim Cresswell 著，王志弘、徐苔玲译：《地方：记忆、想象与认同》，第22—23页。
② Tim Cresswell 著，王志弘、徐苔玲译：《地方：记忆、想象与认同》，第67页。

陶诗中经常出现“平等”这个词汇。所谓“平等”(equality),根据威廉斯的研究,从历史上看有两个主要派别:其一是平等化的过程,其基本前提是所有人是“生而平等”的;其二是废除天生特权的过程,其前提是所有的人要有“起点的平等”。[1] 吕育陶理解的“平等”实际上囊括了这两种含义:所有的人,不管肤色和种族如何,理应一律平等;固打制纯粹根据肤色和种族来分配社会资源,首先造成了“起点”的不平等,遑论后天环境添加的更多不平等因素。对于吕育陶等马国华人来说,生为华人似乎具有某种天生的原罪感,其国家认同不被强势族群所承认和尊重。所以,面对陈腐保守的种族主义政治、法律制度和意识形态教条,华人社群竭力争取的正是“承认的政治”(politics of recognition)。有论者指出,马华文学突破了审美自主性的牢笼而带有鲜明的“政治性”传统[2];也有人认为,吕育陶的两本诗集可视为公民性的抵抗实证。[3] 确实如此。政治——无论在宏观还是微观的层面——几乎是吕育陶之压倒一切的中心关怀,即便那些关于亲情、爱情、友情和日常生活的书写,也渗透了深浅不一的政治批判。其实,这种反抒情反浪漫的风格乃是诗人的一贯追求,下面是他的自述:

> 写了二十多年的诗,好像从来没有风花雪月过,也没有率性过、浪漫过、诗人过,只像铅笔般,静夜里释放自己的心情。写诗于我,仿佛是种和自己对话的方式,寂静的书房里,在层层构思和推敲中,洋葱般拨开表皮,我更加接近那个平日忽略的自己。在诗自设的宇宙里,那个我可能比平日的力量百倍大,肢体不断长出新武器,也可能比平时渺小,露水般匍匐在城市的后巷。[4]

---

① 威廉斯著,刘建基译:《关键词:文化与社会的词汇》(北京:生活·读书·新知三联书店,2005年),第153页。

② 何国忠:《马来西亚华人:身份认同、文化与族群政治》(吉隆坡:华社研究中心,2002年),第177—181页。

③ 游俊豪:《负隅顽抗的公民性:吕育陶诗作的特质和策略》,收入游俊豪:《新马华人族群的重层脉络》(上海:上海三联书店,2014年),第193—211页。

④ 吕育陶:《寻家》后记。

1969 年——吕育陶出生的这一年——的 5 月 13 日,马来西亚爆发了大规模的种族暴乱,史称“五 · 一三事件”。按照官方解释,事件起因于执政党和反对党因选举结果而发生争端,后来扩大化了,造成马来人与华人之间的严重冲突,华人成为受害主体。[①] 然而,最近的解密档案显示,这次事件绝非自发的种族暴乱而是一场有计划的阴谋,旨在夺取第一总理东姑 · 阿都拉曼的权力,遏止华人持续上升的政治势力。[②] 阿玛蒂亚 · 森分析过身份与暴力的关系。他说,单一身份非常易于加以鼓吹和操纵,“出于暴力目的而鼓吹单一身份的人采取了这样的形式,他们首先根据特别的目的而挑选出一个身份群体——直接与当下暴力目的相关,然后通过片面的强调和煽动来抹杀人们的其他各种归属和关系”[③]。正是由于被灌输了“单一身份”这种幼稚粗糙的意识形态,“五 · 一三”事件中的马来人才会对华人大开杀戒。这次事件促使马国政府开始实施长达 20 年的新经济政策,以消除马来人和其他族群的经济差异,赋予马来人更多的制度化特权。同时,马国政府也嫁祸于马共,对其展开长达 20 年的清剿,操纵民众对于国内外政治的恐惧感,维持公共秩序和自身统治的合法化。心理学家耐舍尔(Ulric Neisser)将长期记忆分为两种:一种是回想个人经历的“事件记忆”。当回想的事件对记忆者的生活具有重要意义时,它会成为“自传记忆”,也可能成为他的“人生叙述”的一部分。另一种是“语义记忆”(semantic memory),语义记忆是一种社会记忆,它为发生的具体事件提供了一个可理解的语境。[④] 无疑,吕育陶的《餐桌》《寻家》《浮城》

---

① Tunku Abdul Rahman, *May 13, Before and After* (Kuala Lumpur: Utusan Melayu Press, 1969).

② Kua Kia Soong, *May 13: Declassified Documents on the Malaysian Riots of* 1969 (Petaling Jaya: Suaram, 2007).

③ 阿玛蒂亚 · 森著,李风华译:《身份与暴力——命运的幻象》(北京:中国人民大学出版社,2009 年),第 152 页。

④ 徐贲:《当前文革的隐患究竟在哪里》(http://www.baijiajiangtan.com.cn/gmsk/2012/03/30/6505.html)。

《从祖父的骨灰阁望出去》属于自传记忆，他关于“五·一三”事件的想象，当属语义记忆。

臭名昭著的“五·一三事件”加剧了华族和马来族的紧张关系，成为华人社群无法抹去的创伤记忆，也是吕育陶一再碰触的敏感题材。《独立日》诉诸叙事、见证与受难者话语，把“五·一三”事件和“国庆节”联系起来，批评马国政府违背当年的种族平等诺言。1957 年 8 月 31 日，马来亚联合邦结束了长达 446 年（1511—1957）的殖民统治，宣布主权独立，东姑·阿都拉曼和人民群众在独立广场高喊七声“默迪卡”（马来语，独立），从此以后，8 月 31 日被定为马来西亚的国庆节。然而数十年过去了，华人的政治生态如何呢？这首诗开篇写国庆节早晨，国营电台（意识形态国家机器）照旧粉饰太平；接下来，诗中出现密集而迫人的意象，历史大事纷至沓来：被殖民帝国压迫的黑暗历史，二战期间日本军国主义的荼毒，1957 年的国家独立，政府与马共旷日持久的武力冲突，新经济政策导致的贫富分化，固打制造成的难以修复的族群裂痕，终于，“五·一三”的历史幽灵被召唤出来了：

> ……在独立日
> 之后的某个雨日
> 纷纷抽出长矛巴冷刀辩论真理。父亲和华人的血缝在同一
> 个刀口上
> 木槿花的红。淌血的街道
> 军警的皮靴硬生生把械斗的巨响
> 踩入泥土的肉里。独立日，在人生的平原尽头
> 松脱的土壤升起都是无色无味的灵魂
> 当年唯一的一次争执已然长大成一棵木麻黄
> 血迹伤痂结成漫天褐黄的枯叶
> 在类似秋天的早晨，飘然凋落①

---

① 吕育陶：《独立日》，收入吕育陶：《在我万能的想象王国》，第 129—130 页。

木槿又名朱槿,马来文为 Bunga Raya,12 世纪前经由贸易活动而由华南地区传入马来半岛,在 1960 年被官方确认为马来亚的国花,华人常以“大红花”呼之。“红色”代表勇敢,强大的生命力与惊人的繁殖力,象征马来西亚及其子民的生生不息。五个花瓣代表马来西亚的国家原则(马来文:Rukunegara),即“信奉上苍,忠于君国,维护宪法,尊崇法治,培养德行”。[①] 然而,“五·一三”事件宣告了国家原则的破产,木槿花浸染了华人之血。在独立日,吕育陶重叙历史,彻底颠覆官方对于“五·一三”惨案的叙事霸权,致力于构造一种“反话语”(counter - discourse)和“反记忆”(counter - memory):无辜受难者长眠于地下,渺小的灵魂如同轻飘飘的空气,仇恨的种子长成参天大树,枯叶在风中无声飘落——这首诗是一个不折不扣的“哀悼文本”,假借私人哀悼(private mourning)的抒情诗形式,通向公共哀悼(public mourning),铭刻“五·一三事件”的纪念碑意义。罗兰·巴特说过:“当政治的和社会的现象伸展入文学意识领域后,就产生了一种介于战斗者和作家之间的新兴作者,他从前者取得了道义承担者的理想形象,从后者取得了这样的认识,即写出的作品就是一种行动。”[②]毫无疑问,在吕育陶那里,写作就是一种行动,诗歌就是“行动中的美学”。

(三)从“路街时空体”到“想象的共同体”

巴赫金发明“时空体”(chronotope)的概念,这个词汇由希腊语的“chrono”(时间)和“tope”(空间)两个词构成,强调时间与空间相互联系、不可分割,时间的标志要展现在空间,空间通过时间来理解和衡量。巴赫金分析几种典型的时空体,其中之一即是“道路”,这是一个偶然邂逅的位置(location),一个公共记忆场所(memory sites):

---

① 参看维基百科词典(http://zh.wikipedia.org/wiki/%E6%9C%B1%E6%A7%BF)。

② 巴特著,李幼蒸译:《写作的零度》(北京:中国人民大学出版社,2008 年),第 15 页。

> 在这个时空相会体中,有许多各色人物的空间路途和时间进程交错相遇;这里有一切阶层、身份、信仰、民族、年龄的代表。在这里,通常被社会等级和遥远空间分割的人,偶然相遇到一起;在这里,人们命运和生活的空间系列和时间系列,带着复杂而具体的社会性隔阂,不同一般地结合起来;社会性隔阂在这里得到了克服。这里是时间起始之点和事件结束之处。①

更准确地说,这里所谓的"道路"应包括"街道"(street)和"马路"(road),前者浓缩历史、文化、习俗、生活世界等宽泛的含义,是一种具有独特身世和鲜明性格的"地方"。后者有时与街道的"地方"含义相互重迭,有时甚至仅具交通运输上的狭窄含义,是以短暂、流动、倏忽无常为特质的"非地方"。陈大为指出,"街道并不等同于马路,它包含了马路上及其周边所有的社会与经济活动,两侧的建筑构成街道的立面样貌,商店的消费形态更决定了街道的性格。所以街道(street)不仅仅是一条马路(road),在某些人眼中它是一个'地方/场所(place)'"②。在这里,我觉得可以把马路和街道合并为"路街",这是见于中国南方省份的一个词汇。以"路街时空体"的概念阅读《梁宇皋路》,也许会有新发现。梁宇皋(1888—1963)出生于霹雳州,早年游学英国,曾加入新加坡的同盟会,1948 年被委任为马来亚联合邦立法议员,翌年成为马华公会的创办人之一。1957 年,马来亚独立,梁氏当选为马六甲州长,两年后出任司法部长,还在马华公会担任总秘书。1960 年,梁宇皋参与起草《达立教育报告书》,结果与"华社族魂"林连玉(1901—1985)展开笔战,被斥为出卖华文教育的"民族败

---

① 张德明:《从岛国到帝国——近现代英国旅行文学研究》(北京:北京大学出版社,2014 年),第 61 页。

② 陈大为:《街道的空间结构与意义链接——马华现代诗的街道书写》,收入陈大为:《亚细亚的象形诗维》(台北:万卷楼出版社,2001 年),第 121 页。

类”。[1] 八打灵有一条马路,乃是官方当年以其姓氏命名的,就在吕育陶住家附近。在这首诗的开头,“我”驱车寻访这条马路,遥想历史风云,梁林激烈交锋,梁氏以官方名义,“压垮华文中学的牌坊”“扭断华文中学的脖子”,结果是官位上升、名声下落。2012 年,梁氏亡故半个世纪后,华文教育的现状如何?诗的末尾这样写道:

半世纪后的圣诞节早晨
我沿着谷歌地图
抵达
结局已然写就
华文退守到水道边
国族单色的教育法令
横写的街名
Jalan Leong Yew Koh [2]

梁宇皋路既是一个“地方”也是一个“事件”;这个凝聚历史沧桑的时空体,展示阶级与种族的地理,它唤出了华人社群的历史记忆,以及凝聚在这记忆当中的不屈不挠的抗争政治。

最后,让我以对短诗《历史折断的地方——给苏丹街》的分析和讨论结束这篇论文。苏丹街(Jalan Sultan)和茨厂街是吉隆坡的唐人街,与吉隆坡开埠、华人移民史、辛亥革命、太平洋战争、反殖独立运动等历史事件密切相关;此地保留了大量的文物、古迹、景观、建筑,是一个繁华的商业街道和旅游观光的中心,能够唤起华人的历史记忆和文化认同感。近年来据传政府要征用土地,拆迁苏丹街老店,实施捷运计

---

① 参看何启良主编:《百年寻绎:马新历史人物研究》(八达灵:拉曼大学中华研究中心,2013 年)。

② 吕育陶:《梁宇皋路》,收入吕育陶:《寻家》,第 62 页。

划,结果有数百市民示威抗议,纷纷呼吁保护这条百年老街:①

> 老街原本沉沉睡去
> 梦着19世纪的吉隆坡
> 土灰色的锡矿场、客工
> 茶馆、木茨厂
> 客家语广东话的乡音②

殖民地时代的马来亚,锡矿开采业发达,吸引大批中国人南来,辛苦打拼。苏丹街这个地方聚集了大量中国客工,籍贯各异,语言混杂,这是日常生活的所在地,他们通过在这个街道时空体中的身体自由移动,锚定了他们对于这座城市的感知地图,也塑造了吉隆坡作为离散城市的特质。到了21世纪,发展主义、商品拜物教、现代性和全球化,跨越民族—国家的疆界,摧毁了人们对苏丹街的"地方感"。然而在怨怼的传统离散情绪之外,吕育陶惊异地发现,从四面八方涌来的"祈求城市画笔"的百姓,包括不同的种族身份("马来鼓""唢呐""木吉他")、职业地位("甲必丹""灯笼""舞者")和宗教信仰("法师""师父""伊斯兰宗教师"),这预示危急时刻的希望和可能性:

> 直到午夜,散场的人群
> 遇上涌往大宝森节庆典的
> 兴都教徒
> 穿过老街
> 所有人同时发现
> 一个不曾分化
> 真实的马来西亚

---

① 参看新浪网新闻报导《马来西亚苏丹街多个建筑被拆,200人游行捍卫》,时间是2013年10月28日,网址在http://news.sina.com.cn/o/p/2013-10-28/150728552241.shtml。

② 吕育陶:《历史折断的地方——给苏丹街》,收入吕育陶:《寻家》,第58页。

英国诗人 T. S. 艾略特区分过诗中的三种声音,"第一种声音是诗人对自己说话——或者是不对任何人说话的声音。第二种是诗人对听众——不论是多是少——讲话的声音。第三种是当诗人试图创造一个用韵文说话的戏剧人时自己的声音。"①吕育陶那些简洁优美、朴素真挚的小诗,例如,《浮生》《从祖父的骨灰阁望出去》《餐桌》《寻家》等,是私密化的小叙事,是诗人面对自己的喃喃独语。而在这首诗中,吕氏的抒情声音已不再是只对自己说话;相反,他放弃了怨怼自怜的情绪,面对冥冥之中不分种族的同胞,发出抗争的声音;这就是艾略特说的第二种声音。吉隆坡的苏丹街承担文化叙事和身份建构的功能。正是全球化、现代性和跨国资本主义势力这些共同的敌人,把马国的"所有人"牢牢地团结在一起,激发大家去想象一个共同体,那就是"五·一三"事件之前的马来西亚,一个多元种族和谐共处的国度。毫无疑问,这是未来中的过去,也是过去中的未来。

如上所述,吕氏的"地方书写"展示了一个饶富批判性的文学空间:其一,它表现个体生命的成长主题、自我认同的形成以及马华族群的离散经验,批评全球化、现代性和发展主义的意识形态削弱了"地方感"。其二,这类"地方书写"再现马国华族的历史记忆,以及族群认同和国家认同间的深刻矛盾;诗人借以批判制度化的马来种族主义,最终表达对于平等政治、尊严政治的憧憬与抗争。从文学史的角度看,描述离散经验、"地方感"和反抗政治的马华诗人,从来不在少数。吕氏现代诗的创作特质在马华诗坛中非常明显,具有承先启后的意义。他的作品基本上属于政治抒情诗,视野广阔,关注公共领域,又避免了写实主义的直抒胸臆、审美贫乏,而是迈向沉潜内敛、注重暗示象征的现代主义乃至于后现代主义方向,有深刻的批评思考。在具体的写作技巧上,他经营小说化场景,移入戏剧性独白,讲究叙事性和抒情

---

① 艾略特:《诗中的三种声音》,王恩衷编译:《艾略特诗学文集》(北京:国际文化出版公司,1989 年)。

性的结合，在历史和现实的对比中产生紧张感和反讽效果，追求复杂深刻的思想性，又把感觉、印象、情绪、观念进行繁复的综合，而以简洁优美的语言出之——凡此种种，无不使得吕氏的抒情诗，既雍容浩荡，又深邃绵密，产生了强大的艺术力量。

第八章　缪斯的踪迹

——新加坡华文现代诗的半世纪回顾

1965年,新加坡宣告为主权独立的国家。邦国初造,万象更新,"新华文学"(新加坡华文文学的简称)作为现代民族—国家框架内的概念,正式获得合法性。在新、马分治之前,两国的华文文学统称"马华文学"。在此,有必要对新加坡华文现代诗的百年历程,稍作回顾。

1919年5月4日,中国北京爆发了声势浩大的五四运动,不仅影响了全中国的各大中心城市,而且迅速波及海外华人社区[①]。受此影响,马华文学完成了从古典到现代的历史转型。根据方修的考证,马华文学中最早出现的新诗是苏厚禄的《懒工的忏悔》,发表于1919年12月29日《新国民杂志》。[②] 从1919年至今,新加坡华文现代诗走过了百年历程,重大文学思潮包括:1927年的"新兴文学"(无产阶级文学、革命文学),1937—1942年的"抗日救亡诗歌"和"诗歌大众化"运动,1946—1948年的"马华文艺独特性"与"侨民文艺"的论战,1956年的"爱国主义大众文学",1960年代初期的"现实主义"与"现代主义"之争,1966—1976年的左翼文学运动,1980年代产生的"建国文学",凡此种种,无非荦荦大端。

1960年代中期之后,尽管现实主义仍是新加坡华文诗坛的主流,但其日渐暴露出局限性,因此遭到现代主义者的批评挑战。1966至

---

① David Kenley, *New Culture in a New World: The May Fourth Movement and the Chinese Diaspora in Singapore*, 1919-1932 (London: Routledge, 2003).

② 方修编:《马华新文学大系》诗歌卷(新加坡:世界书局,1972)的导言;黄孟文、徐迺翔主编:《新加坡华文文学史初稿》(新加坡:新加坡国立大学中文系,八方文化企业公司,2002)。

1970年间，前卫诗人们以现代主义相号召，现代诗的写作和阅读，一时蔚为风气。1970年，孟毅（黄孟文）编选的《新加坡华文文学作品集》出版，所收录诗歌以现实主义为取向，作者大多出生于1920—1930年代，例如柳北岸、周粲、杜红、钟祺等。数月以后，贺兰宁主编的《新加坡15诗人新诗集》问世，此书标举现代主义旨趣，在新加坡华文文学史上具里程碑意义。值得注意的是，诗集中的每位诗人都发表了一篇序文，类似于作家自述，这15篇诗论向现实主义宣战，引领诗坛新风尚。这批诗集有牧羚奴的《巨人》和《牧羚奴诗二集》、贺兰宁的《天朗》、南子的《夜的断面》、流川的《晨城》、谢清的《哭泣的神》、文恺的《树和他的感觉》，皆一时之选，他们的诗论新颖大胆，引起文坛瞩目。

一　现实主义与现代主义之争

新加坡华文诗坛的现实主义与现代主义之争，始于1960年代初期，参与论争的诗人甚众，影响深远。钟祺和林方的笔战，可说是论争的一个缩影。1962年，台湾诗人覃子豪主编的第一至四期《蓝星诗刊》出版了，新加坡诗人钟祺读后，不以为然，便写下一篇文章，题为《一首"现代诗"》，发表在1963年12月27日的《星洲日报·青年园地》。在这篇文论中，钟祺毫不客气地批评了现代诗："在语言上，'现代诗'的作者的本领，就在形式主义地发明一些半欧化半文言的意义含混或根本没有意义的语言的废料，标新立异地诱导人们走进思想的迷宫，而达到其不可告人的目的。"林方曾在《蓝星诗刊》发表诗作，是覃子豪看好的新锐诗人，他写下《致钟祺先生》一文，发表于一个月后的《星洲日报·青年园地》，表达商榷和异议。林方批评钟祺"并非纯粹对于文艺的探讨，而是强词夺理地非议现代诗"，他旁征博引，列举西方文学理论，论证现代诗的合法性。三个多月后，钟祺又发表回应文章《新诗的逆流——现代派》，他把现代派视为诗歌园地的一株毒草,必欲除之而后快。不久,林方写成《再致钟祺先生》,发表在同年5月13日《马艺报》创刊号,他一针见血地总结说:“所谓‘维持旧秩序’,所谓‘新诗的逆流’,所谓‘现代主义的艺术观’种种论点,都是钟祺心目中‘正规诗’的致命伤。”钟祺后来又写出《论诗歌的创作目的——现代诗的批判》,继续批判现代诗的“纯文学”诉求、“为艺术而艺术”的理念:“现代派的诗人和准诗人们最忌讳和最痛恨的就是关于诗歌创作的目的性,他们异口同声地叫嚣着诗歌的创作是没有任何目的,以及什么诗歌创作的本身就是目的,等等。”林方在《星洲日报·青年园地》发表题为《关于现代诗》的文论,强调指出“文学须与时并进,不能墨守成规,各种流派的更迭,导致毁灭性与创造平衡的悲剧性循环,只是一种实验过程,现代诗的兴起,应该被视为新文学进程的一部分,而新文学是旧文学的延续,我们放眼世界艺术,向西洋文艺学习,但不一定要唯它马首是瞻”。整体而言,林方的诗论,学养深厚,逻辑清晰,论证严密,立论公允,具有强烈的说服力,在新加坡华文现代文学思潮史上,占有一席之地。

二　离散华人与原乡追逐

“离散华人”(Chinese diaspora)指的是过去几百年来向世界各地迁徙的中国人。在不同历史时期,离散华人与中国的关系有所变化:有的抱有强烈的远距民族主义情操①,期待返归故国原乡;有的很好地适应了周围环境,终结离散状态,落地生根。英培安的《无根的弦》挥洒中国想象和文化乡愁:

> 那时海峡时报在莱佛士坊
> 黄昏是泼在

① Benedict Anderson, “Long Distance Nationalism,” in his *The Spectre of Comparisons: Nationalism, Southeast Asia, and the World* (London: Verso, 1998), pp. 58 - 76.

一座英国式的铁桥上
印度人的笑语/和隐约的咖啡香/散发过微湿的
街场。一朵没有形状
的云,是绣在
维多利亚剧院后面的
一株树旁

告诉你我多寂寞
(那时是黄昏)
我伴着
一只异乡的白鸽
细读一则大标题的国际新闻
骤然想起尘封在书房里的史记
诗韵
和甲骨文

《海峡时报》(*The Straits Times*)是创办于新加坡殖民地时代(1845年)的一家英文报,莱佛士坊、英国式铁桥、维多利亚剧院是本土地景,“印度人”的陈述点出多元种族的国族特性,“微湿的街道”暗示热带海洋城市的气候。这些由视觉、声音、气味交织的意象浮现在日常生活的时刻(“黄昏”)和空间(“莱佛士坊”)中,进入抒情主体的感官世界,唤起新加坡作为后殖民民族—国家的历史记忆。然则,这个土生土长的“我”,没有安适的地方感,相反,时空措置、身处异乡的寂寞感,于焉浮起。当“我”阅读一则与祖籍国相关的新闻时,骤然想到那个历史悠久的文明。于是,原乡神话呼之欲出。套用王德威的概念,此即“想象的乡愁”(imaginary nostalgia)[①],它与其说是要原原本本地回返过

① 王德威:《茅盾,老舍,沈从文:写实主义与现代中国小说》(台北:麦田出版社,2009),第341页。

去,不如说是以现在为着眼点,去创造和想象过去。在《乡愁》中,英培安的文化认同导向神州原乡,以弃儿意识和血缘神话(myth of consanguinity)[①]昭示出来:

但闻异域的候鸟
鼓噪着
认同、或回归的
哀音。你的惶惑
便清楚起来了

龙的图腾,仍铭于
你浓于水的
奔流的
血内

推开窗
扑面见乡愁
如一断脐即被弃了的
婴孩,睁目遥望
他永不可触的
母亲
依稀的温暖
巨大的
面容

新中国的成立引发了南洋华侨的回归潮,他们如“异域的候鸟”,召唤本地青年步其后尘。准此,抒情自我陷入了进退两难的境地,他自感

① 周蕾:《写在家国以外》(香港:牛津大学出版社,1995),第59页。

如一个刚出生即被弃置的婴儿，只能遥望永不可触的中国母亲，想象其体温和面容，如此而已。

希尼尔早年诗作中的文化认同也联系着中国原乡。他属于移民的后裔，出生在新加坡加冷河畔，这条河浓缩着新加坡延续了一百多年的殖民历史。《加冷河》的开头诗句刻画了诗人的文化乡愁：

就这样踟蹰的流着
一条河，舒展龙爪
自北回南，向两岸扩张
日日夜夜，呜咽低吟
在先祖的记忆里
坚持一种流动的肤色
多少梦里唤他回去
多少日子，挟带两岸泥沙的深愁
水位的升涨
随汗水血泪的盈寡而漂动
潆洄中迟滞里寻找出路
不曾有一泻千里的雄姿
一条河，历史告诉他应该倒流
以泥土的颜色
日夜奔成一片希望的远景

这里的叙事视角不是国族（nation）而是族群（ethnic）。从 19 世纪开始，华南省份的中国人大举南下，渡过凶险的七洲洋，跨国流动，散居在槟城、马六甲、新加坡，他们的身份转变为离散华人。一些人迁徙到加冷河岸，筚路蓝缕，苦苦耕耘，“族群”与“地景”（landscape）出现情感的纽带。诗中的“流动的肤色”“踟蹰”“呜咽”“深愁”“血泪”等词汇，形象化地点出漂泊离散的家族记忆。河流随气候与时间而发生的地貌、水文的变化，被诗人赋予若干寓意。那位先辈正在苦寻出路，

“加冷河”在其梦中召唤回归原乡。这条河流因为没有“一泻千里的雄姿”而自惭形秽,它被历史庄严地告知:唯有向北倒流,才有远大前程。准此,“文化认同”与“中国性”纠缠在一起,展示为一个动人的“血缘神话”。

新加坡开埠一百多年后,第二次世界大战爆发。这场浩劫的后果之一是:西方帝国主义国家的殖民体系彻底瓦解,亚洲、非洲、拉丁美洲兴起声势浩大的独立—建国运动。马来亚在 1957 年宣布独立。两年后,新加坡从直属殖民地变成自治邦。1963 年,新马合并。1965 年,新加坡脱离马来西亚联邦,成为主权独立的国家,进入后殖民时代。本地的“海峡华人”的效忠对象从大英帝国转移到马来亚,然后再到新加坡。来自中国的“新客华人”,大部分愿意落地生根,取得公民权。在新加坡华人当中,随着国族认同的增强,解构原乡神话在所难免。①

寒川,出生于金门,童年时随家人移居新加坡。1980 年,寒川写下平生第一首带有原乡情结的诗《童年 · 金门》。虽然他当时尚未还乡,但这无碍于原乡追寻,他也表达了一腔的无奈和遗憾。“去国之后,就不再是暂时的投宿/成长、生根,甚至于/结丰厚的果实”,短短数行诗,见出寒川对新加坡有自觉的认同。1996 年,他写下一组短诗《金门系列》,浓墨重彩地抒发离散感性。在这组诗中,寒川回溯海峡两岸由于冷战造成的创伤记忆,对出生地金门挥洒浓烈的乡愁,对历史漩涡中的大众寄予人道主义的同情,明确表示了和平主义的关怀。此外,寒川的《高粱三题》也流露对故乡金门的乡愁;《闽南语》回顾自己从金门岛迁徙南洋的经历,藉由方言

---

① 关于第二次世界大战后新马华人的国家认同的转向,中英文学术界都有一些代表性的研究成果,例如 Jennifer W. Cushman and Wang Gungwu eds., *Changing Identities of the Southeast Asian Chinese Since World War II* (Hong Kong: Hong Kong University Press, 1988); Fujio Hara, *Malayan Chinese and China: Conversion in Identity Consciousness* 1945-1957 (Tokyo: Institute of Developing Economies, 1997); Anthony Reid ed., *Sojourners and Settlers: Histories of Southeast Asia and the Chinese* (Australia: Allen & Unwin, 1996);崔贵强:《新马华人国家认同的转向 1945—1959》增订本(新加坡:青年书局,1990).

土语唤起族群认同;《三月三,拜轩辕》记述他返归中原、祭拜祖先的经过,强化了血缘神话和文化认同。

1979年10月,王润华写下传颂一时的抒情小诗《橡胶树》。诗中的橡胶树瘦骨嶙峋,遍体鳞伤,痛苦无告地期盼雨季的来临,这个带有视觉冲击力的形象,让人联想到马来亚橡胶种植园中的离散华人的苦难史,准此,自然风景转化为种族与阶级的地理,控诉马来半岛华人资本家和英国殖民者的罪行。淡莹的小叙事诗《梳起不嫁》讲述一个特殊社群"妈姐"的不幸遭遇。20世纪初,广东顺德的年轻妇女有梳起不嫁的习俗,人们把这些青年女子称为"妈姐"。她们辗转来到遥远陌生的南洋,迫于生计,在富人家当女佣。于是,性别、阶级、跨国离散,这三者之间产生了紧密的联系。这些"妈姐"保持处子之身,她们劳碌终身,把微薄的薪水汇给中国故乡的亲人,支持整个大家庭的生计,充满自我牺牲的精神。

吴垠的《椰树》诠释了离散华人辞别中国的宗祠家庙,在新加坡落地生根的历史事实。李茀民的《故乡的老酒》表现南洋华人的难解乡愁,他的《雾锁南洋》回首华南省份的中国人历经千辛万苦、开拓南洋的经历,又写出他们对未来的信心和憧憬。翁弦尉的《如何变成三保公》描叙马国离散华人的历史经验,点出南洋被传奇化、浪漫化、异国情调化了,揶揄马国文坛乱象和某些文人的沽名钓誉。周德成的《我是一蒸不熟的铮铮老骨头》翻写元代作家关汉卿的套曲《南吕一枝花·不伏老》,抒情主体带上人格面具,以第一人称从边缘发声,描绘"三水妹"作为离散华人女性和下层劳动者的心酸,向她们的坚强勇敢表达敬意。

三 国族认同与本土意识

新加坡华文文学已有长达百余年的历史,其国族认同和本土意识经历了孕育、发展、转向的漫长曲折的过程。新加坡华文现代诗的国族叙事最早可上溯到新加坡国名"Singapore"的由来,这个名字与《马来纪年》记载的一个神话传说有关。[①]

1. 鱼尾狮作为国家图腾

“鱼尾狮”(Merlion)是一尊由狮首和鱼尾组成的、口中常年喷水的塑像。这尊纯白色的塑像,高达七米,由新加坡范克里夫水族馆(Van Kleef Aquarium)馆长布仑(Fraser Brunner)设计,由雕塑家林浪新塑造。狮子是陆地上的猛兽,鱼则是大海中的生物,鱼尾狮两者的特点兼而有之。鱼尾狮的狮头造型,与传说中的山尼拉乌他马王子登陆新加坡有关。至于鱼尾图案,则取材于新加坡的海港特征,因岛民们一向以捕鱼为生。胡月宝如此诠释鱼尾狮的象征涵义:“狮子在马来民族传统中,也是具备权力、祥瑞、尊贵的王族象征。再说鱼身,一则标志着海洋对位处东西方海上交通枢纽的新加坡之重大意义,二则也具有民族传说中神秘、尊贵意义。整体而言,鱼尾狮象征着新加坡人对国家的美好期待。”[②]1971 年,鱼尾狮塑像开始伫立于新加坡河口,一直到 2002 年才迁移到浮尔顿大厦前的新加坡河畔,并辟为鱼尾狮公园。四十多年来,鱼尾狮的形象深入人心,成为新加坡的国家图腾。

英军在 1942 年的不战而降,沦陷期间日军的奸淫烧杀,让新加坡人民意识到保家卫国的重要。二战结束后英国对新马的二度殖民,加速了人民的政治觉醒和争取独立的决心。1965 年,新加坡独立,作家们有了明确的效忠对象和国家认同。出生于马六甲、毕业于南洋大学的贺兰宁,可能是新加坡第一位将鱼尾狮入诗的作家。1975 年元旦,他所作的《鱼尾狮》以英国殖民统治时期和日军侵略占领时期为背景,具有扎根本土、效忠邦

---

① 根据一则流传于 11 至 14 世纪的著名传说,苏门答腊的山尼拉乌他马王子(Sang Nila Utama)偕同新婚妻子乘船出游,在海上时遇到滔天巨浪,所乘之船随时有翻覆的可能,情况十分危急,大家非常恐惧。王子情急之下,把头上的王冠丢到大海中,没想到风浪顿时平静下来,远处出现一片洁白如银的美丽沙滩。王子后来在这座名为“Temasek”(淡马锡,意即海城,也是新加坡的古名)的小岛上遇到一头雄健的狮子,因此将该岛命名为“Singapura”。“Singapura”在梵文里的意思是“狮子”(Singa)“城”(Pura)。

② 胡月宝:《鱼尾狮与鱼尾狮旁的花木兰:当代新加坡华文文学论文选》(桂林:广西师范大学出版社,2010),第 34 – 35 页。

国的意味。2009年,吴根写下象征新加坡精神的《鱼尾狮传奇》。这首诗从鱼尾狮的外貌特征写到内在特质,"因此,在巨狮的内心/暗藏了海洋的浩瀚/因此,在大鱼的动脉/埋伏了森林的深广",这是新加坡多元种族、文化混杂的象征,也是建国初期爱国主义诗歌的国家意识的延续。"它的头顶/由天上的雷霆充电",这两句诗是对一个意外事件的发挥。2009年2月28日,滂沱大雨中的鱼尾狮塑像不幸被雷电击中,导致后脑勺出现一个足球般大小的空洞,右耳受损,掉落的混凝土块砸到鱼尾狮前面的波浪状底座上。对于鱼尾狮来说,这次电击事件无疑是一个灾祸。但是,吴根别出心裁地喻为鱼尾狮正在"充电",暗示它就像新加坡一样,具有转危为安、奋发进取的惊人能量。总的来说,吴根的《鱼尾狮传奇》表达一种积极进取、昂扬乐观的爱国主义情操,作家相信新加坡的多元文化的正面价值。

2. 爱国主义情操

1965年12月,一名马来西亚驻新加坡的步兵旅准将,坚持以他的电单车警卫队护送李光耀出席新加坡独立后的首次国会会议。此情此景促使李光耀决心建立一支属于新加坡自己的国防力量。1967年,新加坡实施国民服役制度,自行负起防务责任,规定年届18岁的健康男性公民都必须服满至少两年的兵役。贺兰宁的《卫国者》一诗,以新加坡建国后的国民服役为题材,摒弃过去这个诗歌类型空喊口号的毛病,"在形象描绘中表露爱国情怀和刚健意气";它勾画军训中的几个场面"十分自然、生动,毫无生硬悬隔之感。由于作者丰富的联想能力,使诗歌读来颇有诗味"[①]。《卫国者》作为一首描述军训生活的诗作,从国防建设的角度表现新加坡人的国家认同,不只让经历过国民服役的人产生共鸣,而且也为日后新加坡华文文学中的军旅诗歌树立了典范。1967年8月9日,在新加坡建国两年后的国庆日庆典上,人民卫国军踩着整齐响亮的步伐走过检阅台。当时刚完成学业不久、

① 夏莞:《贺兰宁诗歌概说》,贺兰宁:《石帝》(厦门:鹭江出版社,1987),第108页。

担任小学教师的贺兰宁,目睹这振奋人心的一刻,深受鼓舞,翌日写下豪迈奔放的诗《八月九日》。读者阅读这首诗,恍若回到历史现场,目睹当时的盛大场面,难能可贵的是,虽然国家独立不久,诗人展现的国家认同却是那么的深沉浓烈。李元本认为,“新加坡建立军队完全是为了自卫。新加坡就像一只有毒的小虾,它不能吞食别人,但能螯伤想吞食它的人”①。国庆游行的场面非常壮观,让过惯了殖民地生活的人民眼界大开,也激发了他们强烈的爱国情操。贺兰宁的《旗》也展现了浓厚的国家认同。诗中的“岛国”“卫国”“报国”和“爱国”,是诗人所蕴蓄的国家意识的外在表现。夏莞对《旗》的评价颇高:“诗人认为国旗雪白的半面象征着纯洁、象征着洗涤腐旧的思想,而殷红的半面象征着热血、象征着勇气,旗上的五星和新月则呼唤着各行各业的人们聚合在一起,戮心协力、建设家园。面对国旗,诗人心中充满自豪感。”②同样是以旗为描述对象,无论是在情感表达还是创作风格上,我们都可明显看出,贺兰宁在 1960 年代写下的《旗》,要比坚石在 1950 年代写下的《诗情》来得精致细腻。

1980 年代初期,林方怀着满腔热情写下《石榴》一诗。以“石榴”入诗者,中外不乏其人,法国诗人保尔·瓦雷里(Paul Valery)的《石榴》,希腊诗人奥蒂塞乌斯·埃利蒂斯(Odysseus Elytis)的《疯狂的石榴树》,即是二例。比起瓦雷里的形而上思考,以及埃利蒂斯对个人主义的礼赞,林方的《石榴》有明显的爱国意识。它分为四节,石榴孕育的种子,正如“国家”被创造,诗人依靠想象力连缀各个片段化场景,四个部分存在潜在的递进、呼应和指涉的关系。在第一节中,诗人以生动活泼的语言,把饱满圆润的石榴比作即将分娩的孕妇。第二节是一个“宣誓”的特写镜头,紧握的拳头宛若饱满的石榴。第三节写国庆之夜,满空的烟花飞舞,一如晶莹闪亮的石榴种子。最后一节,把“年轻的祖国”的

① 李元本:《新加坡现代诗的城市图像》,南京大学硕士论文,2004 年,第 14 页。
② 夏莞:《贺兰宁诗歌概说》,贺兰宁:《石帝》,第 108 页。

地理形状比作“石榴”,水到渠成地升华了这首诗的思想主题。

郑景祥写的《独立还是纠缠不清》隐喻新、马两国的历史渊源;《一个名字的诞生》追溯新加坡名字的来源,揭示国族叙事的神话底细;《缝合的一段记忆》反思新加坡的一页国史。这几首诗连同《殖民地现象》构成了郑诗独特的历史想象。周德成的《我们对着鱼缸说国语》也值得一提。此诗追溯新加坡的悠远历史,在名词与名词之间,在词组与词组之间,逆转现代诗的书写成规,显示前卫实验的气质。这首诗让人想起新加坡英文诗人吴信答(Goh Sin Tub)的诗《操母语——新加坡式》(“Speaking in Tongues – Singapore Style”),诗中反映了马来半岛“海峡土生华人”(男性称“峇峇”,女性称“娘惹”)家庭用语的真实情况。两者都是采用戏谑的方式,以一套不同于传统用法的词汇梳理国族文化的复杂背景。此外,郭永秀的《星月传奇》表达国族认同;他的《海南鸡饭》和《咖喱鱼头》从新加坡的食物落笔,书写离散华人和新加坡的人生世象。蔡欣的《南方之歌》表达南洋色彩和本土意识。梁文福的《地铁旅程》和《岛》从个人的成长史的角度写新加坡的开国史,两者互相印证,彼此隐喻,表达国族认同和成长史的主题。陈志锐的《亲爱 S 城》表达对新加坡的爱国情感和本土意识。陈晞哲的《问号南洋》写离散华人与新加坡的国族史,在在充满反讽色彩。

3. 马国政治寓言

马来西亚华人社群在政治和文化上被边缘化的事实,成为马来西亚华文文学的大宗题材。由于种族压迫日趋严重,马国每年有大批华人人才外流,游以飘是马国移民大军中的一员。作为土生土长的马国华人,游以飘关怀时事,感时忧国,奋力表达一己之批评思考。在离乡背井、跨国流动的处境中,他不断思考身份认同的问题,而首当其冲的,就是肤色、记忆与母语的课题。2005 年,游以飘开始思考语言与国族身份和文化认同之间的复杂联系。在组诗《旅者五首》的《移民》一诗中,他以低调叙述和巧妙的隐喻,描述一名移民到新加坡的马国华人对种族主义的想法,从侧面勾勒马国种族压迫的严重性。游以飘的《红花》以马来西亚国花为隐喻,表达马国政治生态的不堪与深刻的族群矛盾。《备忘》写1957年马来亚新邦初建的宪法所奠定的多元种族、一体并存的政治理想,已被彻底遗忘和瓦解了。

同样是跨国离散的新移民诗人,翁弦尉对马国政治文化也有许多表现。《不在南洋》从离散华人的角度写马来西亚开国史,从个人家族史追溯遥远的一页国史,运用戏剧性独白和对话手法,讽刺幽默,令人莞尔。《健力士世界纪录大全——第2020页》讽喻马国政治生态的翻云覆雨和尔虞我诈,批判政治人物的愚民政策。翁弦尉嘲弄这种"失败的政治",讽刺政客的食言而肥。《在密室中》也是政治寓言,批判马国的密室政治导致权力无法在阳光下运行。

四 召唤集体/历史记忆

包括诗歌在内的文艺作品是保存世界记忆的重要手段,"记忆研究"是现代西方学术的大宗成果。新加坡华文现代诗纪录了新加坡在过去一百多年里的风土人情、历史沧桑和社会发展。法国社会学家哈布瓦赫(Maurice Halbwachs)正确指出:"我们保存着对自己生活的各个时期的记忆,这些记忆不停地再现;通过它们,就像是通过一种连续的关系,我们的认同感得以终生长存。"[①]据学者们的研究,记忆可以区分为众多范畴,包括"个人记忆""集体记忆""历史记忆""文化记忆"等。"集体记忆"(collective memory)的一面是历史和纪念性符号,另一面是个人对过去的信仰、情感和判断,集体记忆覆盖两者之间的诸多关系,它的基本事实在于:不同个体和世代采用不同方式去解释和纪念同一个事件。[②] 至于"历史记忆"(historical memory),它标示的

① 哈布瓦赫著,毕然、郭金华译:《论集体记忆》(上海:上海人民出版社,2002),第82页。

② Mark D. Jacobs and Nancy Weiss Hanrahan eds., *The Blackwell Companion to the Sociology of Culture* (Malden, Mass.: Blackwell Publishing Ltd., 2005), p. 254.

不是普通的生理—心理行为，而是过去的一些情节通过叙事形式加以讲述。叙事性的解释以社会结构和连续性作为主要特征，正是在这种叙事框架中，个体和集体的认同才能形成，并且得到有效的传播。[①] 众多新加坡华人现代诗人，见证了英国殖民地时代、日军南侵时代、独立建国以来的新加坡、马来西亚的历史风云。从 1940 年代至 1960 年代，历史大事纷至沓来，新马人民记忆犹新：新加坡沦陷，太平洋战争，马来亚紧急法令(1948—1960)，反殖独立运动，马来亚独立，新、马合并，新加坡独立。这是一个风雨飘摇、剑拔弩张的时代，也是一个民族意识觉醒、爱国情操高涨的年代。

1. 苦难深重的"昭南岁月"

1942 年 2 月 15 日，日本南方军第 25 军，在山下奉文指挥下，迅速攻陷新加坡，俘虏 13 万名英国、印度与澳大利亚联军将士。日军把南方军总部设置在新加坡，改名"昭南岛"，山下由此得到"马来亚之虎"的绰号。在这兵荒马乱的危急时刻，抗日武装力量开始酝酿与形成，在三年八个月的日据期间茁壮成长，论组织的严密与武装力量的强大，首推马来亚人民抗日军。日军当局设立"甄别中心"，处决华人游击队和反日积极分子，此即"大检证"[②]。自 1950 年代以来，抗日是新加坡华文文学的主题之一。新加坡华文现代诗关于"昭南时代"也有所记载。范北羚的军旅诗歌《战尘抄》写于日据期间，收入他的诗集《召唤》。Sarimboon，位于新加坡西北岸，是二战期间日军登陆新加坡的地方，现在辟为军事训练区。希尼尔把它称为"始凌湄"。他在年轻时曾经戍守该地，附近的一场军事演习让他深有所思，关于新加坡沦陷的历史记忆奔涌而来，于是写下《始凌湄》这首诗，描绘日军从海上

---

① 德兰迪、伊辛著，李霞、李恭忠译：《历史社会学手册》(北京：中国人民大学出版社，2009)，第 580 页。

② 关于日据时期新马社会的状况，参看崔贵强《新加坡华人：从开埠到建国》(新加坡：宗乡会馆联合总会、教育出版公司，1994)，第 212-224 页；Paul H. Kratoska, *The Japanese Occupation of Malaya: A Social and Economic History* (London: C. Hurst, 1998).

登陆新加坡的情景。1980 年代初期,日本右翼政客篡改历史教科书,引起巨大的国际争端。伍木怀着激愤的心情,写下《健忘心理学》这首诗,试图唤回太平洋战争的历史记忆,批判军国主义罪恶,呼吁世界和平。此外,郑景祥的《日出的恐惧》铺叙新加坡在太平洋战争中沦陷于日军之手,开始了苦难深重的"昭南时代"。蔡家梁的《烈士风云》叙写新加坡抗日烈士林谋盛的传奇一生。王润华的组诗《午夜惊醒的坟场》描绘太平洋战争期间马来亚的动荡历史。

2. 冷战图景与殖民历史

殖民主义是近代世界历史的基本结构,而整个东南亚的 11 个国家,除了泰国以外,在历史上都曾沦为西方列强的殖民地,例如,缅甸是英国的殖民地,菲律宾是西班牙的殖民地,越南是法国的殖民地,印尼是荷兰的殖民地。从 1511 年开始,马来亚即被西方殖民帝国征服,四百年来饱受荷兰、葡萄牙、英国、日本的轮番殖民统治。从 1819 至 1965 年,英国一直统治新加坡。萨义德(Edward W. Said)这样描述欧洲人的东方主义想象:"在欧洲人的想象地理世界中,有两大主题:西方是强有力的、清晰明白的,东方则是遥远暧昧的、被征服的国度,这两大主题构成西方人看东方的角度。阿奇勒斯曾在剧本中再现亚洲,把她化身为一个衰老的波斯皇后,也就是赛克斯的母亲。透过这种具象的形容,欧洲人主张,是欧洲攻入东方,因此历史的接合,促成了东方;这种接合,是一种西方的特权,亚洲因此成为欧洲的玩偶,而不是一个真正的活生生的实体。"[①]论及民族主义这个复杂的历史现象,安德森(Benedict Anderson)尊敬殖民地人民反对帝国主义、追求民族解放的英勇斗争。除了活跃的政治家、工会领袖和共产党员之外,华文作家也透过文学想象,把"想象的共同体"写入作品。

在王润华的诗集《热带雨林与殖民地》当中,大约有 33 首诗歌,涉

---

① 萨义德著,王志弘、王淑燕等译:《东方主义》(新北市:立绪文化公司,1999),第 79 页。

及1950年代初期马来亚共产党对英国殖民军的军事反抗,例如,《戒严后的新村》《马来亚丛林里的埋伏》和《山雨》等。王氏在自序中坦言:"这本诗集的六辑的作品,都是不堪回首的往事,创作这些诗是数十年来的心愿,今天终于实现了一部分,虽然还有很多作品没有完成,心里却非常兴奋,当我走进新马热带丛林,走进新马的历史,感觉总算对得起这片土地。……作为一位作家,怎能对殖民时期的历史事件毫不关心?"[①]王的序文清楚表达了他写作和研究新马华文后殖民文学的承诺。《戒严后的新村》中的"新村"(new village)又称"华人新村"(Chinese new village),英国殖民政府实施这项政策,主要针对华人,带有显著的种族隔离的意图,与南非政府在1990年代以前所推行的种族隔离政策,非常相似。面对这个特定历史阶段的地理空间,正义之士不禁质疑:到底是谁赋予了殖民政府圈定人类居住环境的特权?《戒严后的新村》描绘冷战年代东南亚的历史记忆,清算英国殖民主义的罪行,已经成为王润华的代表作之一。

郑景祥的《殖民地现象》批判新加坡开埠者莱佛士被美化、被神化、被偶像化的现象,呼吁国人的心智需要进行"去殖民化"(de - colonization),才能摆脱殖民主义框架下的历史叙述,把颠倒的历史重新颠倒过来[②]。毕业自新加坡国立大学中文系的郑景祥,对国史有深刻认识:大航海时代以来,西方帝国到海外开拓殖民地,表面上是实施"文明教化",其实是出于经济利益的考量:"失业五百年的国内生产/辗转剩下种植、捕鱼和海盗/还有盈利在赚/要不是潮流兴起殖民地/英国人也不会急着搜寻/这个鸟不生蛋的荒凉。"莱佛士曾经担任印尼的明

---

① 王润华:《我的后殖民记忆》,王润华:《热带雨林与殖民地》(新加坡:新加坡作家协会,1999),第9页。

② 至少有两种类型的"去殖民化",一种是殖民地人民为追求主权独立和尊严政治而展开的激进想象与政治实践,另一种是殖民当局以退为进,主动采取措施,以缓和宗主国与殖民地的紧张关系,试图隐藏不平等的政治压迫。对于后一种去殖民化,后殖民理论家法农的《垂死的殖民主义》(*A Dying Colonialism*)和《朝向非洲革命》(*Toward the African Revolution*)有深刻批判。

古连总督,他率军远征爪哇,推翻了柔佛苏丹的合法统治,为大英帝国立下了汗马功劳。后来,他合纵连横,巧取豪夺,把新加坡变为自由港和殖民地,由此为英国打开了东南亚的门户。饶有讽刺意味的是,莱佛士的雕塑一直高高竖立在新加坡河畔,让(前)殖民地人民永远缅怀这位殖民分子的"丰功伟绩"。针对殖民主义的蝉蜕,郑诗有直率辛辣的嘲讽:"就这样导演晋升为偶像/尽管只是区区九个月的登场/1819 流传为红字/在 fans 众多的投注站/学校、酒店还有每个相信名牌的目光/有偶像代言就是高级的屏障/我们的潜意识始终没有独立/总在 21 世纪还在重复扮演/忠诚的殖民地。"时间到了 21 世纪,新殖民主义卷土重来,郑氏抚今追昔,重思历史,表达了他对正义、尊严的严肃关切,这也是他在新华诗坛脱颖而出的原因所在。概而言之,藉由组诗《殖民地现象》的想象,郑氏揭露了当年英国对殖民地征服掠夺的历史真相,讽刺了后殖民时代新加坡对宗主国的依赖。

五 现代化与乡土怀旧

新加坡重视城市规划。立国之初,政府即礼聘联合国专家,历时四年,制定城市化的发展蓝图。经济的腾飞,集金融、商埠、旅游于一身的荣耀,联合国最佳人居奖的获得,无不增强了国人的自信心。新加坡是一个快速发展的岛国,由于乡土景观的消失,城市化加快,在这土地上生活的人——无论是华人、马来人、印度人还是欧亚裔,都曾在现代化、城市化的历史进程中品尝到离开乡土的"放逐"滋味。所以,现代化进程,都市与乡村关系的重构,促成新加坡的文学场域发生了显著变化。[1] 不言而喻,叙说乡土社会的集体记忆以及泛滥的都市病,成为流行一时

---

① Wong Yoon Wah, "The Impact of Urbanization on the Recent Development of Singapore Literature in Chinese," see his *Post – Colonial Chinese Literature in Singapore and Malaysia*, Singapore: Department of Chinese Studies, National University of Singapore and Global Publishing Co. Inc. 2002, pp. 149–157.

的文学题材。在新加坡作家笔下,“乡愁”一词绽放新意,即,在没有跨国离散的情况下,城市中人追思和缅怀消失了的乡村故居。

从1960年代中期到1980年代初期,在向现代化和全球化挺进的城市规划下,新加坡的种植甘蔗园、椰林等农作物的田地和橡胶树林被夷为平地,取而代之的是,高耸入云的商用大厦,豪华的私人宅邸。人们被迫从原有的乡村居住地迁徙出来,由政府发给一定数额的赔偿金,入住城市组屋中。希尼尔的诗《北后港》写城市建设和现代化进程导致乡土景观的消失,涉及记忆、怀旧和环保的问题。黄明恭目睹父亲穷其一生所营造的家园,在一夜之间化为乌有的惨痛经历,情动于中,写下短诗《变迁》,流露出家园故土被连根拔起的迷惘与失落。董农政的《谁强悍谁买》批判全球资本主义和消费主义的汹汹大潮,他的《建设流放》惋惜城市建设导致文物古迹的毁坏。梁文福的《组屋族》写新加坡的现代化和城市化导致居住在组屋中的现代人彼此隔绝与无法沟通的悲哀。

晚年的王润华提出“重返诗学”的命题,他坦然宣告:“重返就是我的身心与文学的探险,重回昨天与今日,也进入未来。思考与幻想,理想与现实,写实与魔幻交替。所以过去我曾经重返热带雨林与殖民地、重返地球村、重返橡胶园、重返星洲、重返日本占领的马来亚。重返就是我的诗学。”①王润华的《重返新加坡》就是其“重返诗学”的产品之一,表达了处在人生暮年的他,重返新加坡所产生的时空错置的感觉,对全球化时代的跨国资本主义、自然山水景观的衰落、科技文明对社会大众的监控,表达了意味深长的反思批评。

六 华文教育与文化伤痕

1980年8月,南洋大学与新加坡大学合并为“新加坡国立大学”。

---

① 郭永秀、伍木主编:《五月诗选三十家》(新加坡:五月诗社,2017),第31页。

1986 年,最后一批华校终于关闭,新加坡版的“伤痕文学”于焉产生。新加坡华文伤痕文学的一个生发原因是作家的文化自觉。所谓文化自觉,是指“生活在一定文化中的人,对其所属文化有一种自知之明。只有这种自知之明的理性思考,才得以使一种文化从自在状态走向自觉;从无意识、下意识的存在走向意识层面;从消极、被动的随波逐流、自生自灭到主动的选择、创作和建构。”①1984 年,南洋大学中文系毕业生梁钺,思考新加坡国族历史的吊诡和华族文化的尴尬处境,有感而发,于是创作了《鱼尾狮》,这是新华文学中最动人的诗篇。在梁氏笔下,“鱼尾狮”既是新加坡的国家图腾和多元文化的象征,也是新加坡人的文化处境和华校生的身世写照。如果从后殖民批评的角度来看,新加坡的多元文化景观,恰好印证了霍米 · 巴巴(Homi K. Bhabha)提出的“文化混杂”(cultural hybridity)理论的有效性。文化混杂是新加坡作为一个全球城市和移民国家的历史产物,有其内在活力和远大前景。梁氏的《鱼尾狮》既是新加坡的国族寓言,也是华人族群的伤痕文学。他为族群和国族打造悲情的文化寓言,不脱本质主义色彩。王润华感慨地说:“华族文化面临的危机,从 70 年代以来,可以说是最受关注的课题,因为人人将会变成鱼尾狮。其实失落感、彷徨感、恐惧感并不限于文化精神的层次上,新加坡国家社会各个层面的变化都引起华人的不安,大家都怕在急速的变化中,自己会变成一个怪人。”②不过,《鱼尾狮》的深刻吊诡在于:一方面,它显示梁钺对新加坡国族文化与殖民主义的历史关系具有深刻清醒的批判;另一方面,它又暴露出作家对本真性、纯粹性、文化原乡、血缘神话的迷恋。胡月宝指出,梁钺伴随新加坡的建国历程而成长,他的人生经历是“多重、复杂,而且是激烈冲突的:一方面是新兴国家的蓬勃发展,另一方面却面临

---

① 鲁洁主编:《华人教育:民族文化传统的全球展望》(南京:南京师范大学出版社,1999),第 1—3 页。

② 王润华:《从新华文学到世界华文文学》(新加坡:潮州八邑会馆,1994),第 47 页。

着所认同并投注深刻情感的本族语言文化，在国家建设的重要命题下饱受蹂躏、被迫牺牲的集体命运。在国家建设、西方现代霸权文明、东方弱势传统相互的撕扯之下，夹杂在这三者之间的个人身份危机，让年轻诗人不得不反复内省"[①]。这是准确的观察。

事实上，对比梁钺的《鱼尾狮》与从中国移居澳大利亚的欧阳昱所写的题为《二度漂流》的诗作，以及古巴民族诗人尼古拉斯·纪廉（Nicolas Guillen）题为《两个祖先的歌》的诗歌，我们或可找出共通的话题。纪廉"一方面致力于发掘和发展古巴黑人和黑白混血种人的民间诗歌和民间谣曲，从他们的生活和斗争中去体会他们的感情和思想；另一方面，他也十分注意诗歌的社会政治内容和热烈的战斗性。因此，他的诗歌充满了古巴民族特有的旋律和气氛，可以伴着音乐演唱，又充满了斗争的号召，具有激奋人心的热情的力量"[②]。《两个祖先的歌》见证了纪廉勇于面对文化认同的敏感问题，并将之转化成一股斗争力量。无论是梁钺的《鱼尾狮》、欧阳昱的《二度漂流》还是纪廉的《两个祖先的歌》，它们都不约而同地指向同一个主题，那就是人类自古至今无可避免的文化认同问题。在这个课题上，斯图亚特·霍尔（Stuart Hall）的《文化身份与族裔散居》有深刻辩证的思考。他指出，"文化身份"是指一种共有的文化，集体的"一个真正的自我"，这种认同有着极强的连续性，它使得我们和我们的祖先找到许多相同点。也就是说，我们的文化身份反映共同的历史经验和共有的文化符码，它提供给我们一个稳定的、不间断的意义框架。但在同一个时候，我们也必须注意到文化身份的变化特质。"过去的我们"只是历史的介入，我们不可能将这种历史经验固定，因为文化身份既存在又变化，它属于过去也属于未来。文化身份虽然有源头也有历史，但是，与一切历史的事物一样，它也经历了不断的变化，绝不是固定在某一本质

---

① 胡月宝：《鱼尾狮与鱼尾狮旁的花木兰：当代新加坡华文文学论文选》，（桂林：广西师范大学出版社，2010）第34页。

② 纪廉著，亦潜译：《纪廉诗选》（北京：人民文学出版社，1959），前言。

化的过去,而是屈从于历史、文化和政治的变化。① 不同族裔在一片土地上共同生活,在通讯科技和知识爆炸的时代,"文化流动"(cultural flows)和"跨文化现象"(transculturation)无处无之,打破了不同国族文化的固定边界。

梁钺的组诗《笔画极短篇》根据汉字的表意特点,借助其笔画形体与歌咏对象的相似性,缘物起兴,抒情言志。如以"点"喻"泪",用"横"喻"地平线",借"竖"喻"笔",假"撇"喻"长袖",以"捺"喻"钢刀",借"提"喻"蛟龙"等,透过外在的"形"来揭示内在的"神",达到形神兼备的效果。

伍木的诗《放逐》和《断奶》表现中华文化在本地的衰落,抒情手法与梁钺如出一辙。目睹华语教育和中华文化被边缘化,伍木在1983年写下《断奶》,以一头没有姓氏的兽和一把无从溯源的灵魂,悲悼文化断裂,抒发文化乡愁。陈贤茂从内在与外在两个方面诠释新加坡华文诗人心系中华文化的原因,他说:"使诗人们那么醉心于传统文化的原因,固然是由于教育和浩瀚的古代典籍的熏陶,而现实的因素,也是促使诗人们更自觉地继承民族文化传统的动力。新加坡社会的日渐西化,民族特性的逐渐丧失,常常使诗人们忧心如焚。伍木把这种与母体文化脱离的状况比为不足岁的孩子'断奶',看作是'千年恨事'。"②

1982年8月25日,在第一届金狮奖文艺创作比赛颁奖礼当天,南洋大学毕业生杜南发和张泛联手创作了《传灯》这首诗乐。据杜氏自述,《传灯》在主旨上"强调的是一份文化情怀,因为只有自己的文化,才能够让自己成为自己"。他进而指出:"每条河流都要流下去,才会有成为大江大海的可能;每一盏灯都要燃烧自己,才能够有生生不息

---

① 李元瑾主编:《新马华人:传统与现代的对话》(新加坡:南洋理工大学中华语言文化中心、新加坡亚洲研究学会、南洋大学毕业生协会,2002),第53页。

② 陈贤茂主编:《海外华文文学史 · 第一卷》(厦门:鹭江出版社,1999),第468—469页。

的传承,才能够让自己的生命和文化,可以发热发光,可以让自己活得精彩,也可以让我们的社会和文化绵延不绝。”①《传灯》体现作者对中华文化的敬意和温情,诗中的河隐喻华族文化,无论河流向何方,总要有一盏烛照华族的灯,担当文化传承的使命。

新加坡华文作家大多有难以言喻的原乡情结和文化乡愁,他们当中的一些人曾有机会到中国旅行,寻找自己的精神家园。贺兰宁的《城上怀古》的首尾两节如下:“客在长城/千万岁的层峦面城而立/茫茫白雪满城/茫茫白雪/是五千年来这片大地的语言/而城/是龙乡历史的见证/枕三千里路/枕汉马胡骑争战的蹄声”,“另一座长城/终在心头筑起”。陈贤茂指出,《城上怀古》一诗以气势磅礴的语言和含蓄深沉的意蕴,深化了捍护本族文化这一主题:“为了切合怀古的题意,诗人用了大量的历史典故,展示了五千年的龙乡历史,缅怀龙乡历史上那些慷慨悲歌之士,追慕那些‘忧国不忧身’的历史人物。……当他登上长城的时候,正是从长城和历史的镜子中,照见了自己身上龙的族徽,找回了失去的根。诗人在心头筑起了另一座长城,也树立了民族的自尊。”②

1980 年 8 月 8 日,南洋大学作为第一所海外华文大学,在完成二十余年的教育任务之后,正式走入历史。但是,散布在世界各地的南洋大学毕业生,仍然对原校园内的景观魂牵梦萦,其中最有代表性的是南大牌坊。寒川是 1970 年代初期的南洋大学中文系毕业生,他曾在 1995 年以《爱情三部曲》为诗题,写下咏叹南洋大学的组诗。17 年后,寒川爱护母校的心意未减,挥笔创作诗歌《牌坊独语》。寒川的诗笔一如既往地带有深重的情感,诗人凝望着孤独终老的南大牌坊,追思三十余年前的南大关闭,表达伤逝悼亡的情绪和文化认同的危机。希尼尔未曾在南洋大学求学,但和其他许多华校生一样,对南大的无

① 杜南发:《点灯的心情》,2011 年 2 月 7 日《联合早报·名采》。
② 陈贤茂主编:《海外华文文学史·第一卷》,第 462—463 页。

疾而终感同身受。1987 年,希尼尔写下《曾经》。瑶岗评论说:“此诗从文盲的祖母当年为兴建南大而流血汗出力量,写到她三十年后想再看一眼南大牌坊而不得的无奈,间接且含蓄地表达了因南洋大学消失的哀伤情怀。”①翁弦尉的《幸福之门》全诗 35 行,一气呵成,把南洋大学牌坊拟人化,惊悚的语句中充满失落感伤。翁弦尉并非南洋大学毕业生,他以一位移民的视角书写南大历史:“带上电锯、锄头、铲子或一壶火药/敲打我、锯断我、焚烧我、引爆我/凭吊我”,“拆离我、粉碎我/搬动我或铲平我”。这一连串带有破坏性的动词的递进应用,这种犀利尖锐的反讽语句,令人印象深刻。

杜南发的《野鸽纪事》和《迁徙的鸟族》写南大关闭导致华人社群的文化危机。南子的《失落的校园》写诗人对南大关闭的失落感。王润华的《南洋大学》写南大图书馆藏书被一车一车地运往新加坡国立大学的场面。蔡家梁的《黑白讲》从说书艺人的故事出发写华人文化传统在本地的衰落。《吟永八法》写汉字的象形会意和文化精神,表达文化认同和立身处世的道理。《教育在南洋》追思南洋大学的创办人、华商侨领陈六使的传奇一生,感叹华文教育在新加坡的日渐没落。

七　环境保护与生态书写

生态风险(ecological risk)是指生态系统所承受的风险,在一定区域内具有不确定性的事故或灾害对生态系统可能产生的作用,导致生态系统结构和功能的损伤,危及生态系统的安全和健康。生态失衡是生态风险的主因之一。戴维·哈维(David Harvey)指出:“源于环境退化和生态转变失控所引起的明显的和直接的危险的问题,不仅仅是一个改变人类存在方式的物质问题,也是一个改变人类存在方式的精神问题和道德问题,以及与自然的物质关系的问题。没有解决这个问题

---

① 瑶岗:《新华诗歌论述》,新加坡《新世纪学刊》第 2 期(2002 年 9 月),第 13 页。

的纯粹技术性方法,必须对生活方式进行巨大改变(如倒转过去70年郊区化所带来的政治、经济和环境影响),以及在消费意识、生产意识和体制安排上做出重大变化。"[①]哈维的论述雄辩地说明了一个事实,那就是人类的生活方式与环境退化密切相关。所以,生态风险引起极大的社会关注,有识之士在竭力遏制生态恶化,甚至超越人类中心主义,提倡"星球伦理"。值得深思的是,对于生态环保问题的研究在20世纪越来越迫切,也产生了大量的学术成果,包括"绿色研究"(Green Studies)、"环境伦理"(Environmental Ethics)、"生态批评"(Eco - criticism)、"自然史研究"(Natural History)。在新加坡华文现代诗中,有关环境保护和生态书写的作品,其实并不少见,至少从1970年代的新加坡城市化开始之后就出现了,上文提到的新加坡华文现代诗中的现代化和乡土怀旧,也涉及这个中心关怀。进入1990年代之后,新加坡华文现代诗中出现另一个描绘的对象,那就是来自邻国的"烟霾"。

1997年9月,印尼苏门答腊林火造成的烟霾笼罩新加坡。2013年6月,新加坡深受苏门答腊林火之害,全岛烟霾密布,某天的空气污染指数飙升到401点。希尼尔的组诗《躲进故乡小笼及其他》中的《烧芭》速写这次烟霾,批判印尼的乱砍滥伐导致环保问题。然而,由于烧芭背后牵扯到盘根错节的利益集团,烟霾始终无法被根除。2015年,新加坡的烟霾问题特别严重。8月底,苏门答腊烟霾悄悄扩散到新加坡,在9月底达到非常不利于不健康的水平。9月24日,狮城烟霾肆虐,教育部长王瑞杰宣布全国中小学停课一天。伊蝉以上述事件为背景,写成《雾都候鸟记》。在诗中她化身为一只弱小的候鸟,表达一种无助感与脆弱感:"天空很大/云层却容不下绒羽的重量。"董农政的《十五的月晾》写的也是2015年印尼烟霾笼罩新加坡,诗中提及的"PSI"是"Pollutants Standards Index"的英文缩写,意即"空气污染指标"。

① 戴维·哈维著,叶齐茂、倪晓晖译:《叛逆的城市:从城市权利到城市革命》(北京:商务印书馆,2014),第129页。

南子的《向往水草丰茂之地》和《树木与书》表现生态环保的主题,前者笔调严肃哀矜,后者风趣幽默。王润华留台期间所作诗歌,追求西方现代诗风,风格朦胧晦涩。赴美留学期间,他发现中国古典文学的博大精深,所作诗文大多取材于文史典籍,趣味盎然,发人深省。他的组诗《魔术树》表达对自然山水的热爱,具有强烈的南洋色彩。

八 普世人道主义

新加坡华文诗人除了关注在地现实,表达感时忧国之情,也放眼区域和国际,面对人类因为战乱、灾荒而遭到的苦难,挥洒人道主义的情愫。

1970 年代后期,东南亚许多国家经历了一场场政治风暴,许多老百姓的生存权利被无情剥夺。例如越南战争。这场旷日持久的战争起始于 1961 年,发生在两个敌对的阵营中:受到美国支持的南越吴庭琰政权和得到中国支持的北越胡志明政权。经过十多年战争,南越和北越终于在 1976 年走向统一。后来,越南政府进行阶级斗争,大批南越旧职员、旧军人被发放到农村改造,引起剧烈的社会动荡,数百万难民仓皇出逃。1979 年,淡莹在报上看到一帧越南难民浮尸海上的照片,有感而发,写下短诗《海魂》。诗人秉持人道主义的情怀,悲悯这些动荡时代的牺牲品。诗中提及国籍、外交会议、紧握人权的手、备忘录,都无法让这些难民绝处逢生,诗人只能对这些亡魂的父母、妻子和儿女致以最深切的同情。此诗与淡莹的其他时事诗如《水劫》(写越南难民)和《萎缩的枝桠》(写柬埔寨难民)一样,表达强烈的反战意味和人文关怀。

朝鲜半岛曾经被日本殖民占领达数十年之久。1950 至 1953 年爆发的朝鲜战争也是冷战背景下的产物,经过三年鏖战,双方终于签订停战协议。虽然朝鲜半岛是亚洲一个风云激荡的敏感地域,但新加坡华文作家有关韩战的作品并不多见。严思的诗《愿你们跃上千里神马》谴责韩国和美国对朝鲜的入侵。希尼尔的诗《不如归去》写韩国“汉城街口”的一位母亲伏靠在镇暴警察的防盾上,哭她那屈死在投票日的儿子。黄孟文的微型小说《第18,475支香》写韩朝两国人民经过半个世纪的等候终于重逢的悲喜交加的心情。与黄孟文诗作的主题类似的,是郑景祥的诗《两座城市在流泪》。郑氏站在一个局外人的立场,以深沉的笔触提出激烈的批判:“人间造就了两百份安慰奖/却亏欠/千万颗过期的盼望/那四天/有两座城市在流泪/接下来的N个月/只剩/一种眼神在失眠。”当时,新加坡年轻一代大多哈日哈韩又哈美,沉湎于商品消费主义,患上历史健忘症和政治冷漠症。相形之下,郑氏逆流而上,唤起沉重的历史记忆,为朝韩的亲人离散表达人道主义的哀矜之情。

陈华彪的《战争纪念馆》反思现代—民族国家的意识形态教条,暴露战争暴力与幽暗人性,风格戏谑调侃,流露后现代的游戏感和入木三分的讽刺力道。贺兰宁的《异形骷髅》叙写越南入侵柬埔寨所造成的惨痛后果。郑景祥的《锯断岁月的指望》写山东菏泽市的农民工因为锯木而导致断指的惨剧。

九 人生感悟与浮世哀乐

自古以来,诗人都是敏感多思的族类,表达人生感悟和浮世哀乐是诗歌的大宗题材,新加坡华文现代诗也不例外。

2012年10月,林方的组诗《短短一天》在报上发表后,旋即见重于周粲和林高等前辈作家。这首组诗分为五首小诗:《昨夜》《今晨》《晌午》《午后》和《黄昏》,拼凑成一天里的五个时段,展现诗人的日常生活,短小精悍,妙趣横生。2013年8月,林方发表另一组短诗《短歌微吟》,同样引起文艺界的注意。实际上,从1980年代开始,林方就开始摆脱现代主义的枯窘和褊狭,改以硬朗平实的文字,抒写生命即景和人生感悟,因回旋自如、沉潜从容的风格引起文坛好评。林方的《水穷处看云》《一把橡实》《酒瓶》《蝴蝶，一来二去》《短短一天》和《短歌微吟》等，表达他对日常生活的即兴感悟，不乏抒情的欢乐和圆融的智慧。这种突破窠臼、自我超越的艺术精神，值得肯定。

周粲擅长取譬说理，从日常琐事和物质文化出发，透过抒情文字，感悟宇宙人生，例如《平甩功》《轮子》《长廊》《站着与倒下》《独坐》《项链》和《木鱼》，充满道德寓意，描写一种类型化的人格象征。

南子的《夜的断面》以现代主义想象，传达青春写作和浪漫爱情的主题；他的《苹果定律》以风趣幽默的笔触，书写诗人对宇宙人生的感悟；《尘埃》表达平凡人物的自尊和价值；《花声》洋溢着旷达超脱的胸怀。

淡莹以抒情小诗见胜，她的《迎风候你》和《伞内 · 伞外》是两首精致温婉的情诗；《家务诗二题》从洗衣、熨衣的日常生活琐事，抒写夫妇间的深情厚谊；《生活节奏》《兰贵人》和《独饮》表达平凡生活中的人生乐趣。

英培安的《儒生行》是一位现代知识分子的人文理想幻灭的写照，抒情自我与社会现实日渐疏离，精神苦闷，彷徨挣扎。他的《树上》和《我对你的固执》展示他对文学志业的坚守、对自我身份定位的思考。

谢清的诗，遣词造句间回荡着中国古典诗歌的情调意境。他的《有感》追溯自己的过往经历，表达漂泊流徙、似水流年的伤感。《卫塞前夕》表达超脱淡定的人生观。四首以《诗》为题的小诗，叙写暮年的他怀有的孤独落寞的情绪。

辛白的《夜半读诗》《乐音》《虫》和《蔚蓝色的海洋》，都是日常生活的慧黠感悟之作。

陈志锐的组诗《追寻童年 Sadrijnana》，从人类的五种感官经验出发，思考童年记忆和文化认同，叙述《星洲日报》和《南洋商报》的合并，“丽的呼声”电台的停办，白鞋油的消失，美味食物的不存，历史古迹的湮没，表达浓厚的伤逝怀旧的情绪。有巧妙的艺术构思、浓墨重彩的描绘，令人印象深刻。他的《牛车水》写历史文化古迹的变迁，也有可圈可点之处。

陈晞哲的诗,大多是个人隐秘心事的独白,有高度个人化的特色。诗人喃喃独语,自剖心事,有对时事新闻的讽喻、对世道人心的揶揄,具强烈的内省气质,不乏格言式的精警,偶有晦涩的地方。她的《羔羊十诫》是渺小人物的座右铭,反思现代社会的高度体制化导致个人能动性和自由意志无从发挥,面对公民与国家之间的距离,伤心失望,徒唤奈何。

陈华彪的诗有明显的后现代志趣。《潘多拉的背影》和《花裙》是两首后现代情诗,诉诸丰富的想象,表现爱情的失意悲伤。《我们在地铁车厢练习恐慌》道出现代世界里个人的渺小无助、孤立无援,受困于严密的社会体制,无可逃遁,被迫放弃生命尊严,随波逐流。《影子变形记》诉说现代人丧失了自由意志与决断能力,沦为虚无缥缈的影子。《二十六岁的自画像》一反流行的青春写作的浪漫激情与理想主义,有玩世不恭的姿态与反讽自嘲的语气,让人印象深刻。

十　诗学建设与艺术实验

新加坡华文现代诗在艺术成就上可分为三个方面,即诗歌美学的建设、创造诗歌新形式、重写中国古典。这三个方面均斐然有成,值得稍加介绍。

早在1950年代末、1960年代初,林方就师从台湾诗人覃子豪,将其诗歌理念作为自己的写作指南。林方与钟祺曾就现代诗的合法性展开论辩,也曾为一些同人诗集写过精彩的序言,显示他对艾略特、波德莱尔、兰波等西方现代诗人的洞察。南子很早就学习艾略特、奥登、里尔克等现代西方诗人,他的早年诗作是典型的现代主义。他还和谢清学习过郑愁予、余光中、周梦蝶的诗歌技巧。年轻时的英培安借鉴痖弦、洛夫、T. S. 艾略特的现代主义美学,他的长诗《手术台上》向《深渊》和《荒原》致敬的用心,一望而知,在1960年代的新马诗坛,名动一时。后来,英培安钻研杨牧的抒情现代主义,他的诗集《日常生活》里的多篇诗作,无论章法句法,还是抒情技艺,明显可见出杨牧的影子。王润华早年学习西方现代诗,例如弗罗斯特的区域诗学、庞德的意象派诗歌,杂糅司空图、王维的象征诗学,转益多师,博采众长。游以飘、陈晞哲、陈志锐、陈华彪、周德成等少壮派诗人,接触西方现代文学,细心揣摩,加以创造性转化,显示前卫的创新实验。

从1960年代中期以来,经过半个世纪的历史演进,新加坡华文现代诗的思想内容显得丰富多元,艺术技巧也有长足发展。新加坡华文诗人不满足于现有的技巧和形式,推陈出新,尝试新体裁,也有上佳表现。杜南发的《夜事帖》和陈晞哲的《羔羊十诫》以箴言体写成,前者类似佛经的偈子,精警动人,蕴含深意,后者多少带有圣经教义的痕迹。林得楠的《飘与落》,南子的《地球与根的对话》以对话体写成。吴垠的《荷马逃诗纪事》堪称"电影诗",令人莞尔。蔡欣的《食薯者传奇》近似三幕诗剧。希尼尔的《二十世纪末一只蜻蜓的心事变奏》小标题前面的英文字母组成一个字"ANXIOUS"(焦虑的),近似于中国古代的"藏头诗"。希尼尔的《浮城放"俳"》以日本俳句的形式写成,机智隽永。李茀民的《雾锁南洋》和《故乡的老酒》是电视剧主题曲,游走于诗乐之际,雅俗共赏,流行一时。蔡家梁的《烈士风云》和《教育在南洋》是不俗的小叙事诗,前者赞颂林谋盛,后者歌咏陈六使。在字数和诗行上,蔡欣的四言诗《拟童音变奏》模仿《诗经》风格,创造新颖有趣的现代四行诗。陈晞哲的组诗《时光眉批九题》也是四行诗的尝试。李茀民的组诗《寂寞三行》和陈晞哲的组诗《夜赋九行诗三首》是三行诗的实验。陈晞哲的《五峰山十四行》是格律不太严谨的十四行体。

在重写古典方面,陈晞哲的《时光眉批九题》冷眼旁观大千世界,重写中外文学经典和传说故事,以反讽戏谑的口吻,呈现人生感悟和人性解剖。她的组诗《遣悲怀》,题目来自唐代诗人元缜的名作,《药师断疾》和《文殊斩愚》翻新了古代传说。组诗《诗想三国》之《曹孟德》和《赵子龙》重写了历史人物的传奇故事和精神气质。蔡欣的《远古四题》改造中国上古神话人物，自有创造性的个人发现，生动有趣，富于个性化。梁文福的《与杜甫共跑》重写杜甫的名诗《登高》，从个人成长经历和文学启蒙教育两个方面，写出一代人的集体记忆。此外，淡莹的《楚霸王》，董农政的《潘金莲》和《人蛇叹》，贺兰宁的《楚橘》，梁钺的《眼泪之歌》等，都是故事新编、古典新诠的佳作。

（按：本文乃张松建、张森林为二人合编的《新国风：新加坡华文现代诗选》一书撰写的导论）

附录　新加坡华文文学未来五十年[①]

自1965年以来,新加坡华文文学已走过了50年风雨历程,未来50年当会有更加美好的前景,原因如下:

首先,1950年代、1960年代出生的资深作家已为新加坡华文文学奋斗了三四十年,他/她们将继续耕种"自己的园地",会有相当数量的作品问世。70后、90后的新生代作家,目前风华正茂,是未来50年内新加坡华文文学的主力军。

其次,异军突起的移民文学。这些移民作家已经交出一份令人满意的答卷。这几年来,他们的作品或者屡见报端,或者发表于网络,结集出版后,产生良好的反响,未来的写作更值得期待。

再次,国家艺术理事会、李氏基金等政府或私人财团,一直在支持新加坡华文文学的写作、出版和研究。一些文教团体推出名目繁多的文艺奖项,例如金笔奖、南洋华文文学奖、新加坡文学奖等。本地大型华文报刊《联合早报》的文艺副刊,会继续为新加坡华文文学的写作提供发表空间和交流平台。新加坡作家协会、新加坡文艺协会、锡山文艺中心、斯雅舍世界华文文学研创会、书写文学学会等文艺社团,以它们的机关刊物为依托,吸收新生力量,继续引领华文文学的写作潮流。此外,随着新媒体的广泛使用,大量作家活跃在网络世界,不失时机地推出了"互联网文学",改变了文学生产的主导模式,为新加坡华文文学提供了新的可能性。

对于新加坡华文文学的未来,我有三条建议。第一,开拓国外市

---

① 此为新加坡《联合早报》记者张曦娜女士对我的书面访谈,发表于该报2016年1月26日。

场。黄孟文、王润华、英培安、尤今等作家,在中国和马来西亚,出版过不少文学作品,显然提高了新加坡华文文学的声誉。对于后之来者,这个经验值得借鉴。不能把目光盯在本地的读书市场,尤须放宽眼界,另谋生存之道。第二,翻译的新加坡华文文学。优秀的华文作品译成其他语言,势必能拓展生存空间,不但在本地获得更多读者,而且能够超越民族—国家的地理疆界,在其他文化体系中广泛流通、传播,真正成为"世界文学"(World Literature)的一部分。王润华、唐爱文、黄孟文主编过这方面的译文集,这是成功的先例。郭宝崑的剧本,英培安的小说,曾被译成英文、意大利文,在国际文学界获得好评。在晚近西方,世界文学的研究非常活跃。David Damrosch 的《什么是世界文学?》(*What Is World Literature?*), Pascale Casanova 的《世界文学共和国》(*The World Republic of Letters*) ,Emily Apter 的《反对世界文学》(*Against World Literature*) 都开创了批评思考的新方向。第三,培养文学读者。本地绝大多数的中学和初院,虽然重视华文教育,但是着眼于"语言"层面而忽视了"文学"层面,教科书中鲜少文学作品。早在18世纪末期,德国思想家席勒(J. C. F. Schiller)就在其名著《美育书简》中指出,文学艺术是实施 审美教育 的主要材料,个人透过美育而获得心灵的启蒙、自由与解放。新加坡要想成为"优雅社会",审美教育不可缺少。在现代世界,文学生产受制于市场法则和供需关系,没有需要就没有生产。因此有必要在华文教科书中增加文学作品,对中小学生、初院学生进行普遍的文学教育,让他们对文学产生敬仰和热爱之情,养成阅读和写作文学的习惯,从而更加有效地刺激新加坡华文文学的生产。

后 记

《重见家国:海外汉语文学新论》汇集了近年来我对海外汉语文学的研究心得。

2013 年 7 月,我重返新加坡,开始任教于南洋理工大学人文学院。出于教学和科研的需要,新加坡、马来西亚、印尼等地的海外华文文学,更加密集地进入我的学术视野。除了接触大量的文学作品,我还关注后殖民批评、离散研究、性别研究、政治哲学、移民社会学、文化研究等理论概念。但是,如何把这些理论概念整合成一个合适的阐释框架,运用到具体的文学现象的分析当中,却是我的中心关怀。那么,面对众多的文学文本,如何有效地进入文本,进而产生一些生产性的、批评性的观点?我认为,需要打开、照亮、唤醒、激活文本,否则,文本就是一堆僵死的数据,它们永远在黑暗中沉睡。拙著试图把文本、历史与理论融为一体,朝向跨学科的研究方向。在这本书中,每章的切入角度互有参差,但是“身份认同”与“历史记忆”乃是贯穿全书的两大主题。

此书的题目,屡经变易,最后选定这个名称。所谓“家国”,既指这批海外作家的出生地、祖国、公民权的所在地,也就是英文中的“homeland”,也指这批人的祖籍地、故国原乡,也就是“ancestral land”,在此指的是中国。“重见”,就是重逢、再次相遇,也让人联想到“重见天日”“重见光明”。许多作家曾经在海外流离失所,多年以后他们得以还乡,例如,王润华从美国回到南洋,鲁白野从印尼回到新加坡、马来亚。当然还有一些作家,他们没有离散海外的经验,例如英培安、谢裕民、希尼尔、梁文福、吕育陶,但他们在自己作品中,一再缅怀故国原乡,讲述中国故事。所以,题目中的“重见家国”,其实有二义:一是结束异国他乡的流离生涯,返归祖国,重见山河故人;二是在文字世界里,遥想故国原乡,反思血缘神话。此外,“重见”也与“重建”谐音,暗示这批海外华文作家,志在终结离散、扎根本土,重建美丽家园。

我在学术研究的过程中,受到过许多老师和前辈的关心、指点或帮助,在此谨向他们表达深沉的敬意和感激(恕免敬称):刘宏、解志熙、王德威、王润华、洪子诚、沈卫威、奚密、贺麦晓、柯雷、梁秉赋、苏瑞隆、徐杰、李志贤、林姵吟。收在书中的八篇论文,发表于中国台湾的《清华中文学报》《中国现代文学》,中国香港的《东方文化》,中国大陆的《中国现代文学研究丛刊》《新诗评论》《华文文学》《世界华文文学论坛》,新加坡的《南洋学报》《亚洲文化》。感谢匿名评审的修改建议。本书的第八章是我和我的博士生张森林为《新国风:新加坡华文现代诗选》一书撰写的长篇序言,算是师生二人合作的产物。本书中还有几篇论文曾在国际会议或研讨班上宣读过,感谢曾珍珍、须文蔚、黄淑娴、朴宰雨、刘正忠、张凤的邀约。

2016年秋冬季,我在哈佛大学费正清中国研究中心担任访问学者。感谢王德威、刘宏、陆镜光、游俊豪、衣若芬的支持。我利用访学的机会通读和修订了书稿。

一些朋友对我的学术研究多有勉励或帮助,感谢刘秀美、陈艳、张卫东、庄园、吴晓东、刘俊、张勇、廖冰凌、孟庆澍、李良、孙晓娅、李润霞、钱文亮、凌逾、陈太胜、龙扬志、翟月琴。

感谢张雅秋第三次担任我的著作的责任编辑,她的热情、高效和细致给我留下了深刻的印象。

这个课题受到南洋理工大学科研启动基金、新加坡国家艺术理事会研发基金的资助。南洋理工大学、新加坡国立大学、哈佛大学的图书馆,为我借阅图书资料提供了方便,在此一并致谢。

感谢家人长期以来的坚定支持,她们是我的信心与欢乐的源泉。这本著作献给她们。

2019年4月2日,改定于新加坡